지극히
내성적인

최정화

소설집

지극히 내성적인

창비

차 례

구두 _ 007

팜비치 _ 027

오가닉 코튼 베이브 _ 053

틀니 _ 077

홍로 _ 103

지극히 내성적인 살인의 경우 _ 127

타투 161

대머리 _ 183

파란 책 _ 209

집이 넓어지고 있어 _ 229

해설 | 강경석 _ 257

작가의 말 _ 270

수록작품 발표지면 _ 274

구 두

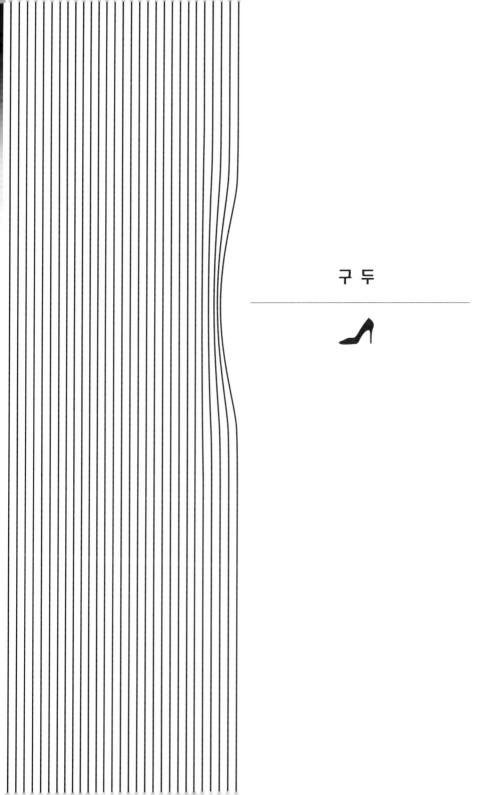

그때 딱 잘라 여자를 돌려보내지 못한 것이 두고두고 후회스럽습니다. 어째서 바보처럼 그 여자에게 "어서 들어오세요"라고 한 걸까요? 그것도 아주 친절하게요. 하긴 그러지 않을 수가 없었어요. 그날은 날씨가 너무 추웠거든요. 사흘 동안 폭설이 내렸고 그러고도 날이 풀리지 않아 쌓인 눈이 거리에 꽁꽁 얼어붙어 도시 전체가 온통 얼음산이었습니다. 여자의 양 볼과 코끝, 귓바퀴가 새빨갛게 얼어 있었습니다. 그걸 보면 누구라도 여자를 그냥 되돌려 보낼 수 없었을 거예요.

"실은 미리 도착했는데, 시간을 맞추느라고 이 근처를 한시간이나 배회했지 뭐예요."

여자는 어딘가 저를 원망하는 듯한 눈빛으로, 그러나 입가에는 미소를 지으며 구두를 벗었어요. 오래되어 모서리가 다 닳아빠진 검정색 가죽 구두였어요. 뒤축의 굽이 다 닳아서 현관 바닥의 타일과 부딪치며 울리는 짜랑짜랑한 마찰음이 귀에 거슬렸어요. 저도 모르게 인상을 찌푸렸고 여자가 그걸 봤어요. 여자는 제 반응에 부끄러웠는지 고개를 푹 숙였죠. 그러나 몇초 지나지 않아 당당히 고개를 들고 집 안으로 들어왔습니다.

여자가 벗은 구두는 축이 망가져서 제대로 서 있지 못하고 약간 비뚜름하게 놓였습니다. 산 지 적어도 오년은 지나 보이더군요. 부도가 나서 지금은 사라진, 그러나 그 당시에는 꽤나 유행하던 브랜드의 상품으로 매우 세련된 디자인이었어요. 하지만 발볼을 둘러싼 가죽은 잔뜩 늘어났고 발등에 달린 금속의 술 장식은 녹이 슬어 있었습니다. 집을 나서기 전 솔질을 했는지 다른 부분은 광택이 났지만 구두코는 다 해져서 허연 속가죽이 드러날 만큼 닳아 있었습니다. 일부러 연민을 불러일으킬 생각으로 신은 게 아니라면 여자가 경제적으로 딱한 처지라는 것은 쉽게 짐작할 수 있었습니다.

여자는 거실을 둘러보곤 매우 흡족한 미소를 지었어요. 저를 누렵게 만든 것은 여자의 그 만족스러운 표정이었습니다. 타인의 집으로 일자리를 구하러 온 사람의 머뭇거림이나 위축된 모습은 조금도 찾아볼 수 없었습니다. 남편이 퇴근했을 때나 아이들이 하교후 집에 돌아왔을 때 현관문을 들어서며 느끼는 안락함에 대한 기대, 혹은 새집에 이사 와 첫발을 디디는 이의 설렘 같은 게 묻어 있었다고 해야 할까요. 그게 무얼 의미하는지 짐작할 수 있으신가요?

제 생각을 말씀드리자면, 그 여자는 마치 우리 집을, 내 남편과 내 아이와 내 집을, 자기 집으로 착각하고 있는 것 같았어요. 그러지 않고서야 그런 웃음을 지을 리 없지요. 바로 그 미소로 "여기는 이제 내 집이고, 지금부터 나는 네가 될 수 있어" 하고 말하고 있었어요. 네, 정확히 그 말이었어요. 소리로 들은 것은 아니지만 전 정확히 알 수 있었어요.

순간 어찌나 당혹스러웠던지 머릿속이 뒤죽박죽되고야 말았습니다. 그 여자를 집에서 일초라도 빨리 내보내야겠다는 생각에 사로잡혔죠. 그 생각을 들킬까봐 얼굴이 후끈 달아올랐어요. 전 뒤돌아섰고 그 여자는 성큼성큼 집 안에 들어왔어요. 전 침입당했다고 느꼈어요. 그 여자의 발이 내 집 거실 위에 놓이는 순간부터 몹시 불쾌했어요. 이 모든 것이 지나친 반응이고 과도한 경계심일까요? 아니에요, 그 여자의 다음 행동을 보셨다면 선생님도 제 심정을 조금이나마 이해하실 수 있을 겁니다.

여자는 코트를 벗어 옷걸이에 걸었습니다. 그게 뭐 대수냐고요? 제가 친정 일로 몇번이나 가사도우미 면접을 보았지만 자기 옷을 옷걸이에 건 사람은 그 여자가 처음이었어요. 보통은 옷을 벗으면 두어번 개켜서 자기 옆에 놓죠. 몇분 후에 나갈 생각이라면 말이죠. 하지만 여자는 이 집에서 나가고 싶지 않았던 거예요. 아니, 나갈 생각이 없었던 거예요. 아아, 하필이면 왜 옷걸이를 거실에 두었을까요, 제 자신이 원망스러웠습니다.

여자는 거실로 들어서서 티브이를 마주 보고 탁자 안쪽에 자리를 잡고 앉았습니다. 어쩔 수 없이 제가 바깥쪽에 앉았는데, 그러자 마치 그 여자가 집주인이고 제가 면접을 보러 온 모양새가 되고 말았습니다.

"전화로 얘기를 들으셨다시피 제가 삼주간 집을 비우는 동안 집안일을 맡아주시면 됩니다. 청소랑 세탁, 식사를 챙기고, 아이들 과제를 좀 봐주시는 정도니 일이 어렵지는 않으실 거예요."

미소가 마음에 들지 않는다는 이유로 무작정 돌아가라고 할 수는 없는 일이었습니다. 면접을 보려고 한시간이나 추운 거리를 배회했다는 사람에게 그럴 수는 없었죠. 어차피 일이 이렇게 되었으니 면접은 일단 진행해야겠다고 저는 생각했습니다.

여자에게 가사도우미 일을 몇년이나 했는지 물었습니다. 여자는 조금 망설이더니 처음이라고 대답하더군요.

"처음이지만, 집안일이라면 걱정하실 것 없어요. 칠년간 저는 전업주부였어요. 밖에 나가는 일이라고는 장을 보고 아이들을 학교에 데려다주고 데려오고 하는 일뿐이었으니까요."

"그런데 갑자기 일을 하시려는 이유가 뭔지 여쭤봐도 될까요?"

"남편이 사고를 당했어요. 저만 빼고 말이죠. 전 그때 건강이 좋지 않아서 전라도에 있는 외삼촌댁에 머물고 있었어요. 이주에 한번씩 집에 들렀는데, 그러고 두달쯤 지났을 무렵 전화를 받았죠."

여자는 아무 감정이 섞이지 않은 말투로 자기 이야기를 시작했습니다. 이야기를 하는 여자의 얼굴에 어두운 그림자가 드리워져 있다고 느꼈고, 스스로도 그걸 느꼈는지 손바닥을 한쪽 얼굴에 갖다대더니 크게 숨을 들이마셨습니다. 그러고는 다시 한번 거실을 둘러보았습니다. 그러자 여자의 눈이 반짝였고 표정이 다시 밝아졌습니다. 저는 가슴이 두근거렸습니다.

"교통사고였어요. 흔한 일이죠."

여자는 제 눈을 똑바로 바라보고는 이제는 과거를 다 극복했다는 듯 미소를 지었습니다. 그러고는 잔기침을 하기 시작했는데, 저는 직감적으로 그게 연기라는 걸 알아챌 수 있었어요. 따뜻한 차라도 대접해야 한다는 걸 알았지만 그러자면 물을 끓이고 차를 타고 그걸 마시고 하는 동안 면접시간이 더 길어질 거라는 생각에 자리에서 일어나고 싶지 않았어요. 일부러 음료를 내지 않았던 거예요. 형식적으로 면접을 보고 되도록이면 집에서 빨리 내보낼 셈이었죠. 하지만 여자 쪽에서 제게 음료를 내올 것을 요구하더군요.

"죄송하지만, 뭐 마실 거라도 부탁드려도 될까요? 목이 너무 말라서……"

전 여자의 말이 떨어지기가 무섭게 자리에서 일어나 주방으로 건너갔어요. 주전자에 물을 받아서 가스레인지에 올려놓고 불을 켰어요.

거실에서 여자의 목소리가 흘러나왔습니다. 막내에게 이름과 나이를 묻고 있었어요. 물론 아이는 순순히 답했고요. 보지는 못했지만 분명 막내의 볼을 쓰다듬거나 자기 무릎 위에 앉혀놓았을 거예요. 그 생각을 하니 안절부절못하겠더군요. 물이 다 끓기를 기다릴 수가 없었어요. 그래서 전 결국 생수에 매실액을 타서 거실로 내갔지요. 그 추운 겨울 날씨에 찬물을 대접한 겁니다. 여자는 딱딱하게 언 막대기 같은 손가락으로 컵을 들고는 꿀꺽꿀꺽 냉수를 잘도 마시더군요. 저는 죄책감과 함께 묘한 오기가 발동했습니다. 그건 여자 쪽도 마찬가지였을 거예요.

그때 초인종이 울리는 바람에 여자의 사정 이야기를 더 듣지는 못했습니다. 교통사고로 남편이 다쳐서 생활전선에 뛰어들지 않을 수 없었다는 것인지 그게 아니면 완전히 혼자 남게 되었다는 것인지는 알 수 없었어요. 사실 시간이 허락했다고 해도 거기까지 캐묻는 것이 너무 잔인하다고 느껴지기도 했고요.

남편은 그날따라 일찍 퇴근했습니다. 늘 저녁을 먹고 오는데 그날은 현관에 들어서자마자 저녁을 찾았어요. 좋은 핑곗거리가 생겼다고 생각했죠. 식구들만의 저녁시간이 시작되었으니 여자는 이제 돌아가야 할 이유가 생긴 거잖아요. 그러나 그런 제 계획은 남편의 한마디에 물거품이 되고 말았습니다.

"식사 안하셨으면 같이 하시도록 하지그래?"

남편에게는 몸에 밴 친절 같은 게 있었어요. 제가 처음 남편을 좋아한 이유도 그 때문이었죠. 이 사람은 어떤 생각의 결과, 목적이나 의도로 친절한 행동을 하는 사람이 아니었어요. 습관적이라는 말이 맞겠네요. 처음으로 남편의 그런 성격이 불합리하다고 느껴졌습니다.

물론 예상대로 그 여자는 식사 제안을 거절하지 않았어요. 어쩔 수 없이 우리 식구들과 그 여자가 식탁에 둘러앉아 함께 저녁을 먹는 상황이 벌어졌죠. 여자가 저녁상 차리는 걸 돕겠다는 걸 저는 굳이 말렸습니다. 여자에게 분명히 알려주고 싶었으니까요. 당신은 이 집에 면접을 온 가사도우미일 뿐이라고요. 그러니 우리 식구처럼, 아니 안주인처럼 굴지 말라고 말입니다.

결국 주방에서 저 혼자 저녁상을 차리고 있고, 남편과 아이들, 그리고 그 여자는 티브이를 보면서 저녁식사를 기다리고 있었습니다. 그 장면을 흘끗 본 순간 제 의도와는 반대로 일이 진행되어 간다고 느꼈어요. 그들이 한 가족이 된 것 같다는 생각에 사로잡혔거든요. 그래요, 선생님 말씀대로 이건 말도 안되는 생각이라는 걸 알아요. 하지만 그 끔찍한 느낌에서 벗어나기 위해서 최대한 식탁을 차리는 시간을 단축해야 했어요. 실은 저녁 메뉴로 해물탕을 하려고 낮에 장을 봐두었는데, 그냥 점심때 먹었던 찌개를 다시 데울 수밖에 없었습니다. 최대한 빠르게 식사 준비를 마치고 둘째를 불렀어요.

"아빠한테 식사하시라고 해."

아이가 제 아빠의 팔을 당기자, 남편은 여자에게 "식사하러 일어나시죠"라고 말했습니다. 저한테는 그 말투가 지나치게 다정스럽다고 느껴졌어요. 저는 배신감마저 들었습니다. 저한테 쓰는 말투랑 똑같았으니까요.

"내가 좋아하는 두부버섯찌개다."

아이는 식탁 의자에 올라가 엉덩이와 어깨를 흔들어댔습니다.

"수선 떨지 말고 어서 자리에 앉아."

저는 괜히 아이에게 신경질을 부렸습니다.

"화장실 좀 갔다 와서."

둘째 녀석이 화장실로 달려가자 여자가 그뒤를 쫓아 자리에서 일어났습니다.

"어디 가세요?"

스스로의 말투에 가시가 돋쳐 있다는 걸 느끼고 전 얼굴이 달아올랐습니다.

"아, 저도 화장실에."

"저쪽에 있어요. 반대쪽으로 가시죠. 저기 보이는 방 바로 옆이에요."

그래요, 아마도 전 여자가 우리 집에 대해서 아무것도 모르고 있다는 걸 강조하고 싶었던 것 같아요.

남편과 첫째, 둘째가 나란히 앉았고 저는 그 맞은편 한가운데에 앉았습니다. 화장실에서 먼저 돌아온 건 여자였습니다. 여자는 안쪽 자리, 남편의 맞은편에 앉았습니다. 곧 둘째가 후닥닥 뛰어와서는 자리에서 발을 동동 구르며 떼를 쓰기 시작했어요.

"난 아줌마 옆에 앉아서 먹을 거야."

저는 숟가락을 내려놓았어요. 입안이 말라 물을 들이켰습니다. 남편은 제 속도 모르고 허허 웃고 있고만 있었지요. 저는 이러지도 저러지도 못하고 무표정하게 앉아 있었습니다. 그때 여자가 입을 열었습니다.

"손은 깨끗이 씻고 온 거야?"

아이는 제 손바닥을 바라보더니 여자를 향해 손바닥을 내밀며 씨익 미소를 던졌습니다. 저는 아이의 손바닥을 찰싹 내리치고 싶은 걸 참느라 왼손으로 식탁보를 쥐었습니다. 숟가락을 든 오른손이 조금 떨렸습니다.

"금방 갔다 올게요, 아줌마."

여자는 아이의 엉덩이를 살짝 때리는 시늉을 했고 둘째는 재빨리 화장실을 향해 달려갔어요. 그러고 얼마 지나지 않아 가쁘게 숨을 몰아쉬며 식탁 앞에 나타났죠.

아이는 집게손가락으로 옆자리 의자를 가리켰습니다. 저더러 건너가 앉으라는 것이었습니다. 저는 옆자리로 비켜 앉았고, 아이는 여자 옆자리에 앉는 것으로도 모자라 여자 쪽으로 의자를 바싹 당겼습니다. 제가 속 좁다고 생각하실지 모르겠지만, 전 그때 이루 말할 수 없는 소외감을 느꼈어요. 남편도 아이들도 마치 제가 보이지 않는 것처럼 행동하고 있다고 생각했어요. 물론 여자는 그걸 즐기고 있었을 테고요. 저는 밥 한그릇을 다 비우지 못하고 자리에서 일어났습니다.

의자에서 일어설 때 여자와 잠깐 눈이 마주쳤어요. 여자는 재빨리 밥그릇 쪽으로 시선을 떨어뜨렸지만 속으로는 쾌재를 부르고 있을 거라는 생각이 들었습니다. 내가 사라지면 여자가 그 자리를 차지하게 될 테니까. 자신의 불행한 과거는 잊고 내 행세를 하면서…… 거기까지 생각이 미쳤을 때 남편의 느리고 온화한 저음이 저를 악몽에서 다시 현실로 구출해냈습니다.

"왜 더 먹지 않고."

남편이 고추장아찌를 젓가락으로 집어 입안에 넣으며 제게 물었습니다.

"입맛이 없네."

저는 거실로 건너갔습니다. 티브이를 틀고 소파에 앉았습니다. 식탁에서 간간이 웃음소리가 들려왔습니다. 저는 볼륨을 줄이고 화면을 응시한 채 주방 쪽에 귀를 기울였습니다. 남편의 목소리가 들려왔어요.

"실례지만 나이가 어떻게 되시나요?"

"72년 5월생이에요."

"내 생일도 5월인데."

첫째가 말했습니다. 마치 생월이 같은 것만으로도 충분히 식구가 될 수 있다는 듯한 다정한 말투였습니다. 나이를 묻는데 어째서 생월까지 대답한 걸까? 무슨 의도가 있는 걸까? 저는 그런 생각을 하고 있었습니다.

"아줌마도 쌍둥이자리예요?"

첫째는 요새 별자리와 그리스신화에 심취해 있었습니다.

"글쎄, 별자리는 모르겠는데."

"생일이 며칠인데요?"

"15일."

"15일?"

"스승의날이다."

아이들이 까르르 웃었습니다.

"그럼 황소자리예요."

어서 저들의 만찬이 끝나기만 바랄 뿐이었습니다. 하지만 아이들은 무슨 얘기가 나오든 배를 잡고 깔깔댈 준비가 되어 있었고, 자신의 전문 분야가 나오자 첫째는 신이 나서 떠들어대기 시작했습니다.

"황소자리의 성격을 알려드릴게요."

첫째는 자기 방에서 『12별자리 운세』를 가져와 읽어내려가기 시작했습니다.

"밥을 다 먹고 읽어드리는 게 어떠니?"

첫째는 들떠서 아빠 얘기는 들리지도 않는 모양이었습니다.

"맡은 일은 무슨 일이 있어도 충실히 해낸다. 평상시에는 거의 화를 내지 않지만 한번 성이 나면 물불을 가리지 않는 격한 면이 있다. 관능적인 쾌락을 좋아한다."

첫째가 읽기를 멈추었습니다.

"몸의 감각기관이 예민하게 발달되어 있다고 써 있네. 아줌마, 관능적인 게 뭐예요?"

저는 잠자코 귀를 기울였습니다. 여자는 머뭇거리더니 대답을 못하고 우물쭈물했습니다. 한낮의 단잠은 금방 깨기 마련이죠. 저는 음흉한 그 여자의 성격을 아이의 별자리 책이 경고하고 있는 거라 생각했지요. 여자는 본색을 감추었지만 어떤 방식으로든 드러나고 말 겁니다. 저는 방금 전까지 주방을 맴돌던 화기애애한 분위기가 슬그머니 사라지려는 것이 통쾌했습니다. 여자는 숟가락을 바닥에 떨어뜨렸습니다. 일부러 그랬다는 것을 아이를 빼고 다들 눈치챘을 거예요. 여자는 식탁 밑으로 허리를 구부리고 숟가락을 주운 뒤 얼굴을 들었습니다. 마치 그러고 나면 모든 일이 해결될 줄 알았나봅니다. 하긴 해결된 것은 사실이었습니다. 남편이 그 사이 좋은 대답을 준비해두었으니까요.

"인기가 많다는 거야."

침묵이 어색해진다 싶은, 적절한 타이밍이었습니다.

"인기요?"

"그래. 반에서 여자아이들한테 인기가 많은 남자아이가 있지? 또 남자애들이 좋아하는 여자친구가 있고 말이야. 그런 걸 어려운 말로 관능적이라고 해."

"아줌마 인기 많았어요?"

"그럼."

여자가 명랑하게 답하고 나서, 남편을 보고 싱긋 웃어 보였습니다. 식탁보 밑으로 여자의 손이 남편의 무릎을 쥐고 있는 장면이 떠올라 저는 고개를 흔들었습니다.

끊이지 않는 대화 속에서 식사가 끝나갈 때 즈음, 막내가 밥을 한그릇 더 달라고 했습니다. 여자는 자리에서 일어나 마치 자기 집 주방이라도 되는 양 솥에서 밥을 퍼다 주었습니다. 여자가 우리 집 식기를 만지는 것도 싫었지만 무엇보다 식사시간이 더 길어질 거라고 생각하니 견딜 수 없었습니다. 티브이 리모컨의 볼륨을 높였지만 소리는 귀에 들어오지 않았습니다.

저는 거실 옷걸이에 걸린 여자의 외투 앞으로 걸어갔습니다. 엄지와 집게손가락으로 외투를 옷걸이에서 빼내었습니다. 갈색의 외투가 흐트러진 모양새로 스르르 바닥에 떨어졌습니다. 그 외투가 어떤 짐승이 벗어놓은 허물 같다고 생각했습니다. 지금 주방에서 내 역할을 대신하고 있는 저 여자는 누구일까. 그 짐승이 사람인 척 우리 식구를 홀리고 있는 것만 같았습니다. 저는 몹시 외로웠고 한편으로는 이럴 때일수록 정신을 똑바로 차려야 한다는 생각이 들었습니다. 저는 조용히 외투를 주워 들고 다시 옷걸이에 걸어두었습니다. 그때 급히 의자가 바닥을 끄는 소리와 함께 여자의 목소리가 들려왔습니다.

"아아, 정말 죄송해요."

목소리에는 당황한 기색이 역력했습니다.

저는 주방을 향해 고개를 돌렸습니다. 남편은 의자를 뒤로 제치고 자리에서 일어나 엉거주춤한 자세로 서 있었어요. 바지에 찌개 국물이 흥건했습니다. 솔직히 말씀드려도 될까요. 하마터면 소리 내어 깔깔 웃어버릴 뻔했지 뭐예요. 저는 어떤 종류의 승리감을 느꼈습니다. 술기운이 오르듯이, 내장 깊숙한 곳으로부터 피부의 표면까지 서서히 번져가는 그 기분에 도취되었습니다. 이마까지 붉게 달아오른 여자의 얼굴을 정면에서 바라보며 잔인하게 비웃어주고 싶었습니다. 그따위 실수를 하다니 조심성이라고는 없다고 핀잔을 주고 싶었습니다. 자신이 가사도우미에 적합한 사람이 아니라는 것을 깨달을 수 있도록 말이죠. 저는 웃음이 터져나오려는 것을 참으려고 입술을 깨물어야 했습니다.

여자는 급히 자리에서 일어나 행주를 가져다가 남편의 바지에 묻은 얼룩을 닦아내려 했습니다. 여자가 허리를 구부리자 남편은 뒤로 한걸음 물러서며 정중하게 말했습니다.

"괜찮습니다. 옷을 갈아입는 편이 나을 것 같네요."

남편은 제가 그 장면을 다 지켜보고 있었다는 것을 잘 알고 있다는 듯이 저를 한번 바라보고 따라 들어오라는 눈짓을 보내더군요. 저는 남편 뒤를 따라 안방으로 들어갔습니다. 남편은 여자의 실수에 대해 조금도 힐난하는 기색이 없이 차분하게 행동했습니다. 저는 그런 남편의 침착한 태도에 긴장이 풀렸고 좀 전까지 사로잡혔던 혼란 속에서 조금쯤 벗어날 수 있었습니다.

"사정이 아주 딱하게 되었더라고."

저는 옷장에서 새 면바지를 꺼내 남편에게 건네주고, 얼룩이 묻은 양복바지를 빨아 두었습니다.

"가족들이 사고를 당해서 완전히 혼자가 됐대."

남편은 아무런 표정의 변화가 없었습니다.

"남편과 아이들을 한꺼번에 잃었다는 거야. 고아였기 때문에 친척도 한명 없고."

저도 모르게 그렇게 말해버렸습니다. 남편을 자극해보려는 수작이었는지 여자에 대한 악감정 때문이었는지는 모르겠어요. 미리 꾸며둔 것도 아닌 이야기가 입에서 술술 나오고 있었습니다.

"정말 안됐네."

남편의 무성의한 대답에 다시 한번 안도하면서, 바지를 갈아입고 있는 남편의 옆모습을 멍하니 바라보았습니다.

"무슨 생각을 그렇게 골똘히 해?"

"아까 그 얘길 듣는데 울컥하더라고. 영 기운도 없고 밥이 목구멍에 안 들어가네."

제 설명이 스스로 만족스러웠습니다.

"그래서 식사를 제대로 못했던 거구나."

"운명이라는 게 있을까?"

"저 여자 얘기야?"

"주변 사람들을 모두 죽음으로 몰고 간다거나 하는."

"밖에 들리겠어."

남편이 속삭이듯 작은 목소리로 충고했습니다. 좀처럼 감정을 내보이지 않는 남편의 얼굴에 언짢은 기색이 역력했습니다. 남편은 비합리적인 생각을 싫어했으니까요. 고아 얘기에서 멈췄어야 했다는 생각이 들었습니다. 저는 그만 재빨리 입을 다물었습니다. 거짓말을 한 것이 마음에 걸리기는 했지만, 어쨌거나 그를 떠보려는 의도는 성공한 셈이었습니다.

"요새 너무 예민한 것 같아."

"알고 있어. 그래서 자기 말대로 전주에 가서 쉬다 오겠다잖아."

"당신을 위해서라고."

저는 고개를 끄덕인 뒤 젖은 바지를 팔에 걸치고 천천히 방문 쪽을 향해 걸었습니다. 문고리를 잡았을 때 남편이 뒤따라와 제 머리 위에 손을 얹었습니다. 남편에게 몸을 맡기며 피곤한 듯 고개를 뒤로 젖혔지만 마음속으로는 킬킬거리고 있었지요. 여자가 가지지 못한 것을 나는 가지고 있다는 상대적 우월감에 도취되었던 것입니다. 너 따위에게 절대 빼앗기지 않을 거야. 너와 나는 바뀔 수 없어. 저는 갑자기 이 상황이 즐겁고 만족스러워지고 말았습니다.

거실로 나가자 여자와 아이들이 실랑이를 벌이고 있었습니다.

"아줌마, 우리 집에서 자고 가요."

"아줌마랑 자고 싶은 거야?"

여자가 막내의 볼을 살짝 꼬집으며 말했습니다. 내내 몰랐는데 환하게 웃으니 보조개가 들어갔습니다. 나쁘지 않은 인상이었습니다. 누구에게 해를 끼치거나 할 사람으로 보이지는 않았습니다. 좀 전의 실수에 당황한 얼굴이 아직까지 상기되어 있더군요. 저는 여자가 안쓰럽게 느껴졌고 조금 전까지 나를 사로잡았던 감정에 대해 죄책감을 느꼈습니다.

"손님방이 있어요. 거기서 자고 가요."

좀처럼 뭔가를 요구하거나 졸라대는 일이 없는 첫째 녀석의 조금은 무뚝뚝한 목소리였습니다.

"아줌마는 아줌마 집에서 자야지."

여자는 허리를 숙여 아이들과 눈높이를 맞췄습니다. 그리고 한 명씩 머리를 쓰다듬었습니다. 저는 흐뭇한 미소를 지으며 그 모습을 바라보았어요. 우리 애들은 낯가림이 없고 정이 많아서 잠깐 만난 사람들도 꽤나 따르죠. 무엇보다 구김살 없이 자라준 이 아이들이 사랑스러웠고, 모처럼 식탁 앞에서 아이들에 둘러싸여 행복을 느꼈을 여자에게도 좋은 일이었겠다 싶었습니다. 여자의 미소는 내 일상의 행복을 증명해주었던 것뿐인데 괜히 마음을 졸인 내가 속이 좁았다고 느꼈습니다. 여자는 아이들의 어깨 위에 손을 얹은 채 제게 고개를 끄덕여 인사했습니다.

"꼭 연락 주세요."

"네, 결정되는 대로 전화 드리겠습니다."

복도까지 배웅할 생각이었으나 여자는 굳이 나올 것 없다며 저를 들여보냈습니다. 배웅은 아이들에게 맡기고, 저는 식탁을 치우러 주방으로 갔습니다. 무언가 큰 행사를 치르고 난 기분이 들어 개수대 턱에 양손을 올려놓고 한숨을 내쉬었습니다. 얼른 주방을 정리하고 오늘은 일찍 잠자리에 들 생각이었죠.

식탁은 이미 깨끗이 치워져 있었습니다. 설거지까지 다 마치고 난 뒤였습니다. 저는 식탁에 기대서서 주방을 둘러보았습니다. 아주 깔끔한 솜씨였어요. 피식 웃음이 나왔습니다. 내일 오후에 여자에게 전화를 걸어 삼주간 집안일을 맡겨야겠다고 생각했습니다.

남편은 뉴스를 보고 있었고 아이들은 현관문을 열어둔 채 엘리베이터 앞까지 여자를 배웅하는 모양이었습니다.

"그만 들어가, 애들아."

여자의 목소리가 복도에 울렸습니다. 아이들은 제 아빠가 출근할 때 그러듯 엘리베이터 문이 닫히는 마지막 순간까지 여자에게 손을 흔들어주고 있겠지요. 보지 않아도 눈에 선한 장면이었습니다.

"괜찮은 것 같아?"

"나쁠 것 없지."

티브이에서 눈을 떼지 않은 채 남편이 대답했습니다. 목소리는 친절했지만 제가 면접을 더 보겠다고 해도, 아니면 그냥 여자를 고용한다고 해도 그저 수긍할 거라는 것을 알고 있었습니다. 막내가 제 무릎을 타고 올라와 앉았습니다. 저는 뒤쪽에서 아이의 작은 등을 꼭 안았습니다.

다음 날 아침 저는 일찍 일어나 준비해둔 재료로 해물탕을 끓였습니다. 아이들은 아직도 잠들어 있었고 남편과 저는 목소리를 낮추어 대화를 나누며 함께 아침을 먹었습니다.

"빨리 내려가고 싶어졌어. 외삼촌도 빨리 뵙고 싶고."

"그래, 좋은 공기를 마시면 생각이 달라질 거야."

"돌아오지 않는다고 보채지나 말라고."

남편이 허허 웃었습니다.

"어릴 때 다른 조카들보다 날 특별히 예뻐하셨어. 자기 아들내미보다 날 더 챙기는 바람에 숙모가 날 미워할 정도였지. 날 쌀쥐라고 부르셨는데."

"쌀쥐?"

"너무 하얘서. 외삼촌이 붙여주신 내 최초의 별명이야."

도우미 건에 대해서도 얘기를 좀 나눴습니다. 저는 면접 약속이 된 분이 두분 더 계시긴 한데 추운 날씨에 오라 가라 하는 것도 좀 그렇다고 했고, 남편은 여자의 인상이 좋아 보였다며 동의했습니다. 낮에 전화를 걸어 여자에게 다음 주 화요일에 출근해달라고 말하기로 결정했습니다. 얘기를 나누느라 준비가 좀 늦어져서 남편은 식사를 마치자마자 서둘러 집을 나섰습니다. 머리부터 발끝까지 남편의 옷매무새를 가다듬어주고, 여느 때와 마찬가지로 엘리베이터 앞까지 남편을 배웅한 뒤 다시 집으로 들어왔습니다.

홀가분한 마음으로 현관에 들어섰을 때 저는 웬지 모를 이상한 느낌 때문에 바닥을 내려다보았습니다. 여자의 구두가 거기에 그대로 있었습니다. 저는 주방으로 가 냉장고에서 물을 꺼내 한잔 따라 마시고 다시 현관 앞으로 가서 구두 앞에 잠시 쪼그리고 앉았습니다. 구두는 어제저녁 여자가 벗어놓은 바로 그 자리에 그대로 놓여 있었습니다. 조금 비뚤게 놓인 구두를 한참이나 들여다보고 있는데 그게 점점 더 불길한 물건처럼 느껴지더군요. 얼른 눈앞에서 치워버리고 싶었지만 구두에 손가락이 닿는 것조차 꺼림칙했습니다.

그 여자가 내 구두를 탐낸 거라면, 그래서 바꿔 신고 간 것뿐이라면 그것쯤은 아무렇지도 않아요. 고작 구두 한켤레쯤은 없어져도 상관없습니다. 하지만 전 자꾸 이런 생각이 들어요. 그 여자가, 자기가 나인 줄로 착각하고 내 구두를 신고 갔다고 말이에요.

팜 비 치

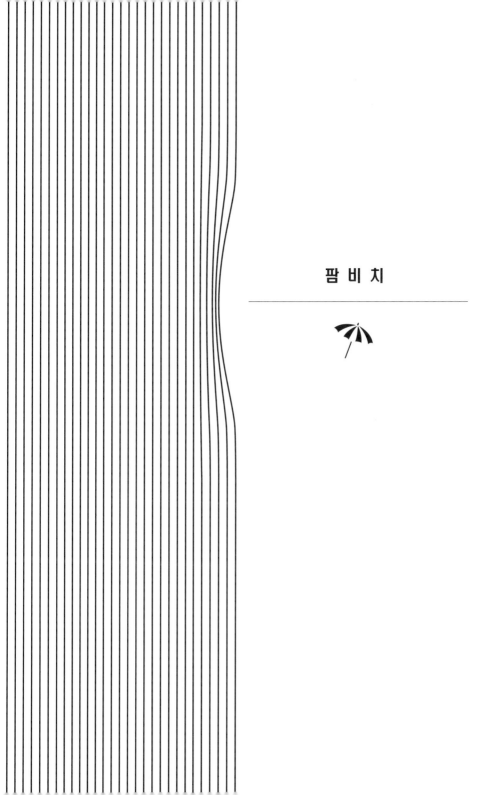

그는 텐트 안에서 반소매 티와 칠부 카고팬츠를 차례대로 벗고 이월상품이라 60퍼센트 할인된 가격으로 구매한 야외용 수영팬츠를 입었다. 수영팬츠에는 주먹만 한 크기의 기하학적 무늬가 일정한 간격을 두고 형광색으로 프린트되어 있었는데 자세히 보니 그건 해골 모양이었다. 아내가 어째서 그런 디자인을 선택한 건지 의아했지만 그는 옷의 스타일에 그리 민감한 편이 아니었기 때문에 그 촌스러운 무늬에 대해서는 금세 잊어버렸다. 해변에서의 수영은 어린 시절 이후 처음이었기 때문에 그는 수영복 차림이 낯설었다. 그는 속옷을 입은 채로 수영팬츠를 입었다가 잠시 망설였다. 속옷을 입어야 할지 벗어야 할지를 생각하다가 그는 결국 수영팬츠를 벗고 속옷을 벗은 뒤 다시 수영팬츠를 입었다. 발가벗은 기분이 그리 좋지 않았다. 어렸을 때 어머니는 그가 잘못을 저지르면 발가벗겨 마당에 세워놓았는데 동네 친구들이 그 모습을 보게 되는 것이 그는 끔찍이도 두려웠다. 이후로 그는 아이를 훈육할 때 절대 수치심을 느끼게 해서는 안된다는 생각을 해왔다. 불가피하게 체벌을 해야 할 경우에는 회초리를 사용했고 회초리를 내리칠 때 감정이 실리지 않도록 엄격히 자제했다.

그는 삼십대 중반이었지만 또래에 비해 나이가 들어 보이는 인상이었다. 엉덩이는 탄력을 잃었고 허리를 굽히지 않으면 선 채로는 자기 발가락을 볼 수 없었다. 그는 일어서서 양말을 벗다가 비틀거렸다. 제기랄. 그는 자신의 균형감각에 대해서 의심하기보다는 비좁은 텐트를 탓하는 쪽을 택했다. 양손으로 양말을 쥔 채 두어번 자세를 바꾸다가 포기하고 엉덩이를 깔고 앉았다. 텐트 바닥 밑으로 불룩하게 튀어나온 딱딱한 자갈이 엉덩이에 배겼으나 그는 자리를 옮기지 않고 묵묵히 양말을 벗어 두짝을 반듯이 포갠 뒤 목부분을 한꺼번에 접어 짝을 잃어버리지 않도록 했다. 이어 오른쪽 손목에 차고 있던 시계를 풀었다. 백금으로 도금한 그 시계는 처남이 선물한 스위스제 워터프루프였지만 설명서에는 그걸 끼고 헤엄을 쳐도 된다는 내용이 없었기 때문에 찜찜했다. 그는 시계를 들고 머뭇거리다가 바지 주머니에 넣었고, 그걸로는 안심할 수 없었는지 바지를 둘둘 말아 셔츠 밑에 두었다. 텐트 안에 있으니 자신이 지나치게 둔하다고 느껴졌다. 너무 뚱뚱해서 아이들에게 따돌림을 당했던 초등학교 동창이 떠올랐다. 그애는 입학할 때 체구가 이미 졸업반 선배들과 비슷했고 졸업할 때 몸무게는 교장 선생님을 앞질렀다. 그 뚱보에게서는 항상 오래된 액체풀 냄새가 났는데, 그는 어디선가—어쩌면 자신의 몸일지도 모른다고 생각했다—그 비슷한 냄새가 나는 것 같아 콧구멍을 두어번 벌름거렸다. 동창에 대한 생각을 떨쳐버리고자 그는 서둘러 텐트 밖으로 나왔다.

아내는 썬글라스에 챙이 넓은 밀짚모자를 쓰고 있었다. 그 모자는 자그마치 이십오만원짜리였다. 가격표를 잘못 읽은 그는 모자의 가격이 이만오천원이라고 생각하고 아내에게 모자가 아주 잘 어울린다고 칭찬했다. 아내는 벌써 스무개째 모자를 쓰고 거울을 들여다보던 중이었는데 그의 눈으로는 그 스무개의 모자에 어떤 차이가 있는지 알 수 없었다. 하나같이 둥그런 모양에 짙은 누런색이었고 한가운데 리본이 달려 있었다. 그는 아내가 대체 무얼 망설이고 있는지 몰랐고 직접 계산을 하러 카운터로 갔다. 직원이 일시불로 할 건지 할부로 할 건지를 물었을 때 그는 자기가 동그라미 하나를 놓쳤다는 사실을 깨달았으나, 아내의 들뜬 얼굴을 보고 사태를 되돌리기에는 좀 늦었다는 걸 알았다. "3개월로요." 그는 공들여 천천히 서명했고 낮은 기계음과 함께 기다란 영수증이 나오는 것을 멍하니 바라보는 수밖에 없었다. 그는 지갑을 열고 영수증을 쑤셔넣었다. 지갑 속은 이번 달 말까지 그가 해결해야 할 영수증들로 불룩했고 그는 거기에 한장을 더 추가하면서 해결해야 할 일들이 이처럼 정확히 수치화된다는 사실에 새삼 놀랐다. 그러나 잠시 무력감을 느꼈을 뿐, 깊이 생각하는 것은 건강에 좋지 않다는 자신의 신조를 떠올렸다. 그는 아무도 못 알아들을 만큼 작은 소리로 뭐라고 중얼거린 뒤 재킷 안주머니에 지갑을 넣고 아내를 바라보았다. 모자가 담긴 커다란 쇼핑백을 든 아내는 이번에는 왕골 비치백에 관심을 보이고 있었다. "당신이 사준 모자랑 너무 잘 어울리지 않아?" 아내는 '당신이 사준 모자'라고 또박또박 발음하면서, 비치백과 모자는 엄연한 한쌍인데 그가 자기를 한쪽 신발만 신어야 하는 우스꽝스러운 처지에 빠뜨렸다는 듯한 표정을 지었다. 정확히 십분 후에 그는 또 하나의 기다란 영수증을 지갑 속에 쑤셔넣었다.

"텐트가 너무 오래된 것 같아."

아내가 모자를 고쳐 쓰며 말했다. 하지만 어쩐지 아내의 불평이 자신을 향한 것으로 들렸다. 그는 너무 오래되었다, 그들 사이는 너무 오래되었다고 말이다. 아내의 허리에 팔을 두르려다 그냥 딸애의 손을 잡았다. 정오의 햇살이 정수리를 향해 뜨겁게 쏟아져내렸다. 아내가 비치백에서 그의 모자를 꺼냈다. 대학 오리엔테이션에서 받은 카키색 야구모자였다.

"당신 모자도 살 걸 그랬어."

"이거면 충분해."

모자를 깊이 눌러쓰고 그는 발걸음을 좀 빨리해서 아내와의 간격을 벌렸다. 슬리퍼 안으로 모래 알갱이들이 들어왔다가 빠져나갔다. 모래는 직사광선에 달구어져 뜨거웠다. 딸의 발치를 내려다보았다. 한걸음씩 디딜 때마다 샌들을 신은 작은 발이 모래 속에 파묻혔다.

"뜨겁지 않니?"

딸애는 대답 대신 깔깔댔다. 딸은 네살인데 아직 말을 잘 못했다. 그는 딸의 겨드랑이에 손을 끼워넣고 번쩍 들어올려 목말을 태웠다.

"무서우면 말해."

그는 모래사장을 한참 달릴 판이었다. 딸의 양손을 꼭 쥐고 준비 자세를 취했다. 딸애가 다시 까르르 웃었다. 그는 딸에게 마음의 준비를 단단히 해야 할 거라고 이른 뒤 달리기 시작했다.

"넘어지니까 조심해."

뒤편에서 아내의 목소리가 들렸다.

"더 빨리, 빨리!"

딸애가 주문했다. 그는 보폭을 넓히고 속도를 냈다. 저기 보이는 바다까지 냅다 뛰어가서 파도가 막 쓸고 지나가 아직 거품이 빠지지 않은 축축한 모래사장 위에 아이를 내려놓을 셈이었다.

"달려, 아빠, 달려!"

딸애는 흥분해서 몸을 흔들었다.

아직 반밖에 안 왔는데 숨이 차고 발이 무거웠다. 벌써 두번이나 넘어질 뻔했다. 하지만 멈출 수 없었다. 아내가 뒤에서 보고 있기도 했고 어깨 위에 올라탄 딸이 실망할까 두렵기 때문이기도 했다. 어쨌거나 그는 얼굴이 시뻘게져서 있는 힘을 다했다. 다섯발쯤 더 앞으로 나아갔을 때 왼쪽 가슴 갈빗대 쪽에 통증이 느껴지기 시작했다. 그는 가슴을 움츠리고 절뚝거리며 속도를 늦추었다.

"뛰어. 뛰어라, 말아!"

딸의 작은 엉덩이가 그의 어깨 위에서 들썩거렸다. 그앤 백마를 탄 공주였고 그에겐 그 세계를 지켜야 할 의무가 있었다. 천진난만하고 앙증맞은 주문에 그는 정신을 가다듬고 허리를 쭉 폈다. 가슴께의 통증은 잊고 다시 냅다 뛰었다. 다행히도 호흡곤란이 오기 직전에 결승선에 도달할 수 있었으나 딸을 내려놓으려고 허리를 구부렸을 때 그는 아찔함을 느끼며 모래사장 위로 고꾸라졌다.

아이는 그게 목말 장난의 연속이라고 생각했는지 모래사장 위에 벌러덩 누워 깔깔댔다. 그애는 해변에서 가장 목청이 좋은 아이 같았다. 아내가 달려와 그를 마주 보고 섰다. 그녀는 쌍꺼풀이 진 커다란 눈을 깜빡이며 그의 어깨 위에 손을 올렸다. 그는 아내에게 뭐라고 변명해야 할지 몰라 되도록 천천히 일어났다. 아내가 쓸데없는 걱정에 빠지지 않도록 적당히 둘러대야 했다.

"왼발이 접질린……"

하지만 그에게는 준비한 대사를 미처 끝까지 읊을 기회가 주어지지 않았다. 아내는 모래 알갱이에 긁혀 붉게 달아오른 그의 무릎을 살피는 대신에 왕골 비치백에 거의 얼굴을 박고 뭔가를 열심히 뒤적이고 있었다. 그녀는 오른팔을 백에서 끄집어내지 않은 채 고개를 들었다.

"튜브를 깜빡했어!"

그는 허리를 숙이고 무릎을 털었다. 살에 박혀 있던 모래 알갱이

들이 떨어져나갔다. 그는 엉덩이를 내민 엉거주춤한 자세로 울퉁불퉁해진 무릎을 쓰다듬었다. 바람이 한번 세게 불고 지나갔다. 그는 잠시 눈을 감았다가 떴다.

"상어튜브를 호텔에 두고 나왔다구."

아내가 왼손으로 모자챙을 잡고 신경질적으로 말했다. 그 순간 파도가 밀려와 그들의 발을 적셨다. 아내는 나머지 손으로 치맛자락을 움켜잡았다.

그녀는 야생화가 프린트된 화려한 비비드 컬러의 원피스를 입고 있었다. 어깨 부분은 끈으로 묶게 되어 있고 치맛단은 발목까지 내려왔다. 오른쪽 옆선에 트임이 있어 바람이 불 때마다 날씬한 다리가 훤히 드러났다가 바람과 함께 사라졌다. 그런 차림으로 그녀가 해변에서 무얼 할 수 있을지 그는 의아했다. 아내의 차림은 피서지가 아니라 피서지 그림이 걸린 레스토랑에 더 어울리는 것 같았다. 그런데 상어튜브라니. 그는 아내가 뭔가 잘못 발음한 것이 아닐까 의심했다.

"침 뱉어, 침."

딸아이가 양발을 구르며 소리치고 있다. 그앤 잔뜩 흥분해서 파도가 쓸려나간 자리에 남아 있는 물거품에 침을 뱉고 있었다. 그가 딸을 향해 경중경중 뛰어가 뒤쪽에서 아이를 안아올렸다.

"아빠도 침 뱉어."

바다 저편에서 다시 한번 파도가 밀려왔다. 아이가 입을 벌리고 그쪽을 바라봤다. 엄청난 물거품이 그애를 향해 돌진해오고 있었다. 그는 아이를 파도를 향해 던질 것처럼 높이 들어올렸다가 다시 품에 안았다. 아이가 깔깔대며 그의 가슴을 밀었다. 그는 꿈쩍도 하지 않고 아이를 더 세게 안았다. 아이가 그의 가슴에 침을 흘렸다. 일부러 그런 건지 웃다가 침을 삼킬 틈을 놓친 건지는 몰랐다.

"에이, 더러워! 이제 진짜 던져버려야겠다."

아이는 안된다고 고개를 저으며 고래고래 소리를 질러댔지만, 꼭 쥔 두 주먹을 보면 바다에 내던져지기를 잔뜩 기대하고 있다는 걸 분명히 알 수 있었다. 다음번 파도가 밀려왔을 때 그는 아이를 바다에 놓아주고 한 손으로 허리를 받쳤다. 조금 숨이 찼다. 그가 살짝 눈살을 찌푸린 이유는 햇빛에 눈이 부시기 때문이 아니었다.

"지금 얼른 호텔에 갔다 와."

아내는 아직도 상어튜브 타령이었다. 그는 모래사장 위로 걸어 나가 축축한 모래 위에 엉덩이를 깔고 앉았다.

"상어튜브가 꼭 필요한 상황은 아닌 것 같은데."

"지금이 아니라면 대체 상어튜브가 언제 필요하다는 거야?"

아내는 정말로 궁금하다는 듯이 물었다.

그는 아내에게서 호텔 방 열쇠를 받아들고 엉덩이를 털고 일어섰다. 아내는 최근 들어 점점 더 고집스러워지는 것 같다. 지지난주에 아내는 그가 원래 쓰던 샴푸를 다 쓰지 않은 채 새것을 사용했다고 불만을 털어놓다가 울었다. 지난주에는 아이가 얼굴에 코를 그리지 않자 스케치북을 빼앗아 들고 울퉁불퉁한 동그라미의 정중앙에 세모난 코를 일일이 그려넣었다. 그는 아내가 미술 심리

치료와 관련한 책을 읽지 않는 편이 좋겠다고 조언했다. 그 책에 의하면 뭔가가 없으면 없어서 문제였고, 그러면 그래서 문제였다. 다음 날 아내는 동생과 통화 중 싸웠고, 겨우 한살 아래인 동생더러 자기에게 존댓말을 하라고 했다. 그는 아내와 이야기하다가 무언가 치밀어오르는 일이 잦아졌고 그럴 때마다 자기가 더 잘해야 한다고, 아내는 어딘가 아픈 게 분명하고 배려가 필요하다고 주문을 외우며 마음을 추슬렀다.

그는 궁둥이를 씰룩거리며 끝도 없이 펼쳐진 해변을 따라 걸었다. 그런 일이라면 자신이 있었다. 의심 없이 그저 하던 대로 쭉 하는 것 말이다. 그의 그런 성격은 그의 직업과 잘 맞았고 입사 삼년차에 그는 동기 중 최고속 승진을 했다. 그러나 어느 시점에 들어서 그의 직책이 위기상황 대처능력이라든가 융통성 같은 덕목을 필요로 했을 때 그는 식은땀을 흘렸고, 그를 바라보는 상관의 눈초리는 탐탁지 않았다. 그는 오년째 승진에서 쓴 물을 마셨다. 하지만 그는 동료들처럼 퇴직 이후의 삶을 걱정하지는 않았다. 그건 그의 장점이라면 장점이랄 수도 있었다.

박 과장은 퇴직금을 계산해서 그걸로 치킨집 말고 뭘 할 수 있는지에 대해 매일 생각했다. 박은 거리를 걸을 때, 특히 퇴근길에 상점가에 들어서면 간판 하나하나를 유심히 보며 매달 매출이 얼마나 될지를 예상했다. 박의 옆에서 쿵쿵대며 따라 걷던 그는 가끔 뭔가 중요한 생각이 났다는 듯 걸음걸이가 느려지곤 했는데 그건 그를 사로잡는 음식 냄새 때문이었다. "자네 축농증인가?" 박이 묻자 그는 양복바지 뒷주머니에 양손을 찔러넣고 하늘을 향해 고개를 젖혔다. 그는 자리에 멈춰 서서 마음껏 킁킁거린 뒤 말했다. "냄새야말로 정말 공평해. 돈을 내지 않고도 이렇게 잔뜩 맡을 수 있다니 말이야." 두어달 뒤 박은 승진해서 서초점으로 발령을 받았고 그는 이제 그 거리를 혼자 걸었다. 퇴근길은 박과 함께였을 때보다 십여분 더 걸렸다. 혼자가 된 그는 아무 눈치 볼 것 없이 천천히 걸으며 콧속 더 깊숙한 곳으로 냄새를 끌어넣었다.

그는 가슴을 펴고 호흡을 가다듬었다. 파도가 칠 때마다 물비린내가 확 끼쳤다가 다시 물러났다. 그는 바닷물에 발목까지 담가 슬리퍼 안으로 들어온 모래 알갱이를 떨구어냈다. 엄지발가락을 세워 슬리퍼가 벗겨지지 않게 고정시킨 뒤 좌우로 흔들었다. 한낮의 태양 때문에 물은 미적지근했지만 살갗에 달라붙었던 껄끄러운 이물질이 떨어져나가자 기분이 좋았다. 그는 한동안 걷다가 바닷물에 발을 담갔고 다시 오래 걷다가 멈춰 섰다. 저만치 호텔의 윤곽이 보이기 시작할 때쯤 그는 슬리퍼를 물속에서 오래 흔들다가 그만 바다로 떠내려보내고 말았다. 파도가 슬리퍼를 떠안고 사라지자 그는 허공으로 손을 내뻗으며 앗 하고 들릴락 말락 한 탄식을 내질렀을 뿐 표정의 변화는 없었다. 그는 한쪽 슬리퍼만 신은 채로 절뚝이며 걸었다. 쌘들을 모아 한 손에 쥔 어떤 여자가 그를 지나치기 전까지 말이다. 그녀의 맨발을 유심히 쳐다보던 그는 고개를 갸우뚱하다가 나머지 슬리퍼를 벗어 바다 저쪽으로 던져버렸다. 모래사장은 축축했고 가끔 자갈이나 조개를 밟을 때는 지압이라도 하듯 강한 통증이 느껴졌다. 까끌까끌한 알갱이들이 햇볕에 후끈 달아올라 있었다. 발바닥을 디뎌 체중을 옮길 때마다 어깨가 움찔하며 약간 위로 올라왔다가 내려갔다. 그러나 곧 열기에 익숙해졌고 그는 걷는 데 아무런 지장을 받지 않았다. 그는 구구단을 외우는 성실한 초등학생처럼 묵묵히 발걸음을 옮기다 하마터면 호텔을 지나칠 뻔했다. 호텔 앞에서 조촐한 음악회가 열리고 있지 않았다면 그는 시 경계에 있는 항구에 도착했을지도 모른다.

호텔의 한가운데는 대형 분수가 있었고 그 안에 다비드상의 모조품이 있었다. 그는 미켈란젤로의 그 작품을 중학교 미술책에서 분명히 본 적이 있었지만 다비드상의 양 어깨 위로 쏟아져내리는 물줄기 때문이었는지 고수머리와 어울리는 잘 여문 성기 때문이었는지 '오줌싸개'라는 단어만이 맴돌 뿐 다비드의 이름을 기억해낼 수 없었다. 어쨌거나 그는 그 동상을 중심으로 오케스트라가 빙 둘러져 있는 것을 보았다. 초록색 드레스를 입은 여자가 벌린 다리 사이로 첼로를 세우고 있었다. 바이올린 연주자는 세명이었는데 모두 비슷하게 생겨서 멀리서 보면 세쌍둥이 같았다. 무대를 둘러싸고 간이의자가 서른개 남짓 배치되어 있었지만 관객은—아직 입구에 서 있는 그를 제외하고—어떤 부부 한쌍뿐이었다. 그는 자기가 호텔에 온 목적을 잊고, 상어튜브를 생각하며 뜨거운 모래사장을 걸었던 것과 똑같은 성실하고 우직한 걸음걸이로 걸어가 의자에 앉았다.

'팜비치 가족을 위한 한낮의 해변 콘서트'.

축축하게 습기를 머금은 강한 바람에 플래카드가 흔들렸다. 세로로 길게 세워놓은 플래카드는 은색으로 된 받침대로 세워져 있었는데 그 받침대는 금속 흉내를 낸 플라스틱 재질로 바람이 불 때마다 좌우로 3~4센티미터씩 기우뚱거렸다. 플래카드가 그의 자리에서 1미터도 떨어져 있지 않았기 때문에 그는 플라스틱 받침대가 몸을 뒤챌 때마다 아슬아슬한 기분이 들었다. 다시 한번 바람이 불었고— 바람이 플래카드 천을 훑고 지나가며 꽤 큰 소리를 냈는데 그는 그 소리가 자신의 고물 자동차가 출발할 때 내는 소리랑 비슷하다고 생각했다— 마침내 플래카드가 그를 향해 거꾸러졌다. 그는 자기도 모르게 자리에서 일어나 그것을 움켜잡았다. 그는 주먹으로 팔뚝으로 결국에는 몸 전체로 둑방의 구멍을 막아 수해로부터 마을을 구해낸 소년의 이야기를 생각하며 미소 지었다. 그는 쓰러져내린 플래카드를 세우고 부실한 받침대가 균형을 잡을 수 있도록 붙잡았다.

"이봐, 구멍을 뚫어."

무대를 손보던 인부 한명이 그에게 말했다.

"뭐라고요?"

"천에 구멍을 뚫으면 바람이 불어도 *끄떡없다구*."

둑에 난 구멍을 밤새 막아 마을을 구했다는 '한스'— 그는 그 네덜란드 소년의 이름을 똑똑히 기억하고 있었다 — 를 떠올리지만 않았어도 그는 자기는 그저 관객일 뿐 플래카드에 대한 아무런 책임이 없노라 말하고 자리로 되돌아갔을는지도 모른다. 그러나 그는 이제 한스였다. 주먹이 아니라 팔뚝을 내밀 차례였다. 그는 인부 무리로 가서 가위를 빌렸고 플래카드의 '치'와 '가' 사이에, '위한'에서 'ㅎ'의 동그라미 안에, 그리고 '변'과 '콘' 사이에 구멍을 뚫었다. 가위를 돌려주고 자리에 앉았을 때 그는 흘끔흘끔 플래카드를 바라보며 내심 바람이 다시 불어오기를 기다렸다. 리허설이 시작되고 몇분 지나지 않아 첼리스트의 초록색 드레스 자락이 펄럭이기 시작했다. 그는 기대에 찬 눈으로 플래카드를 바라보았다. 플래카드는 팽팽하게 앞쪽으로 쏠렸다가 다시 반대쪽으로 휘어졌다. 그러나 조금도 비틀거리지 않았다. 세개의 동그란 구멍으로 바람이 빠져나가는 것이 그의 눈에는 보이는 것 같았다. 그는 미소를 지으며 뒤를 돌아보았다. 노부부 한쌍, 아이 셋을 데려온 젊은 커플, 그리고 중년 부인 한명이 앉아 있었다. 그는 그들이 언제 왔는지 궁금했다. 그들은 휘청이는 플래카드를 멋지게 잡아채고 매우 적절한 위치에 구멍을 뚫는 그의 모습을 죄다 지켜보고 있었을까?

오케스트라가 한스를 위한(!) 연주를 시작했다. 바이올린을 주제로 한 실내악이었다. 제1바이올린이 활대를 잡고 현을 그어올렸을 때, 정확히 그 첫 음에 그는 아찔함을 느꼈다. 왼쪽 발바닥 밑에서 무언가 화끈거리기 시작했고 그 열기가 발등에서 발목으로, 다시 종아리에서 허벅지로 타고 올라와 심장을 건드렸다. 열기는 거기에서 멈추지 않고 정수리까지 단번에 치고 올라왔다. 난생처음 느껴보는 기분이었다. 심지어 그는 아픈 것 같았다. 그러면서도 황홀했다. 그는 신음하고 싶었다. 날카로운 무언가가 그를 해친 것 같았지만 거부할 생각도 없이 감사하게 그것의 침범을 받아들였다. 연주는 달변가의 궤변과도 같아서 그는 믿어서는 안된다고 생각하면서도 고개를 끄덕이고 있었다. 발바닥 밑에서는 계속해서 간질간질하면서도 타오를 것 같은 열기가 꿈틀거리고 있었다. 그는 자기가 발에 심장 하나를 더 갖게 되었다고 믿었다.

연주가 끝났을 때 그는 꼼짝도 않고 의자에 앉아 있었다. 그는 석고상처럼 굳어져 숨만 겨우 쉬었다. 힘을 풀면 자기 몸이 마음대로 움직일 것 같아 어깨를 움츠렸다. 그는 엉덩이에 힘을 주고 천천히 일어나 콘서트장을 떠났다. 무대를 향해 걸어왔을 때 그의 걸음걸이를 기억하는 사람이라면 그가 방금 전의 사람과 동일인이라고 생각하지 못했을 것이다. 그는 힘겹게 한 발을 내밀고 나서는 사람들이 기억나지 않는 단어를 기억해내려고 애쓸 때처럼 모든 기력을 동원해 또 한 발을 내밀었다. 왼쪽 발바닥이 지면에 닿을 때면 끔찍한 진실이라도 알게 된 것처럼 소스라치듯 놀랐다. 그는 그렇게 절뚝이며 걸어나갔다. 그는 마치 세상에 저 홀로 이단의 신앙을 가지게 된 자처럼 외로웠다.

"좀 도와드릴까요?"

콘서트장에서 손을 잡고 나란히 앉아 있던 노부부 중 아내 쪽에서 걱정스럽다는 듯 말을 걸어왔다. 여인은 사려 깊어 보이는 깊고 검은 눈을 크게 뜨고 그를 바라보았다.

"괜찮습니다."

"부축이 필요하면 남편에게 부탁할게요."

"아니에요."

그는 얼굴 근육을 움직여 부자연스러운 미소를 지었다. 여인은 남편에게로 돌아갔다.

"어서 돌아가 발을 씻어요."

여인은 앞서 걷다가 천천히 뒤를 돌더니 그 말을 남기고 다시 남편의 팔짱을 꼈다. 무슨 뜻이었을까. 그녀 역시 연주의 세례를 받은 이교도인가. 그는 계속 절뚝이며 호텔의 회전문을 지나 로비에 도착했다.

커플 한쌍이 엘리베이터를 기다리고 있었다. 여자는 아내의 것과 같은 모자를 쓰고 있었다. 그녀는 꽤나 미인이어서 로비를 지나는 이들의 눈길을 받고 있었다. 글래머러스한 여자에 비해 남자는 왜소해 보였고 그녀와 서너걸음쯤 떨어져 서 있었다. 둘 다 나이가 꽤 있는 것 같았는데도 아이가 안 보였다. 그는 그들의 옆에 섰다. 그가 다가가자 여자가 뒤로 한걸음 물러섰다. 남자가 여자 쪽으로 붙어 섰다. 그는 좀 멋쩍어져서 주위를 한바퀴 둘러보았다. 흰 머릿수건과 앞치마를 두른 직원이 그가 걸어온 길을 따라 물걸레질을 하고 있었다. 이제 막 도착한 두 여자가 카운터에 몸을 기대고 지갑을 열었다. 그녀들은 말끝마다 실실댔다. 썬글라스를 쓰고 있었지만 진을 입은 뒤태만 봐도 아직 이십대라는 걸 알 수 있었다. 두 여자의 뒷모습을 감상하다가 카운터 안쪽 벽 한가운데에 붙어 있는 대형 전광판 시계를 보았을 때 그는 깜짝 놀랐다. 한여름이었기 때문에 아직 한낮처럼 볕이 충만했지만 벌써 초저녁이었다.

그는 시간을 확인한 순간부터 한스도 잊고 이교도도 버리고 본래 그의 위치로 돌아갔다. 그에게는 다시 상어튜브라는 단 하나의 목적이 주어졌고 잠시나마 또렷하게 날 섰던 눈빛은 이제 경계심을 풀고 부드러워졌다. 그는 주머니에 손을 넣고 아내에게 건네받은 열쇠를 만지작거렸다. 모래사장 한가운데에 아내의 꽃무늬 원피스가 바람에 휘날리는 모습이 떠올랐다. 아름다운 아내의 얼굴은 참담하게 일그러졌고 두 주먹을 너무 꽉 쥔 나머지 손바닥에 손톱자국이 파이고 있다는 걸 깨닫지 못하고 있다. 딸애는 바다 쪽에 가까운, 아내와 좀 떨어진 곳에서 혼자 놀고 있겠지. 그애는 워낙 씩씩한 성격이기 때문에 아빠가 없고 성난 엄마가 자기랑 놀아주지 않는다고 해서 울거나 보채지는 않을 것이다. 그애는 오히려 누구의 방해도 간섭도 받지 않고 놀이 속으로, 바다가 침이 잔뜩 고인 입을 벌리고 모래사장 깊은 곳에서 벌을 받고 있는 마녀가 손가락을 내미는 자기만의 상상 속으로 완전히 빠져들 것이다. 쌕쌕거리는 숨소리를 내며, 간혹 아이의 소리라고 믿을 수 없을 정도로 크게 재채기를 하며, 그애는 생애 최초로 널따랗게 펼쳐진 모래사장을 마음껏 뒹굴며 탐색할 것이다. 그는 바닷물에 손을 한번 헹군 뒤 딸애의 코끝에 매달린 맑은 콧물을 닦아주고 싶다고 생각했다.

그는 아이가 숨을 들이쉬고 한뼘밖에 되지 않는 연약한 작은 가슴이 부풀어오르고 후룩, 하는 소리와 함께 반짝거리는 콧물이 다시 작은 콧구멍 속으로 들어가는 장면을 상상했다. 아이는 아무 망설임 없이 단번에 콧물을 삼키고 자랑스럽다는 듯 그의 얼굴을 바라본다. 모래 알갱이가 묻은 작은 입술이 달싹거린다. '아빠 어디 갔다 왔어?' 뭐라고 대답할 것인가. 지방 호텔이나 전전하며 연주하는 아마추어 악단의 음악을 감상하고 있었다고? 자기랑은 아무 상관 없는 이들을 위해 가위를 빌려 천쪼가리에 구멍을 세개나 뚫고 있었다고?

엘리베이터가 도착했음을 알리는 종소리가 울렸고 마찰음도 없이 매끄럽게 문이 열렸다. 그는 급한 마음에 제일 먼저 엘리베이터에 몸을 실었다. 그들은 공교롭게도 같은 층에 묵고 있었다. 여자는 마치 그가 자기네를 일부러 따라다닌다는 듯 경계하는 눈빛을 보내더니 역시 아까처럼 한걸음 더 떨어졌다. 하지만 그는 더이상 상관하지 않았다. 이제 상어튜브 생각뿐이었으니까. 내릴 때에도 그는 가장 먼저였다. 재빠른 걸음걸이로 417호로 가 열쇠구멍에 열쇠를 꽂고 문손잡이를 돌렸다. 서두르자. 어서 튜브를 찾아내 씩씩한 공주와 신경쇠약에 걸린 왕비를 구해내자. 아름다운 그녀들에게 상어를 잡아 바치자!

문이 열리고 그는 파도에 몸을 던지듯 용감하게 방 안으로 뛰어들었다. 서랍장을 칸칸이 다 뒤지고 옷장 문을 서너번은 여닫았다. 여행가방 속에 있는 것들을 모두 끄집어내어 바닥에 늘어놓고 나중에는 침대보까지 들춰 보았다. 그러나 상어튜브는 없었다. 그는 사기를 잃고 침대 모서리에 걸터앉았다.

"남편을 사랑하지 않아. 그 사람이 어떻게 되든 난 신경 안 쓴다고!"

옆방에서 나는 소리였다.

"하지만 애들 문제는 달라. 난 걔들 엄마야. 당신은 그걸 이해 못하지. 아이를 길러본 적이 없으니까, 낳아본 적이 없으니까 몰라."

여자의 목소리가 점점 더 커졌다. 그는 밖으로 나가고 싶었다. 요즘 여자들이 남편 말고 정부를 하나씩 데리고 있다는 얘기는 들어본 적이 있었지만 그걸 이런 데 와서 확인하고 싶지는 않았다. 남편이란 잘못하면 아내 데이트 비용을 대주는 우스운 꼴로 전락할 수 있다는 김 대리의 충고가 생각났다. 김 대리는 아직 총각이었는데 자기보다 세살 위의 유부녀와 만나고 있었다. "아이 둘을 낳은 몸매치곤 훌륭해." 김 대리가 집게손가락으로 허공에 유선형을 그리며 입술에 침을 적셨다. 그는 고개를 흔들어 김 대리의 얼굴을 뭉그러뜨렸다.

방 안에 상어튜브가 없다는 결론을 내리고 지하 주차장으로 내려갔다. 차를 어디에 세웠는지 기억이 나지 않아 A구역에서 F구역끼지를 전부 확인해야 했다. B-10이라고 쓰인 기둥을 지날 때 그는 어디선가 낯익은 웃음소리를 들었다.

"왜 친한 척이야? 우린 오늘 처음 만난 사이야."

말끝마다 웃음을 흘리는 저 목소리의 주인공은 카운터에서 실실대던 그 여자였다.

"우리 엄마랑 아버지도 옛날엔 처음 만난 사이였어, 알아? 세상 사람들 대부분이 다 처음 만난 사람이랑 사귀게 되거든."

여자는 웃음을 참고 몸을 뒤로 살짝 젖혀 긴 머리를 찰랑거리게 했다. 남자애가 여자 쪽으로 몸을 가까이하며 숨을 들이쉬었다.

"너 엘라스틴 쓰지?"

"어떻게 알았어?"

여자애가 남자의 가슴 쪽에 주먹을 잠깐 갖다댔다.

"여자들 반은 엘라스틴이고 반은 펜틴이거든."

남자는 여유가 생겼는지 담배를 꺼내 물었다.

"확률은 반반."

"사기꾼."

그렇게 말하지만 여자는 싫지 않은 눈치다. 남자의 손이 여자애의 허리에 가 있는데 가만히 있다. 이미 끝난 게임이다. 여자애는 머리칼을 제 손으로 자꾸만 쓸어내리고 있다. 저 손이 남자의 손으로 바뀌는 건 시간문제다.

"이따 열시에 교대니까 해변에서 놀다가 라운지로 와. 바비큐 좋아해?"

저 남자 어딘가 낯이 익다 했더니, 프런트 직원이 아닌가. 여자애는 대답도 하지 않고 뒤돌아 걸었다. 또각또각 구두굽 소리가 도도하게 지하 주차장을 울렸다. 여자가 열시에 라운지에 나타날 것은 불 보듯 뻔하다. 그는 걸을 때마다 흔들리는 풍만한 엉덩이를 바라보며 언젠가 자신의 딸도 저런 큰 엉덩이를 가지게 되고 기도 안 차는 놈팡이와 이런 지하에서 낄낄거릴지 모른다는 생각에 소름이 끼쳤다.

기운이 빠져 그는 터덜터덜 걸었다. 프런트 직원과 마주쳤을 때 그는 그 놈팡이가 근무시간에 근무지를 이탈하여 허튼짓을 한 것을 목격했지만 그에 관해 훈계할 생각은 없었기 때문에 옆으로 비켜섰다. 그러나 프런트 직원 쪽에서 그를 불러 세웠다.

"죄송하지만, 손님."

그는 대꾸 없이 멈춰 섰다.

"지금 신고 계신 슬리퍼는 호텔 소유의 실내용이네요."

"그래서요?"

"여기는 주차장이고, 외부에서는 개인용 실외화를 신으셔야……"

"내 딸을 건드릴 생각일랑 집어치우는 게 좋아."

"네?"

"엘라스틴을 쓰는 여자 말이야."

그는 엘라스틴을 쓰는 여자를 딸로 두기에는 너무 젊은 것처럼 보였지만 프런트 직원이야 어떻게 생각하든 말든 전혀 개의치 않고, 저벅저벅 걸어 B구역에서 C구역으로 넘어갔다. 환풍기가 돌아가고 있었지만 지하의 공기에선 쾨쾨한 냄새가 났다. 습도가 높아 피부는 끈적해졌고 숨이 턱턱 막혀왔다. 그는 이십분 정도 더 헤맨 끝에 칠년 동안 운전한 구형 소나타를 찾아낼 수 있었다. 차를 발견한 순간 그는 중년 여자들은 바람을 피우고 딸들은 시시껄렁한 연애를 하는 이 불량한 세계로부터 탈출할 수 있을 것 같아 안도의 한숨을 내쉬었다.

상어튜브는 차 안에 얌전히 모셔져 있었다. 아이가 탔던 뒷자리 쪽에서 들쑥날쑥한 이빨을 드러낸 채 얌전히 누워 있었다. 그는 튜브를 꺼내—딸애가 사분의 일 정도 바람을 불어넣어 흐물거렸다—어깨에 둘러메고 황급히 지하 주차장을 빠져나갔다.

다시 해변을 가로질러 텐트촌을 향해 걷고 또 걸었다. 돌아올 때 그는 자기가 벗어 던진 슬리퍼 한짝이 해초들에 엉킨 채 바위에 걸려 있는 것을 보았다. 만약 그 장면을 아내가 봤다면 꼼짝없이 그가 파도에 떠밀려갔다고 생각했겠지. 튜브를 찾으러 간 남편이 두세시간이 지나도 돌아오지 않고 그의 발에 끼워져 있어야 할 슬리퍼가 먼 바다에서부터 흘러들어온다. 그의 눈에는 슬리퍼가 분명 자신의 유품처럼 보였고 스스로가 유령이 된 기분이었다. 상어를 아내에게 넘기는 순간 그는 생명을 되찾을 수 있을 거라 생각했다. 그는 전속력으로 달리고 싶었다. 딸이 보고 싶었고 아내에게 가고 싶었다. 하지만 그럴 기운이 없었다. 그는 점심을 먹지 못한데다 음악을 듣는 데 너무 집중한 탓인지 배가 더 고픈 것 같았다. 그는 최대한 보폭을 넓게 해서 걷고 또 걸었다.

튜브에 바람을 넣은 뒤 그는 텐트촌 근처에서 서성거렸다. 사람이 갑자기 너무 많아졌기 때문에 제자리를 찾기가 어려웠다. 팽팽하게 바람을 넣은 튜브는 어깨에 둘러멜 수 없어서 양팔로 안아야 했는데 크기가 어른 키만 해서 걸을 때마다 그의 시야를 가렸다. 그는 텐트를 겨우 찾아냈지만 텐트 근처에 있던 사랑스러운 두 여자는 찾을 수 없었다. 아내의 원피스는 그해 유행인 것 같았다. 그는 똑같은 원피스를 입은 여자를 세명이나 만났다. 체격과 헤어스타일이 워낙 달랐기에 망정이지 그렇지 않았다면 뒤에서 그녀들을 안아버렸을지도 모른다. 어디선가 딸애의 활달한 웃음소리가 들리는 것 같아 돌아보면 다시 반대편에서 웃음소리가 들렸다. 그는 제자리를 빙글빙글 돌았다.

"여보!"

아내가 먼저 그를 발견했다. 아내는 파라솔에 앉아 있었다. 그들은 파라솔을 가져오지 않았고, 아내의 비치백에 든 건 분명 은박 돗자리였기 때문에 그는 도처에 널린 파라솔은 무심히 지나쳤던 것이다. 그런데 아내는 파라솔 아래서 웬 남자와 마치 그의 마누라라도 되는 듯이 마주 앉아 있었다.

"대체 여기서 뭘 하고 있는 거야?"

"당신 찾고 있었지."

"자리에서 뱅뱅 돌면서 말이야?"

그는 아내에게 자초지종을 설명하려다가 도움이 될 것 같지 않아 입을 다물었다. 그는 아내에게 상어를 안겨주고 칭찬을 듣고 싶었다. 그러나 아내가 상어튜브 없이는 피서가 불가능하다고 주장했던 몇시간 전과는 사뭇 달라 보였기에 상어를 조용히 바닥에 내려놓고 발끝을 내려다보았다.

"미안해."

그는 아내의 원망이 쏟아질 것을 준비하며 심호흡을 했다. 마음속으로 귓구멍에 자동문을 설치하고 아내의 말소리가 시작될 때 그것을 작동시키면 되었다.

"그래, 다 내 잘못이야. 잘 알고 있다고."

그는 자동문 스위치에 손가락을 갖다댄 채 얌전히 기다렸다. 그러나 시간이 흘러도 아내는 말이 없었다. 이상한 생각이 들어 그가 고개를 들었을 때 아내는 파라솔 주인—매부리코에 사각턱을 하고 썬글라스를 낀 느끼한 녀석—을 바라보며 그가 예전에 한번도 본 적이 없는 함박웃음을 짓고 있었다.

"이이는 늘 이런 식이에요. 정말 엉뚱하죠?"

남자가 자기 뒷목을 긁었다. 그는 남자가 자기 아내를 만지고 싶어한다고, 그래서 저렇게 쉼 없이 손을 움직이고 있는 거라고 느꼈다.

"아직 소개 안했지? 자기 애들이 바다에서 노는 동안 나더러 파라솔을 잠깐 써도 좋다고 하셨어. 이분은 가족과 함께 팜비치에 사신대. 여보, 진짜 팜비치 말이야."

아내는 '진짜 팜비치'라고 말할 때 목소리를 낮추었다. 그게 무슨 대단한 비밀이라고! 건방진 매부리코는 이제 팔짱을 낀 채 자기 팔뚝에 대고 손가락으로 피아노 치는 흉내를 내고 있었다. 쉴 새 없이 두리번거리고 있었지만 뭔가 궁금하다기보다는 건성으로 그러는 것 같았다. 뒤를 돌아 그를 힐끗 바라보는 아내의 얼굴이 상기되어 있었다. 아내는 그가 튜브를 가져오느라 오랜 시간을 지체한 이유에 대해서 묻는 대신 손가락으로 대여섯걸음 떨어진 해변가를 가리켰다.

딸애가 매부리코의 아이들과 파도타기 놀이를 하고 있었다. 매부리코와 아내가 멀찌감치 떨어져 지켜보는 가운데 아이들은 사이좋게 스티로폼 위에 올라가 파도를 기다렸다. 딸애를 포함해 모두 다섯명의 공주님들이었다. 저만치서 파도가 밀려오면 아이들은 한목소리로 비명을 질렀고 어느 순간 파도에 쓸린 스티로폼이 뒤집어지면서 바닷속으로 잠수했다. 다시 물 밖으로 머리를 내민 아이들은 서로의 얼굴에 대고 입속의 물을 내뿜고는 괴성에 가까운 웃음을 터뜨렸다. 그는 아이들 사이를 비집고 들어가 딸의 손목을 잡았다.

딸애가 그의 눈을 바라보자 그는 "상어다!"라고 외치며 튜브를 내밀었다. 아이의 눈동자는 조금도 흔들리지 않았다.

"난 파도 탈 거야, 아빠. 파도 탈 거야."

그는 상어를 다리 사이에 끼우고 시범을 보였다.

"이제 상어 위에서 타는 거야. 이렇게, 이렇게."

그는 한걸음씩 물속으로 걸어들어가며 팔을 휘저었다. 딸은 고개를 흔들었다.

"스티로폼 위에서. 스티로폼 줘."

딸애는 물 위에 둥둥 떠 있는 스티로폼 조각을 꼭 붙잡았다.

"지지야. 이건 더러워."

그는 아이의 손에서 스티로폼을 떼어내고 다리 사이에서 끄집어낸 상어 위에 아이를 앉혔다. 그리고 바다를 향해 힘껏 밀었다.

몰라서 그렇지 막상 상어를 타게 되면 딸애가 즐거워할 거라는 그의 생각은 예상을 빗나갔다. 생전 울지 않던 이 여장부는 울음을 터뜨렸고 그 우렁찬 목청에 매부리코가 ── 아내가 아니라 ── 달려 왔다. 그는 미소를 띠며 아이들에게는 아이들이 원하는 것을 해주는 게 최선이라고 조언했다.

"그게 내가 네 아이를 키우면서 적용하는 단 하나의 원칙이랍니다."

육아방송에라도 출연한 듯 우아한 말투였다. 매부리코는 딸에게 다시 스티로폼을 쥐여줬고 자기 아이들과 함께 놀도록 이끌었다.

그는 상어 꼬리를 붙잡아 끌고 텐트를 향해 걸었다. 몹시 피곤해서 좀 누워 있고 싶었다. 배도 고팠지만 뭘 먹을 기분은 아니었다. 상어튜브를 텐트 못에 묶어두고 안으로 들어갔다. 바닥에 앉자 또다시 엉덩이에 자갈이 배겼다. 그는 옆으로 좀 비켜 앉았다. 엉덩이를 들 때 고개를 숙이다가 그는 발바닥에서 뭔가 발견하고 유심히 살펴보았다. 반짝이는 작은 유리조각이 살 안쪽에 깊이 파고들어 있었다. 텐트 밖에서는 상어의 머리가 이쪽을 주시하고 있었다. 그는 상어의 이빨을, 그리고 다시 발바닥의 상처를 번갈아 바라보았다. 삼각형 모양으로 살점이 떨어져나간 상처는 마치 날카로운 이빨이 박혔던 자국처럼 보였다.

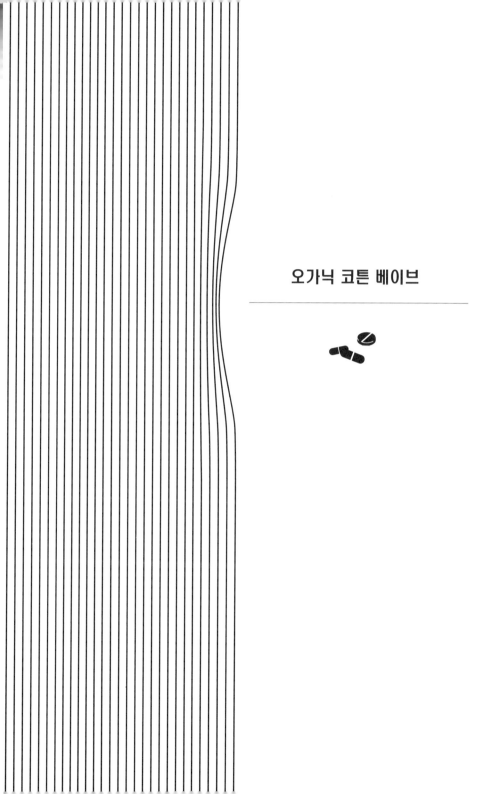

오가닉 코튼 베이브

약국 문이 열리며 종소리가 울리자 그는 그녀를 향해 가볍게 눈인사를 했다. 그녀는 오년간 꾸준히 오메가3와 비타민을 구매해온 동네 단골이었다. 그의 약국에서 클로렐라, 유산균, 프로폴리스, 글루코사민, 스피룰리나를 주문한 첫 손님으로, 누구보다 의약품계의 유행을 충실하고도 열정적으로 좇아왔다. 그는 그녀가 무엇을 하는지, 누구와 사는지, 건강보조식품 외에 또다른 관심사가 있는지에 대해서는 아무것도 알 수 없었지만 강박적으로 자기 몸에서 부족한 성분을 찾아내고 꾸준히 약을 먹어야 비로소 안심하는 스타일이라는 것만은 아주 잘 알고 있었다.

　최근에 그녀의 관심을 끌고 있는 건 감마리놀렌산이었기 때문에 그는 당연하다는 듯 건강보조식품 코너로 움직였다. 그러나 그녀는 고개를 저었다. "임신 테스트기 주세요." 그는 엉겁결에 '테스틱'을 건네고 삼천원을 받으며, 오메가3를 건네고 비타민을 건네고 글루코사민을 건넬 때와 똑같은 표정으로 미소 지었다. 그녀도 오메가3를, 비타민을, 그리고 글루코사민을 받아들 때와 똑같은 표정으로 미소에 답했다. 테스트기를 핸드백 속에 집어넣은 그녀가 약국을 나서자 그는 무심한 눈빛으로 유리문 밖을 슬쩍 내다보았다.

그날 그는 처방전을 입력할 때마다 실수를 했고 점심으로 먹은 짬뽕 국물을 흰 가운에 흘렸으며 문을 닫으려면 아직 삼십분이나 남은데다 아무 할 일이 없었는데도 약국에 걸려오는 전화를 받지 않았다. 셔터를 내릴 때 그는 자신이 하루 종일 심기가 불편했다는 사실을 깨달았다. 그리고 그 이유가 낮에 그녀가 다녀간 일 때문일지도 모른다는 생각을 했다. 아파트 로비에 들어설 즈음에는 그 생각이 맞는다는 확신이 들었다. 잠들기 전에는 그녀에 대해서 화를 내고 있는 자신을 발견했다. '뻔뻔스럽기는!' 그는 오른쪽으로 돌아누웠다. '싸구려!' 그는 이불을 뒤집어썼다가 발딱 일어나 앉아 씩씩거렸다. '약국이 우리 집밖에 없는 것도 아니잖아?' 새벽 세시였고 그는 그녀의 전화번호조차 알지 못했다. 임신 테스트기에 나타난 두줄 표시를 보고 놀란 그녀와 감격에 젖은 어떤 사내가—그는 본 적도 없으면서 몸집이 크고 피부는 거무튀튀하고 알통 밴다리에 뻣뻣하고 두꺼운 털이 잔뜩 뒤덮인 사내를 단번에 머릿속으로 그려냈다—서로 부둥켜안는 장면이 자꾸 떠올라서 그는 잠을 설쳤다.

다음 날 시뻘게진 눈으로 출근한 그는 리모컨 버튼을 눌러 에어 컨 온도를 높이며 그녀에게 진즉에 좀더 다정하게 굴걸 그랬다고 후회했다. 글루코사민 한병쯤은 감사의 뜻으로 선물했어도 나쁘지 않았을 것이다. 매번 사 가는 제품들은 10퍼센트 정도 할인해줬다 면 어땠을까. 그녀에 대한 애정을 깨닫지 못했던 댓가로 그날 이후 그는 반년 동안 그녀에게 임신 테스트기만 팔아야 했다.

운이 좋게도 기회는 돌아왔다. 다시 나타난 그녀는 기운 빠진 목 소리로 아사이베리를 찾았다. 그는 그녀의 푹 꺼진 눈과 칙칙한 피 부와 눈가의 기미, 무엇보다 생기를 잃은 눈빛을 보고 그녀의 불같 은 연애가 끝났음을 눈치챌 수 있었다. 아사이베리를 사는 열번째 손님에게 한병을 더 주는 이벤트를 하고 있다고 둘러대며 붉은 액 체가 가득 든 유리병을 건네자 그녀의 입꼬리가 살짝 올라갔다가 내려왔다.

그녀는 건강보조식품의 세계로 되돌아왔다. 약국에 번질나게 들 락거리며 칼슘과 DHA, 은행잎 추출물을 사들였다. 약을 사서 돌 아가는 그녀의 미소를 볼 때면 그는 자신이 왜 이상도 없고 패기도 없이 사방이 약상자로 가득한 이 좁은 세계를 택했는지를 알 것 같 았다. 오로지 그녀를 만나기 위해서였다는 것을 말이다. 다음 해 봄 그들은 결혼했다. 그녀는 오년 동안 다니던 지역신문사를 그만두 고 약국에서 청소와 간단한 조제 업무를 도왔다. 그녀가 건강보조 식품의 구비와 관리와 판매를 도맡은 이후 가게의 매출은 15퍼센 트나 올랐다.

반팔을 입기에는 좀 쌀쌀하다 싶은 초가을의 어느날, 남편을 돕기 위해 약국에 출근한 그녀는 처방전을 입력하다가 갑자기 팔에 마비가 오고 말았다. 목 디스크였다. 이틀 동안 그녀는 몸의 절반 정도를 전혀 움직일 수 없었다. 그녀는 자리에서 꼼짝도 할 수 없는 처지가 되었다는 사실보다 자신의 병이 몇년간 월급 중의 상당액을 투자했던 건강보조식품들과는 아무런 관계가 없었다는 점에 배신감을 느꼈다. 수술실에서 나온 그녀는 링거에서 한방울씩 떨어지는 수액을 바라보며, 어떤 인체 구성 성분의 부족이 아니라 단순히 어떤 자세가 건강을 해칠 수 있다는 사실을 조용히 되새겨야 했다.

마흔셋의 나이에 인생에서 처음으로 몸에 칼을 대야 했던 것은 그녀에게 충분히 끔찍한 경험이었다. 수술 이후 그녀는 모든 신경을 자세에 집중했다. 척추에 무리가 가는 자세는 절대 피했다. 다리를 꼬고 앉지 않는 것은 물론이요, 고개를 숙이는 게 꺼림칙해서 책도 읽으려고 하지 않았다. 틈만 나면 누워서 1킬로그램짜리 아령을 들고 목 근육을 강화하는 운동을 했다. 턱을 치켜들고 시선을 정면에 고정한 채로 휴대전화를 사용했고 한쪽 어깨를 기울어지게 하는 숄더백 대신 백팩을 멨다.

아침에는 요가를 배웠다. 요가를 향한 그녀의 열정은 대단한 것이어서 요가원에서 주말마다 열리는 공부모임에서 반장을 맡았다. 그녀는 우리의 몸을 지탱하고 있는 모든 뼈가 어떤 모양으로 생겼는지 그릴 수 있었고 근육의 위치와 형태, 이름을 줄줄 외웠다. 균형감각을 키우려면 나무자세가 필요하다는 것, 고양이자세가 늑골을 이완시킨다는 것, 쟁기자세를 하고 나면 물고기자세로 가슴의 압박을 풀어줘야 한다는 것도 알았다.

원장의 추천으로 6개월간 진행되는 요가 지도자반을 수강하면서 그녀의 열정에 완전히 불이 붙었다. 그녀는 함께 수련을 시작한 이들 중 가장 먼저 지도자 자격증을 땄고, 일년 뒤에는 화요일 저녁 여덟시 타임에 수업을 하나 맡게 되었다. 회원들은 그녀를 레이카 선생님이라고 불렀다. 그녀는 수업을 시작하기 전이면 항상 명상곡인 「내 마음의 안식」을 틀었다. 그리고 우아하게 어깨를 늘어뜨린 채 가부좌를 틀었다. 회원들을 천천히 둘러보는 그녀의 얼굴에 만족스러운 미소가 떠오르면 그녀의 입술이 달싹이며 나지막하고도 침착한 목소리가 수련원에 퍼져나갔다. "나마스테. 수련을 시작하겠습니다. 오늘은 몸의 기반을 다지고 근지구력을 키우는 동작을 중점적으로 연습합니다." 그녀에게 이 단어들은 더이상 낯설지 않았다.

그녀는 아침에 그를 깨울 때도 "나마스테"라고 인사했으며 언젠가부터 그와 나누는 대화의 대부분은 근육과 자세에 관한 것이 되었다. "당신은 아무래도 척주기립근이 덜 발달되어 있는 것 같아. 척추를 곧게 세워봐. 무게중심이 앞으로 치우쳐 있다고. 늙어서 꼬부랑 할아버지가 되고 싶어?"

그녀는 자기가 처한 모든 상황에서 뼈의 정렬과 근육의 쓰임을 생각했다. 회원에게 선물받은 티켓으로 로댕전을 관람하게 되었을 때 그 증세는 정점에 다다랐다. 그녀는 올바르지 않은 자세로 고정되어 있는 청동상 앞에서 곤혹스러움을 느꼈다. 「생각하는 사람」의 구부정한 자세가 척추에 무리를 주고 있었고 이브가 목을 꺾고 있는 각도는 위험 수준이었다. 「입맞춤」이라는 이름을 달고 있는 두 남녀의 동상은 더했다. 여자가 그 자세로 계속 허리를 뒤틀고 있다면 좌우 견갑골의 균형이 깨지는 건 시간문제였다. 「지옥의 문」이 그런 이름을 달게 된 이유는 그들의 뼈마디가 쑤시고 근육이 늘어나고 염증으로 고통받기 때문이었으리라. 그녀는 거기에서 어떤 식의 미도 발견하지 못했다. 그녀에게 로댕전은 그저 잘못된 자세들의 군집일 뿐이었다. 그녀는 곧이어 그들에게 닥칠 고통, 근육통과 탈골과 마비가 일어날 침울한 미래를 생각하면서 조용히 인상을 찌푸려야 했다.

그날 저녁 그가 그녀에게 전시회가 어땠냐고 묻자 그녀는 이마에 손을 짚으며 신경질을 부렸다. "당신, 내가 저번에도 지적했는데 또 그러네. 얘기할 때 항상 턱을 들고 있다고. 위치가 조금만 바뀌어도 목이 받는 압력이 1.5배나 증가한다니까!" 그녀의 머릿속에 방금 전에 본 뒤틀린 요추와 척추가 스쳐지나갔다. 동상들의 표정이 고통으로 일그러졌고, 딱딱한 청동 입술 사이로 비어져나오는 신음이 들리는 듯했다.

온통 몸에 집중되었던 관심을 서서히 외부 세계로 확대할 수 있었던 건 센터 원장의 영향이었다. 둘은 키도 체형도 비슷한데다가 같은 미용실에 다녔기 때문에 헤어스타일마저 비슷해 쌍둥이처럼 보였다. 함께 수업을 계획하고 공부하면서 원장은 그녀에게 요가는 운동이 아니라 삶을 살아가는 방식 그 자체임을 가르쳤다. 간단히 말해, 원장은 그녀에게 아로마 오일과 천연고무 소재의 요가 매트와 함께 유기농의 세계를 전파했다.

유기농 채소와 과일이 냉장고를 채웠다. 그녀는 친환경, 저농약과 무농약, 유기농의 아슬아슬한 차이를 설명할 수 있었다. 그러나 그녀가 세상에 대해 알아가면 알아갈수록, 그리고 어떤 식으로든 그에 반응하면 할수록 그녀는 점점 더 강력한 두려움에 사로잡혔다. "사람들은 세계가 안전하다고 생각하지만 그건 무지 때문이야. 세상이 얼마나 위험천만한 곳인지에 대해서 무감각해져 있을 뿐이라고." 그가 포도를 껍질째 삼킬 때면 그녀는 혀를 차며 고개를 절레절레 저었다.

그녀는 500밀리리터에 사만원이나 하는 샴푸를 사고, 린스 대신 식초로 머리를 헹궜다. 주방세제와 세탁세제도 친환경으로 바꿨다. 화장품 속에 들어 있는 유해 성분을 구별해낼 줄도 알았다. 이미다졸리디닐우레아, 티몰, 페녹시에탄올, 파라벤, 트리클로산, 트리에탄올아민, 소르빈탄…… 누군가 그녀가 통화하는 걸 엿들었다면 그녀가 제3세계 언어로 말하는 줄 알았을 것이다.

그녀가 악몽에 시달리기 시작한 게 그즈음이었다. 밤이 되면 낮에는 꼭꼭 눌러뒀던 온갖 부정적인 생각들이 끝도 없이 밀려나왔다. 악몽은 목 디스크처럼 수술로 치료하거나 운동으로 완화할 수 있는 무엇이 아니어서 밤새도록 끝이 나지 않고 이어졌다. 안전한 먹을거리로 식탁을 채울수록 그녀의 꿈은 점점 더 잔혹해져만 갔고, 밤의 악몽은 그녀가 유기농에 대한 열정을 잃지 않도록 하는 원동력이 되었다. 그것이 선순환 구조인지 악순환 구조인지 그는 알 수 없었으나 그가 확신할 수 있는 것은 그 순환고리에서 그녀를 빠져나오게 하는 것이 불가능하다는 점이었다.

누구나의 꿈이 그렇듯 논리도 인과도 결여된 이야기를 들어야 한다는 것은 충분한 고역이었다. 꿈 타령을 들으며 말없이 콩나물 국물을 삼키면서 그는 속으로 노래를 불렀다. 노래는 주로 그가 고등학생이었을 때 유행하던 가요들이었다.

"칼은 아무래도 음식에 대한 두려움을 상징하는 것 같아. 베이커리에서 얼마나 많은 식재료에 인간이 먹어서는 안될 것을 혼합하는지 당신도 알잖아? 그러고 보니까 내가 빵에 칼을 꽂던 그 장소 말이야, 이제야 말하지만 거기가 하필이면 화장실이었다니."

그녀는 팔꿈치를 식탁 위에 올리고 손바닥으로 이마를 짚었다.

"세면대 옆에 있던 남자가 제빵용 유니폼을 입고 있었던 게 분명하게 기억나."

그녀는 두 손을 마주 잡았다가 쫙 펴고 왼쪽에서 오른쪽으로 한 손가락씩 살펴 손톱 정리가 잘되어 있는지 확인하며 이렇게 중얼거렸다.

"빵을 살 때마다 과연 그 수염도 깎지 않는 청년들이 손은 제대로 씻고 반죽을 조몰락거리고 있는 건지가 항상 의심스러웠다고."

이야기는 콧수염을 단 남자의 불길한 생김새와 화장실의 세세한 묘사로 이어지며 그녀가 꿈을 재건하는 대공사는 끝이 날 듯 끝이 나지 않았다. 그녀의 꿈은 환경문제와 성격장애의 결벽증적 요소가 결합된 형태로, 정확히 말하면 결벽증 쪽이 조금 우세하다고 볼 수 있었다.

사카린, 소르빈산칼륨, 아질산나트륨, 타르 색소…… 그녀는 새로운 언어를 말하기 시작했고, 그는 아내가 외국어를 배우는 데 그 열정을 쏟는다면 5개 국어쯤은 가뿐히 마스터할 수 있을 거라고 생각했다.

단지 내에 있는 생협에 매일 출근하다시피 하던 그녀는 햇살이 한층 누그러진 초봄의 어느날 아침, 매장의 알림판에 꽂힌 마을 소모임 홍보 글을 유심히 보게 된다. 참나리 생태연구 소모임. 그녀는 소모임장에게 전화를 걸어 참여 의사를 밝혔고 그다음 날 모임을 시작으로 생태연구 활동을 시작하게 되었다. 그녀는 일주일에 한 번씩 수요일 오전마다 모임에 참석해 멸종 위기에 놓인 풀벌레나 수중생물, 들꽃의 이름을 외우기도 하고 인간이 동물에게 끼친 해악에 관한 다큐멘터리 영화를 감상하기도 했다.

어느날의 퇴근길에 그는 덩치는 크지만 어딘가 모자라 보이는 여자아이가 화단에 쪼그리고 앉아 그림을 그리고 있는 걸 보았다. 화단 앞에 섰을 때 그는 그 여자아이가 아내리는 사실을 알게 되었다. 그녀는 고개를 들고 배시시 웃으며 그에게 민들레가 그려진 작은 스케치북을 내밀었다. 그는 그녀가 잔꽃무늬 면 원피스에 단화를 신고 있는 모습을 보고 기묘한 느낌을 받았다. 약국에서 줄기차게 건강보조제를 사재기하던 시절에 그녀는 깔끔한 디자인의 정장을 즐겼고, 요가에 한창 빠졌을 때는 몸에 딱 달라붙는 트레이닝복에 운동화 차림이었다. 언제부터 그녀가 오가닉 면 소재의 헐렁한 옷차림을 즐겨 했던 거지? 그 무렵 영화나 드라마에서는 인물들 간의 영혼이 바뀌는 설정이 유행했는데, 그는 잠을 자다가 설핏 깨면 잠든 그녀의 얼굴을 유심히 들여다보곤 했다.

생태연구 소모임 활동을 시작으로 그녀는 마을모임에도 나가기 시작했다. 그녀는 조합원들이 소비자의 입장에서 너무 수동적으로 회의에 참여한다고 투덜댔다. 단순히 생활용품의 사용 후기를 전달하는 정도로는 생협의 주체라 하기 어렵다는 것이다. 그녀는 이제 상생과 연대라는 단어를 사용하며 조합이 좀더 다양한 프로그램을 진행할 것을 요구했다. 주체? 연대? 그건 대학 시절 과 선배의 입에서나 나오던 단어였다. 도대체 어떤 영혼이 그녀의 몸을 잠식하고 있는 것일까? 그는 설거지하는 그녀의 뒷모습을 미심쩍은 눈으로 바라보곤 했다.

그녀는 여섯달 만에 마을지기가 되어 마을의 대표답게 묵직한 주제들에 관심을 기울이기 시작했다. 진달래마을의 마을지기이면서 책모임의 반장을 맡았고 생활용품 만들기 소모임과 생태연구 소모임에는 일반 회원으로 참여했다. 중흥지점 팀장은 개인사를 상담할 정도로 그녀를 신뢰했다. 그녀는 가장 리더십이 뛰어나고 활동력이 왕성한 마을지기였다. 그는 이제 화단 앞이 아니라 시청 앞 농성장에서 아내를 발견했다. 그녀는 개량한복을 입고 있었고 스케치북 대신 환경을 해치는 시의 개발사업에 반대한다는 전단지를 들고 있었다.

천연재료로 직접 만든 썬크림을 발라 백탁현상으로 하얗게 뜬 얼굴로 그녀는 온갖 강연과 행사에 참가했다. 환경단체의 핵 이야기, 흙집 건축에 대한 강의, 집에서 직접 만드는 모기 퇴치액, 자연과 함께하는 세밀화 그리기까지. 친환경 비누와 세제를 만들어 마을 모임 구성원들에게 나누어주고, 유기농 밀가루로 만든 쿠키를 아이들에게 선물하기도 했다. 그 혼자 저녁식사를 하는 날이 늘어 갔다. 그녀는 생협에서 주최하는 요일별 문화 프로그램에 매일 참여하고 거기서 만난 사람들과 저녁을 먹고 아홉시쯤에야 귀가해서 한시간 동안 오늘 새로 배운 것에 대해 떠들어낸 뒤 내일 일정을 위해 열시면 잠이 들었다. 그를 붙잡고 꿈 타령을 늘어놓는 일이 더이상 없었으므로 그는 만족했다. 그렇게 그녀의 악몽은 끝이 난 걸로 보였다.

그녀가 약국의 재고 정리를 도와주지 못하거나 처방전을 입력하지 않는다고 해서 그가 트집을 잡거나 하지는 않았다. 생협 이사장이 주는 표창장이라도 받을 기세라며 그녀의 열정을 비아냥거린 적이 있긴 했지만 건강보조제에 열성을 보이는 아내보다는 사회문제에 관심을 갖는 아내 쪽이 더 낫다고 생각했다. 혼자 저녁을 먹는 것도 습관이 되니 나쁘지 않았고, 아내가 만든 샴푸를 쓰면서

탈모현상이 완화되는 바람에 내심 기대를 걸기도 했다.

5월이 되자 그녀는 일본 지방 생협과의 교류회 담당자가 되었다. 그녀는 많이 바빠져서 다른 활동을 모조리 그만두고 교류회 준비에만 집중했다. 한국 측과 일본 측이 골고루 섞여 앉을 수 있도록 자리 배치도를 짜고 인사동에 가서 교환할 선물을 준비하고 생협의 역사와 다른 나라의 협동조합 체제를 공부했다. 교류회를 준비하는 5월 내내 그녀는 「할아버지 시계」라는 노래를 일본어로 불러 댔다. "오오끼나 놉뽀노 후루도께이 오지이상노 토께이, 햐꾸넨 이쯔모 우고이떼이따 고지만노 토께이사." 얼마나 그 노래를 많이 들었는지 그도 따라 부를 수 있을 정도였다.

아침에 그녀가 투피스 정장을 입은 것을 보고 그는 오늘이 교류회라는 걸 알았다. 그녀는 그가 조합원 가족 자격으로 교류회에 참여하길 바랐기 때문에 그는 그녀가 일러준 대로 회사 앞에서 533번 버스를 타고 프리미엄 플라자에 도착했다. 행사장은 이층이었다. 세단을 올라가면서 그녀의 목소리가 늘리자 그는 자기도 모르게 걸음을 재촉했다. 그는 상기된 얼굴로 입장해 '이동이/イ・ドンイ'라고 쓰인 명찰을 달고 테이블에 앉았다. 원형 테이블에는 세명의 일본인과 두명의 한국인이 함께 앉아 있었다. 이 조화로운 자리 배치가 그녀의 머리에서 나온 것이라니, 그는 강당 안을 한번 둘러보고 흡족한 미소를 지었다.

그녀는 단상에 올라 사회를 보는 중이었다. 가슴에 분홍색 베고

니아를 달고 마이크 앞에 선 그녀는 평소보다 매력적으로 보였다. 그녀는 능숙하게 교류회를 진행했다. 발음은 정확했고 가슴은 활짝 열려 있었다. 그녀가 두 발을 딛고 당당하게 서 있는 모습은 그에게 하나의 상징처럼 느껴졌다. 처음 만났을 때 느꼈던 불안함과 나약함은 이제 더이상 찾아볼 수 없었다. 그는 세상과 맞서고 있는 당당한 한 사람을 보았다. 건강보조식품과 심신 수련이라는 지극히 개인적인 방법으로 고군분투하던 그녀가 어느새 한국 생협의 대표로 단상에 서 있었다. 그는 울컥했다. 아무도 그녀가 밤마다 세상의 공포와 싸우느라 악몽에 시달리던 심약한 사람이었다고는 생각하지 못할 거였다. 그녀는 그 질긴 싸움에서 마침내 이긴 것으로 보였다. 국경을 넘어선 형제애가 마침내 공포를 무찌르는 순간이었다. 그는 눈곱을 떼는 척하면서 눈가를 닦았다.

한국인이 인사말을 낭독하면 일본인이 답사를 낭독하고, 다시 한국인이 환영 노래를 부르면—그가 매일 저녁 들었던 「할아버지의 시계」였다. 저녁을 먹을 때마다 들었던 터라, 그는 파블로프의 개처럼 노래를 듣자 허기를 느꼈다—이제 일본인이 답가를 불렀다. 노래를 주고받은 뒤 저녁식사가 시작되었다. 간단한 뷔페였다. 그는 초밥을 다섯개 집고, 단호박 샐러드를 조금 덜어 왔다. 초밥이 꽤 신선했기 때문에 그는 흡족했다. 샐러드의 단맛은 그를 살짝 들뜨게 했다. 이래저래 교류회에 오길 잘했다는 생각이 들었다.

식사 후에는 한국 생협의 지역별 분포도가 슬라이드 위에 펼쳐졌다. 한국 생협에 대한 소개가 끝나고 일본 생협에 대한 소개가 이어졌다. 일본 생협의 역사까지는 그럭저럭 들을 수 있었지만 소모임 활동을 설명할 때부터 눈이 슬슬 감기기 시작했다. 그는 꾸벅꾸벅 졸다가 사람들이 의자를 뒤로 빼는 소리에 눈을 떴다.

"행사가 벌써 끝났습니까?"

"마지막 순서예요. 이제 강강술래를 할 겁니다."

그가 알기로 강강술래는 정월 대보름이나 팔월 한가위에 실외에서 하는 거였고 거기는 돌잔치 전용 뷔페여서 민속놀이와는 전혀 어울리지 않았다. 하지만 그는 왼손을 내밀어 사사끼 씨―명찰에 한글로 이름이 적혀 있어서 그는 그의 이름을 바로 부를 수 있었다. 이 역시 아내의 빈틈없는 준비가 아니었던가―의 손을, 오른손을 내밀어 야마모또 씨의 손을 잡았다. 반바퀴쯤 돌았을 때 그는 그녀가 무대 반대편에서 어떤 여자와 함께 대열이 지나갈 수 있도록 터널 모양의 통로를 만들고 있는 것을 발견했다. 그녀의 눈빛이 노래서 피곤해 보였지만 얼굴은 홍조를 띠고 있었고 표정이 무척 밝았기 때문에 그는 안심하고 사사끼 씨의 허리를 잡았다. 그들의 놀이는 정확히 말하면 강강술래는 아니고 강강술래와 기차놀이를 결합한 새로운 것이었다.

노래가 끝날 때 터널에 갇히는 사람이 지는 게임이었다. 진 사람에게는 벌칙이라기엔 좀 애매한 벌칙이 부과되었는데, 조합원들이 손에 손을 붙잡아 만든 원의 정중앙에서 자기소개를 하고 오늘 모임에서 느낀 점을 간단하게 발표하는 거였다. 그는 이 많고 많은 사람 중에 자신이 걸릴 거라는 생각은 하지 못한 채로 있다 하필 그녀와 그녀의 동료가 손을 마주 잡아 만든 터널에 갇히고 말았다. 그는 얼떨떨한 상태로 연회장의 한가운데 섰다.

"나는 홍순례 조합원의 남편인 이동이입니다. 아내가 교류회를 준비하는 것을 조금 도왔는데 이렇게 직접 참여하게 돼서 기쁩니다. 나는 일본을 그렇게 싫어하지는 않아요. 물론 어떤 사람들은 아직도 일본이라면 끔찍해하고, 또 일본인들을 혐오하는 싸이트 같은 게 있다고도 들었지만……"

그는 왜 자기가 그런 말을 하는지 몰랐다. 그녀의 환한 얼굴이 조금씩 일그러져갔다. 그녀는 그에게 얘기를 그만 정리하는 게 좋겠다는 신호를 보냈다.

"여하튼 난 일본을 싫어하는 사람들이 너무 감정적이라고 생각합니다."

사람들이 박수를 쳤다. 그는 바지 뒷주머니에서 손수건을 꺼내 이마의 땀을 닦았다. 그녀도 짧은 한숨을 내쉬었다.

마지막 순서인 선물교환 시간이 시작되었다. 그는 테이블 위에 있는 다과를 좀 집어 먹고 여유 있게 의자 등받이에 기댔다. 한국 측이 일본 측에 준비한 선물은 각시탈이 부착된 카드 세트였다. 그는 아내가 인사동에 가서 그 선물을 골랐던 것을 기억했다. 이어 일본에서 준비한 선물이 전달되었다. 인형이었다. 그는 좀 의아했는데, 기모노를 입은 일본의 전통 인형이 아니라 베개를 베고 잠든 아기 모양의 인형이기 때문이었다.

사사끼 씨가 그를 향해 웃어 보이면서 "후꾸시마 오가닉 코튼 베이브!"라고 말했다. 발음은 물론 일본식이었지만 그건 분명 '후꾸시마 오가닉 코튼 베이브'였다. 그는 뒤편에 서 있는 통역 도우미를 불렀다. 사사끼 씨가 방금 전에 '후꾸시마'라고 말한 것을 확인했고, 인형에 대한 설명을 요청했다.

사사끼 씨는 인형이 후꾸시마에서 제조된 것이라고 설명했다. 죽어가는 땅을 일구어 목화를 기르고, 그 목화를 이용해 만들었다, 물론 목화를 키우는 재배과정에서나 인형을 만들고 난 뒤에 철저하게 방사능 검사를 하기 때문에 매우 안전한 제품이다, 인형 안에는 목화씨가 들어 있는데, 그 씨로 목화를 틔워 솜이 만들어지면 그걸 다시 후꾸시마로 보내달라는 의미다,라고 사사끼 씨는 설명했다.

"후꾸시마에 사람이 살고 있다고요?"

사사끼 씨는 고개를 끄덕였다.

"물론입니다. 후꾸시마에서 농사를 짓고 있는 이들이 있으니까 저 인형을 만들 수 있었던 거겠죠."

대학생 통역은 눈웃음을 지으며 사사끼 씨의 답변을 그에게 전했다. 그는 후꾸시마에 사람들이 살고 있다는 얘기에 어떻게 반응해야 할지 몰라 괜히 코를 후비적거렸다. 2011년의 후꾸시마 핵 사고가 떠올랐다. 이후로는 외식할 때마다 생선요리를 피했고, 그렇게 좋아하던 어묵도 안 먹었다. 그러나 시간이 좀 지나서 경계심이 누그러지자 한때는 상상만 해도 목구멍이 깔깔해지는 것 같던 생선회에 다시 구미가 당기기 시작했다. 지하철역을 지날 때면 아이들이 민들레 꽃씨를 불며 잔디밭 위에서 뛰어노는 모습을 담은 사진 하단에 '깨끗한 선진 자원, 원자력 발전'이라고 쓰인 문구를 읽을 수 있었다. 그는 원자력이 선진 에너지라는 사실과 핵폐기물이나 핵 사고의 위험성은 별개의 문제인 것처럼 생각하고 있었다.

선물을 교환하러 나간 건 분명 한국 생협 측의 꼬마 아이였는데, 집에 돌아오니 그녀가 쇼핑백에서 인형을 꺼내고 있었다. 그녀가 교류회 주체였기 때문에 대표로 인형을 받았나보다. 그녀는 인형을 침대로 들고 와 머리맡에 놓아두었다. 인형에 코를 갖다대고 향을 들이마셨다.

"향기가 나?"

"아니, 그렇지만 좋은 기분이 들어서. 예쁘지 않아? 일본 사람들은 정말이지 뭘 하나 만들어도 제대로 만든다니까."

"화분을 하나 사 올까? 인형 안에 목화씨가 들어 있다잖아?"

"목화씨?"

인형의 베개 안쪽을 뒤집어 씨앗이 들어 있는 것을 확인하고 그녀가 휘둥그레진 눈으로 물었다.

"당신이 그걸 어떻게 알았어?"

"오늘 옆자리에 앉았던 일본 사람이 다 설명해주던데. 근데 후꾸시마에도 사람이 살고 있다며? 난 그 얘기를 처음 들었지 뭐야?"

"후꾸시마?"

그녀가 이맛살을 살짝 찌푸렸다.

"후꾸시마 얘기가 갑자기 왜 나와?"

"몰랐어? 지금 당신이 껴안고 있는 그 인형이 후꾸시마에서 만든 거잖아.”

그는 그녀의 품에서 인형을 빼앗았다. 그리고 인형이 베고 있는 베개 끝단에 달린 작은 천조각을 찾아냈다. 천에는 'made in Fukushima'라는 글자가 인쇄되어 있었다. 글자를 읽어내려가는 그녀의 온몸이 뻣뻣하게 굳었다. 그녀는 잠시 말이 없었다.

“후꾸시마에서 도대체 왜?”

그녀가 억울한 일을 당했다는 듯 잔뜩 부은 얼굴로 그의 어깨를 흔들었다.

“후꾸시마에서 무슨 생각으로?”

그녀가 당장이라도 울음을 터뜨릴 것만 같았기 때문에 그는 뭐라고 대답해야 할지 몰랐다. 잠시 멍해져서 벽지를 바라보던 그녀가 정신이 난 듯 어깨를 움츠렸다. 그녀는 손가락을 뻣뻣하게 세우더니 화장실로 달려갔다. 아마도 자신이 방금 전에 인형을 만지작거렸다는 사실을 떠올린 것 같았다. 그는 인형을 둘 장소를 물색하다가 텔레비전 위에 올려놓았다. 그녀는 텔레비전 쪽은 쳐다보지도 않고 안방으로 들어갔다.

“아까 플래카드 달 때 너무 오래 팔을 들고 있었나봐. 어깨가 너무 아프네. 나 먼저 잘게.”

그녀는 만져서는 안될 물건을 만졌다는 듯, 손가락을 여전히 부자연스러운 모양으로 벌리고 있었다.

이후로 그녀는 인형을 한번도 쓰다듬지 않았고 당연히 껴안고 잠드는 일도 없었다. 인형을 거실 텔레비전 위로 옮겨놓은 뒤로는 텔레비전을 보는 일도 없었다. 그는 눈치채지 못했지만 그녀는 거실에서는 숨을 크게 들이쉬지도 않았다.

그녀는 인형을 버리지도 못했다. 인형을 거부하는 것은 그동안 그녀가 해온 활동을 전면적으로 부인하는 행위였다. 그녀의 실천이 단순히 공포에 의한 발버둥이었음을 증명하는 꼴이 될 거였다. 이 인형에서 그 모든 일이 멈췄더라면, 인형은 목에 걸린 생선 가시처럼 그녀의 신경을 평생토록 거스르며 텔레비전 위에서 먼지만 쌓여가는 신세로 생을 마감했을 것이다. 하지만 사태는 발전했다. 이제 인형 '들'이 그녀를 기다리고 있었다.

후꾸시마 핵 사고 삼주년이었다. 그녀에게 후꾸시마 강연회를 준비하는 주체로 활동하는 게 어떻겠느냐는 제안이 들어왔다. 후꾸시마 현지 주민과 활동가를 초청해 강연회를 열기로 했는데, 강연회가 끝나고 후꾸시마에서 만든 인형들을 판매하는 일을 맡아달라는 거였다.

그녀는 거절했어야 했다. 이성이 공포를 이기지 못했노라고 솔직하게 고백했어야 했다. 그러나 그녀는 제안을 받아들이고 삐쩍 말라가는 길을 선택했다. 그녀는 밥을 잘 먹지 못했다. 소화가 전혀 되지 않았다. 강연회가 일주일 남았을 때 그녀는 변기통을 붙잡고 먹은 것을 모조리 토해냈다. 그녀는 동네 내과에서 내시경 검사를 받았다. 자기가 무의식 상태에서 내뱉을 말이 두려웠기 때문에 비수면 내시경을 선택했다. 속이 뒤집어지는 것 같았지만 그녀는 약물에 취해 자기 입에서 자기가 상상하지도 못했던 말들을 내뱉는 것보다는 그편이 낫다고 생각했다.

의사는 극심한 스트레스로 인한 역류성 식도염을 진단하고 위산억제제를 처방했다. "저기 보이는 게 식도입니다. 요 뾰족뾰족하게 튀어나와 있는 부분 보이시죠?" 의사는 모니터를 볼펜 끝으로 가리켰다. 그녀는 모니터에서 옅은 복숭아색 동굴과 울퉁불퉁하게 튀어나온 살점들을 보았다.

"난 당신이 바깥일에 너무 많은 에너지를 쓰고 있다고 생각해. 당신한테 지금 필요한 건 아무래도 휴식인 것 같은데."

그녀 스스로 그만두지 않을 거라는 생각에 그가 나섰다. 물만 먹어도 변기통을 붙잡고 웩웩거리는 그녀를 더이상 두고 볼 수는 없었다. 그는 인형 위에 담뱃재를 떨어뜨려 등에 보기 싫은 구멍을 만드는 쎈스를 발휘했다. 그는 인형이 더이상 장식효과가 없으므로 그만 버리는 게 좋겠다고 말했다. 그녀는 귀한 선물을 받았는데 어째서 그토록 조심성이 없는 거냐며 남편을 질책했지만 눈빛은 반짝였고 얼굴에서는 빛이 나고 있었다. 그는 그녀의 잔뜩 긴장한 어깨 근육이 이완되는 걸 놓치지 않았다. 그녀는 당장 팀장에게 전화를 걸어 건강상의 이유로 당분간은 활동을 하기 어려울 거라고 얘기했다.

하지만 어떻게 된 일인지 역류성 식도염은 쉽게 치료되지 않았다. 그녀는 자꾸만 먹은 것을 게워냈다. 소화가 전혀 되지 않았다. 자구책으로 그는 그녀와 저녁마다 조깅을 했다. 공원의 트랙을 돌

때면 그들이 세상의 모든 부부와 다른 점은 오직 그들만이 애완견을 기르지 않고 있다는 사실 같았다. 그들은 만약에 개를 기른다면 어떤 종이 좋을까를 의논하며 마지막 바퀴를 돌곤 했는데 그럴 때면 그녀는 잠시나마 평화를 되찾는 것 같았다.

그녀는 한동안 조깅에 집중했다. 아침에는 혼자, 저녁에는 그와 함께. 뛰고 나면 그녀는 안정적인 심리 상태를 되찾을 수 있었다. 그러나 평화로운 시기는 오래가지 않았다. 아침 조깅을 마친 그녀가 다시 변기통을 붙잡은 것이다.

그녀는 작년 이 무렵 꿈 얘기를 털어놓았을 때와 똑같은 자세와 표정으로 식탁 의자에 앉았다. 그리고 기상청 홈페이지에서 읽은 오전의 미세먼지 역전현상에 대해서 토로했다. 마치 대단히 사악한 범죄의 뒷배경을 알게 된 양 그녀는 진지했다.

새로 산 조깅화는 신발장 안에 처박혔다. 그녀는 이제 전에 자신이 지적했던 많은 무지한 사람처럼 위험천만한 세상에 대한 관심을 끊고 대신 신경정신과를 졸업한 대학 동창의 소개로 심리상담을 받기 시작했다. 한때 고작해야 150센티미터가 조금 넘는 그녀의 작은 몸으로 향했던, 그리고 어떤 시기에는 세계로 향했던 관심은 이제 고스란히 그녀의 마음으로 집중되었다.

그녀의 마음은 그녀의 몸보다, 아니 세계보다 더 넓은 우주였다. 그녀는 끝도 없이 자신이 잊고 있던 과거를, 어린 시절을 기억해냈다. 간혹은 자궁 속에서 들었던 말들까지도 기억해냈다. "엄마는 아마 내가 아들이라고 생각했던 것 같아. 내가 주먹을 내밀면, 우리

아들은 축구 선수가 되려나봐, 하고 호들갑을 떠는 거야. 그러면 나는 발로 뻥 차서 대꾸했지."

그녀는 매주 화요일에 심리상담을 하면서 조금씩 음식물을 소화할 수 있게 되었다. 두달이 지났을 때는 다시 커피를 마실 수 있었다. 반년 후에 위장 장애는 깨끗하게 치료되었다.

그녀는 요즘 심리상담 선생님과 친남매처럼 붙어다닌다. 그들은 의상 취향이 비슷했고, 같은 브랜드의 향수를 썼고, 같은 책을 읽고 느낀 점을 공유했다. 증상이 완화되자 그녀는 일대일 상담을 끝내고 선생님이 매주 수요일에 종로에서 진행하는 심리치유 프로그램에 도우미로 참여했다. 그녀는 잊고 있던 유아기의 기억을 끄집어냄으로써 마침내 자신이 두려워하는 게 뭔지 알게 되었다고, 그 어느 때보다 평화로운 얼굴로 얘기한다.

"나는 동생이 태어난 네살 때 할머니에게 맡겨졌고, 그때 부모님으로부터 버림받았다고 생각하게 되었어요. 그래서 그 이후로 늘 버림받는 것이 두려웠답니다. 이제는 내가 그때 얼마나 심리적인 고통을 겪었는지 알게 되었고 이후로도 누군가에게 버림받지 않을까 하는 두려움에서 벗어날 수 없었다는 것 또한 알아요. 하지만 나는 지금 더이상 두렵지 않아요. 그리고 이젠 내 이야기가 아니라 당신의 이야기를 듣고 싶습니다. 나는 당신을 이곳으로 초대하려고 해요."

그녀는 휴대전화의 연락처 목록에 번호가 저장되어 있는 이들에게 차례로 전화를 걸어 심야의 라디오 디제이 같은 나지막한 어조로 똑같은 대사를 읊어댄다. 마치 신이 준 평화를 선물받기라도 했다는 듯이 그녀의 목소리에는 희망이 깃들어 있다.

그러나 비밀을 말하자면, 그녀는 여전히 악몽을 꾼다. 예전과 달라진 점이 있다면 꿈의 내용을 더이상 아무에게도 말하지 않는다는 점이다. 그녀는 비명을 지르며 잠에서 깨어났다가, 그가 자기 소리에 깨지 않았는지를 확인한 뒤에 조용히 등을 돌린 채 이마의 땀을 닦아낸다. 그녀는 눈을 감고 나뭇잎이 부딪치는 것 같기도 한 그의 코 고는 소리를 들으며 다시 잠을 청해보지만 잠은 마치 그녀에게는 허락되지 않은 무엇인 양 다가올 기미를 보이지 않는다. 그녀는 잠시 뒤척이다 결국 이부자리를 빠져나와 주방의 장식장에서 술병을 꺼낸다. 세잔쯤 마셨을 때 다리를 꼬고 앉는다. 그리고 다시금 다가올 불행 — 목 디스크의 재발 —을 전혀 눈치채지 못한 채 하루치의 긴장을 모두 잊고 마음껏 경추를 일그러뜨린다.

그녀가 그렇게 알코올의 기운을 빌려 겨우 잠에 들면 이제 그들 부부는 정답고 아름다운 코골이 이중주를 시작한다. 그 소리는 고단하게 잠든 세상 사람들의 모든 어린 시절과 그들의 무의식 속에 자리 잡고 있는 자궁 안에서의 애틋한 기억, 끝도 없이 모습을 바꿔가며 평온한 현재를 위협하는 온갖 두려움의 요소들에 조심스럽게 안녕을 고하는 듯하다.

틀 니

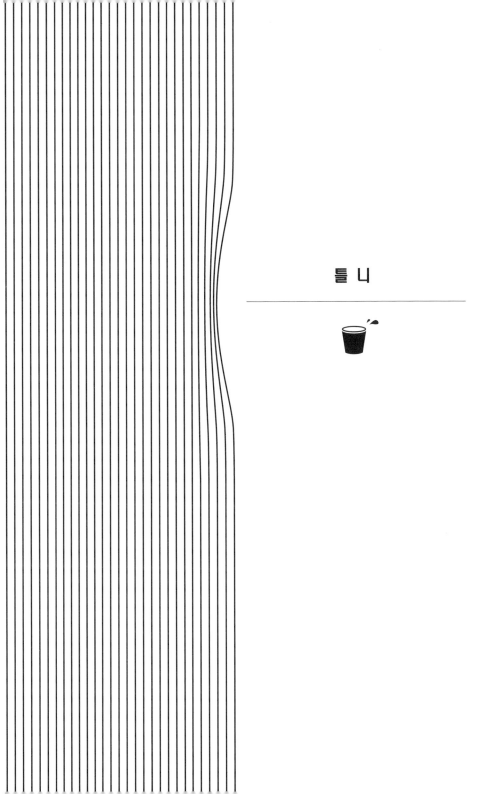

그가 입을 벌려 손가락을 집어넣고 윗니를 붙든 채 꿈지럭거리기 시작했다. 그녀는 자신 앞에 다가온 불운의 조짐을 보았다. 그녀는 방금 전에 그에게 한 말을 후회했다. 할 수만 있다면 그 말을 다시 주워 삼키고 싶었지만 그녀에게 이제 선택의 여지는 없었다. 바짝 긴장한 채로 표정 관리를 하는 수밖에.

그가 드디어 틀니를 빼냈다. 이제 허리를 살짝 구부리며 길게 숨을 내쉬었고 오른손에는 반원 모양의 치아형상을 쥐고 있었다. 그리고 그녀를 향해 미소 지었다. 칭찬이라도 해달라는 건가. 그녀는 어디에 시선을 두어야 할지 몰라 잠시 머뭇거렸다. 끔찍해. 그는 죽음의 전령 같았다. 그녀는 소리 지르며 뛰쳐나가고 싶었다. 하지만 눈조차 돌려서는 안된다는 사실을 잘 알고 있었다. 창피를 줄 순

없었다. 일단 그를 안심시켜야 했으므로 그녀는 크게 심호흡을 한 뒤에 겨우 양 입가를 올려 미소를 되돌려주었다.

남편이 틀니를 끼우기 시작한 것은 오년 전이었다. 그는 음주운전 차량과의 충돌 사고로 입원을 해야 했다. 세차례나 대수술을 한 뒤에도 넉달이나 더 병원 신세를 져야 했다. 다른 곳은 거의 쾌유되었으나 앞니 여섯개가 부러진 것을 도로 갖다 붙일 수는 없는 노릇이었다. 의사는 이뿌리의 구조상 임플란트가 불가능하다고 했다. 겨우 삼십대 후반이었기 때문에 치아를 잃는 일은 충분히 상심할 만한 것이었다. 그는 며칠간 말을 하지 않았고 그녀가 떠주는 죽도 먹지 않으려고 했다. 그녀는 밀폐용기에 가득 담아온 죽을 매번 그대로 집에 가져갔다. 죽을 쒀서 병원으로 가져오고 그걸 먹이려고 실랑이를 벌이다가 다시 보자기에 싸서 집으로 가져가는 일이 반복되었다. 같은 병실을 쓰는 할아버지가 아들에게 그녀를 칭찬했다. 어느날 그녀가 병실을 나서려고 할 때 할아버지의 아들이 그녀의 뒤를 쫓아왔다.

"혹시 저 환자분의 간병이 끝나는 대로 저희 아버님을 맡아주실 수 있으신지요?"

그녀는 고개를 저은 뒤 재빨리 병실을 나왔다. 문을 닫을 때 그가 뒤돌아 눕는 것을 보았다. 그녀는 그가 아마 빙긋이 웃고 있을 거라고 생각했다.

할아버지 부자가 그렇게 생각한 데는 다 이유가 있었다. 그들 부부는 도통 어울리는 데가 없었다. 일단 외모가 그랬다. 그는 180센티미터가 훌쩍 넘는 장신에 일주일에 세번씩은 꼭 헬스클럽에서 몸 관리를 해왔고 그녀는 왜소한 체격에 키도 작았기 때문에 멀리서 보면 여중생으로 착각하기 쉬웠다. 그는 외향적이어서 친구들이 많았고 취미활동을 여럿 하고 있었지만 그녀는 그저 집안일을 문제없이 꾸려나가는 데 만족했다. 일주일에 한번 공중목욕탕에 가는 것이 외출의 전부였고 명절이 아니면 친정에 가는 것도 꺼릴 정도였다. 그는 병실에서조차 매일 머리를 감을 만큼 외모에 신경을 쓰는 반면에 그녀의 차림새는 지나치게 소박하고 유행에 뒤떨어진 데가 있었다. 그는 부유한 집 자식처럼 보였고 그녀는 어딘가 가난의 냄새를 풍기고 있었다.

어쨌거나 그후로 그는 항상 틀니를 끼워야 했고 그건 여자만이 알고 있는 남편의 아킬레스건이었다. 처음에 그는 밥 먹다가 틀니가 빠질까봐 다른 사람들과 식사 약속조차 잡지 않으려고 했다. 달변이었던 사람이 말수가 줄었고 잘 웃지도 않았다. 하지만 6개월 정도 지났을 때부터는 자신이 틀니를 끼우고 있다는 사실을 아무도 알 수 없을 거라는 그녀의 말을 겨우 믿기 시작했다. 그는 슬슬 다시 화통하고 쾌활한 본래의 성격으로 돌아갈 수 있었다. 그가 틀니를 하고 있다는 사실을 그녀조차도 깜빡 잊을 때가 많았다. 오직 그를 제외한다면 모두가 그 사실을 잊은 것 같았다.

그는 틀니가 영 불편하다고 했다. 그는 뭔가가 자기 몸에 닿는 걸 싫어했다. 그녀의 팔이나 다리가 닿아 있으면 잠들지 못했다. 두 팔을 옆구리에 일자로 붙이고 양다리를 가지런히 모으고서야 겨우 잠이 들었다. 눈이 나빴지만 책을 읽을 때가 아니면 안경도 쓰지 않았다. 안경다리가 귀에 걸쳐 있는 것도 거슬리고 무엇보다 지지대가 코를 간질이기 때문이라고 했다. 하지만 틀니의 경우에는 다른 선택이 없었다. 틀니를 빼면 윗입술이 입안으로 말려들어가서 보기 흉한 꼴이 되었다. 다른 사람에게 그 꼴을 보일 수는 없었다. 그건 그녀에게도 마찬가지였다. 그는 스테인리스로 만든 작은 상자를 주문했다. 거기에 차가운 세척액을 붓고 그녀가 불을 끈 뒤에야 어둠속에서 틀니를 빼내 상자에 넣었다. 그리고 자리에 누워 팔다리를 일자로 펴고 코를 골기 시작했다. 코 고는 소리가 들리면 그녀는 그제야 잠든 남편의 손을 슬며시 잡았다. 그가 등을 보인 채 틀니를 빼낼 때마다 그녀는 서운했다. 부부라면 서로의 상처나 단점도 이해하고 포용할 수 있어야 한다고 생각했기 때문이다.

그녀에게 그는 완전무결한 존재였다. 경제적인 능력은 물론이고 외모 또한 출중했다. 게다가 적극적인 성격마저 갖추고 있었다. 화목한 가정의 맏이로 태어나 전교 일등을 놓친 적이 없었고 방학이면 외국으로 봉사활동을 나갔다. 회사에서는 유능한 사원이었고 동료들은 모두 그를 좋아했다. 세 아이들에게도 그는 훌륭한 아빠였다. 어렸을 때 아이들은 아빠를 '대장'이라고 불렀고 이 꼬마 천사들은 고민이 생기면 아빠의 서재를 찾았다. 학기 중에 보내오는 편지에는 '엄마 아빠께'가 아니라 '아빠 엄마께'라고 쓰여 있었다. 첫줄에는 아빠, 엄마를 모두 불렀지만 내용은 모두 아빠를 향한 것이었다. 그녀는 가끔 자신의 존재감에 대해 의문을 가졌으나 그건 사치스러운 고민이라고 고개를 저었다. 남편에게 감사해야 한다고 생각했다. 그녀는 화요일이면 그에게 편지를 썼다. 답장을 받아본 일은 없었지만 개의치 않았다.

사고 후 그녀는 밤마다 그가 안쓰러웠다. 자정이 넘은 시간 어슴푸레한 어둠속에서 그가 틀니를 빼는 모습을 볼 때마다 그녀는 그러지 않아도 된다고, 자기에게는 그의 모습이 절대 흉해 보이지 않는다고 다독이며 남편의 머리를 쓰다듬어주고 싶었다. 그러다 마침내 그에게 말했던 것이다.

"집에서는 틀니를 빼고 있는 게 어때?"

그녀는 틀니를 뺀 그의 흉측한 모습을 한동안 넋 놓고 바라보다가 저녁식사를 준비해야겠다고 말한 뒤 얼른 돌아섰다. 주방으로 갔다. 일단 그녀는 냉장고를 열어 남아 있는 재료를 확인했다. 찜요리여야 한다고 생각했다. 최대한 시간을 끌어야 했기 때문이다. 전자레인지에 냉동닭을 해동시키고 밤껍질을 까기 시작했다. 원래 밤껍질을 까는 것은 그의 몫이었다. 하지만 그녀는 지금 자기가 다 하길 원했다. 잠시라도 그의 앞에 다시 설 용기가 없었다. 아주 오랫동안 그녀는 틀니를 뺀 그의 모습을 받아들일 준비를 해왔다고, 기다려왔다고 생각했다. 하지만 막상 그 일이 닥치자 허둥대고 있었다. 그 앞에서 어떤 표정을 지어야 할지 어떤 얘기를 해야 할지 머릿속이 깜깜했다.

아무것도 모르는 그는 거실 소파에 앉아 신문을 보기 시작했다.

그녀는 거실 쪽으로는 고개도 돌리지 않았다. 그가 오늘이 올해 들어 가장 추운 날이라는 얘기를 했을 때 그녀는 목소리를 높여 맞장구를 쳤다.

"실내에 있어도 발목이 시릴 정도니까."

그 말을 하고 났을 때 그녀의 가슴이 쿵쿵거리기 시작했다. 손끝이 조금씩 떨려왔다. 그녀는 그가 너무 낯설었다.

애써 천천히 준비했으나 냉동닭은 너무 빨리 해동되었다. 어찌나 얼이 빠져 있었던지 전자레인지에서 벨 소리가 났을 때 그녀는 그게 초인종 소리인 줄 알고 현관으로 나갔다. 밤껍질은 쉽게 벗겨졌으며 채소들은 끓는 물에 넣는 즉시 데쳐져 물 위로 떠올랐다. 한풀 죽어 부드러워진 청경채를 그릇에 담으며 그녀는 생각했다. 최대한 자연스러워 보여야 한다고. 남편의 심기를 건드리지 않아야 한다고. 그리고 그런 생각은 그녀를 더욱 경직되게 만들었다.

그는 식사를 하기 위해 다시 틀니를 끼우고 나타났지만 그녀의 눈에는 입술이 말려들어간 늙은 괴물만이 보일 뿐이었다. 잔상은 사라지지 않고 그녀를 괴롭혔다. 저녁식사 내내 그녀는 뭔가 실수할까봐 계속 생각을 해야 했다. 지금은 잡채를 먹고 있고 다 먹고 난 뒤에는 닭날개를 집을 거야. 지금은 닭날개를 먹고 있고 그다음에는 동치미 국물을 마시겠어. 지금은 동치미 국물을 떠 먹었고 그다음에는……

"당신, 정말 이상해."

자연스럽게 보이는 데 실패한 게 분명했다. 그녀는 두 손으로 머리를 감싸쥐고 싶었으나 애써 태연한 척하며 그를 바라봤다.

"내가 어때 보이는데?"

"모르겠어?"

그는 냅킨으로 입술을 닦고 나서 식탁 위에 내려놓으며 말했다.

"당신 지금 너무 빨리 먹고 있잖아."

그녀는 아무 문제도 없다는 듯 컵에 물을 따라 마시고 의자를 당겨 앉았다.

"음, 배고프니까. 배가 많이 고파서 그래."

그는 천천히 고개를 저었다.

"게다가 먹는 내내 뭔가를 웅얼거리고 있어."

그녀는 그가 엄격한 가정교육을 받고 자랐기 때문에 식사 예절에 민감하다는 사실을 알고 있었다. 그녀가 이렇게 허둥지둥 입속에 음식을 집어넣고 씹으면서 동시에 뭔가 중얼거리는 게 당연히 이상해 보였을 것이다. 그는 밥맛이 없는 것 같았다. 아까부터 머리가 지끈거린다며 자리에서 일어났다.

그의 뒷모습을 보면서 그녀는 한시름 놓았다. 그리고 그제야 자기가 너무 많이 먹었다는 사실을 깨달았다. 배가 부르다 못해 목구멍까지 동치미 국물이 올라와 있는 것 같았다. 그녀는 식탁 위의 접시들을 치우고 거실로 갔다.

그녀는 방심한 채 그의 옆에 앉았다가 뭔가 잘못되었다는 것을 깨달았다. 참 빠르기도 하지. 언제 방에 갔다 왔는지 그는 벌써 틀니를 빼놓고 있었다. 그녀는 곰곰이 생각했다. 어떻게 하면 그가 다시 틀니를 끼우도록 할 수 있을까. 그녀는 곧 좋은 방법을 떠올렸다. 그에게 먹을 것을 내놓는 것이다. 그녀는 다시 주방으로 가서 딸기를 씻어 쟁반에 담아 가져왔다.

"이거 좀 먹어봐. 어제 사온 딸긴데 정말 달아."

"못 먹어. 지금 틀니 빼고 있는 거 안 보여?"

"다시 끼우고 먹으면 되지."

"에이, 됐어. 별로 당기지가 않네. 자기나 많이 먹어."

그녀는 포크를 쥐고 딸기를 입으로 가져갔다. 베어 무는 순간 과즙이 혀에 닿았다가 목구멍으로 흘러들어갔다. 하지만 전혀 달지 않았다. 그녀는 그가 자기 말을 듣지 않자 짜증이 났다.

이상하다고 생각했다. 전에는 한번도 그에게 이런 감정을 품은 적이 없었다. 그녀는 전에 단 한번도 그에게 짜증을 낸 일이 없었다. 그는 언제나 그녀보다 모든 면에서 월등했고 그녀는 절대 기어오르지 않았다. 그녀는 그를 존경했다. 하지만 이 순간, 그가 틀니를 안 끼우고 저 해괴망측한 모습으로 버틴 채 딸기도 안 먹고 티브이만 보겠다고 우겨대는 순간, 그녀는 마음속에 어떤 작은 감정이 일어나는 것을 느꼈다. 한심하다는 생각이었다. 그녀 속의 누군가가 그를 향해 외쳤다.

"얼른 틀니 끼우고 와서 딸기나 처먹어, 이 양반아."

그녀는 깜짝 놀랐다. 그 소리가 그에게 들리지 않았는지 걱정이 되어서 고개를 돌렸다. 그러나 그녀만이 격렬한 감정의 소용돌이를 느꼈을 뿐 바로 옆에 앉아 있는 그의 세계는 조용하고 평화로운 것 같았다. 다행이었다. 그는 아홉시 뉴스를 시청하고 있었고 아나운서는 환율 하락에 대해서 떠들고 있었다. 그는 눈썹을 찌푸린 채 진지한 표정으로 화면에 집중하고 있었다. 그녀는 안심했다. 그러자 마음속의 마녀가 다시 외쳤다.

"뭘 안다고 고갤 끄덕여? 자식, 잘난 척은!"

그가 양손으로 머리를 쥐더니 진통제가 없는지 물었다. 그녀는 주방 찬장에서 아스피린 한알을 가져다가 그의 손바닥 위로 떨어뜨렸다. 그는 그걸 삼키고 안방으로 들어갔고, 십분 정도 지나서 그녀가 방문을 열었을 때는 깊이 잠들어 있었다. 그녀는 거실로 되돌아와 사십대의 남자 탤런트가 진행하는 토크쇼를 시청했다. 그 탤런트는 이년 전인가 마약 복용으로 물의를 일으켰는데, 지금은 아무도 그걸 문제 삼지 않는 것 같았다. 그녀는 그가 자고 있는데도 전혀 신경 쓰지 않았다. 볼륨을 높이고 깔깔거리며 웃어댔다. 그녀는 그에 대해 별 생각을 하지 않았다. 고작 몇시간 만에 그녀는 더 이상 그를 존경하지도 않았다.

그녀는 예전보다 퉁명스러워졌다. 아주 사소한 부분에서부터 그녀는 그에게 불친절해지기 시작했다. 일단 그녀는 그가 지금처럼 매일 와이셔츠를 갈아입을 필요가 없다고 했다. 칼라에 노르스름한 선만 생기지 않았다면, 커프스가 더러워지지만 않았다면 하루나 이틀 정도는 더 입는 게 좋겠다고 말했다. 그리고 그가 뭔가 필요한 물건을 갖다달라고 했을 때도 물건이 있는 자리를 대충 설명해주었다. 그녀가 작은방에 있어,라고 말하면 그는 작은방 어디?라고 되물어야 했고, 작은방 서랍장 안에,라고 그녀가 다시 대답하면 그는 오단 서랍장을 다 뒤지고 나서 몇번째 칸이지?라고 물었다. 그러면 그녀는 시큰둥한 태도로 네번째,라고 말했다. 왜 처음부터 작은방 서랍장의 네번째 칸이라고 말해주지 않았을까. 그녀 스스로도 자신을 이해하지 못했지만 그렇게 괜한 심술을 부렸다. 그녀는 어떻게 해야 예전으로 돌아갈 수 있을까 생각했다. 예전에는 아침마다 새로 빨아 다림질한 와이셔츠를 군말 없이 대령했다. 예전에는 아무 설명도 필요 없이, 그가 물건이 어디 있는지 물으면 직접 갖다주었다.

그리고 그녀는 그와 함께 있는 것을 별로 좋아하지 않게 되었다. 아니 싫었다. 그가 침대에 누워 있으면 화장대에 가서 앉았고 그가 화장대로 걸어가면 빨래를 걷어야 한다며 일어섰다. 베란다에는 옷가지가 널려 있지도 않았다. 그렇게 말하고 나서 그녀는 거실을 서성였다. 그러다 장을 볼 생각이라고 그에게 말한 뒤 코트를 입었고 마트는 집에서 불과 오분 거리인데 한시간 후에야 쓸 만한 재료가 없었다며 빈손으로 돌아왔다.

잠자리 역시 신통치 않았다. 그와 섹스를 할 때면 그녀는 자신이 나무토막 같다고 느꼈다. 그가 키스를 할 때 그녀는 눈을 질끈 감았다. 그의 몸을 어루만지지도 않았고 성기에 키스를 해주는 일도 없었다. 그가 하는 대로 그저 내버려둘 뿐이었다. 절정에 이르기도 전에 그녀는 화장실에 가고 싶다고 말했다.

"지금?"

"배가 아파. 잠깐만 기다려봐."

화장실에서 몇분 버티다 나오면 그는 이미 심드렁해진 뒤였다. 그녀는 기회는 이때라는 듯이 속옷을 주워 입고 나서 등을 돌린 채 잠에 들었다.

그녀의 그런 변화를 그는 자연스럽게 받아들이는 것 같았다. 그는 점점 더 자신감을 잃어갔다. 어느날 그녀가 그의 말에 대꾸도 하지 않았을 때, 그는 아무 말도 없이 그저 천장을 올려다보았다.

그녀는 그에게 틀니를 빼라고 말한 것을 후회했다. 이제 와서 든 생각이지만, 그는 틀니를 뺀 모습을 아무에게도 보여줘서는 안되었다. 그녀는 물론이고 되도록 그 자신도 그 모습을 안 보는 게 좋았다. 틀니를 뺀 모습이 자신의 이미지로 자리 잡게 되었을 때 마침내 그는 스스로를 혐오하게 된 것이다. 그녀는 그걸 간파했다. 그가 자신감을 잃은 게 먼저였다. 그러고 나서 그녀가 변했다. 인간관계란 그런 것이라는 걸 그녀는 알고 있었다. 부부라고 해서 달라질 것은 없었다. 틀니를 끼우기 전에는 그의 기운이 그녀를 짓눌렀다면 이제 그는 한풀 꺾였다. 그러나 무슨 고집인지 그는 다시 틀니를 끼우지 않았다. 하긴 이제 와서 다시 틀니를 끼운다고 해서 되돌릴 수 있는 종류의 일도 아니었다. 그는 차라리 그녀에게 무시당하는 편이 낫다고 생각하는지도 몰랐다.

이제 그녀는 변덕스러워지기까지 했다. 그에게 말도 안되는 신경질을 부리다가, 갑자기 목소리 톤을 높이며 그의 팔짱을 꼈다. 그러고는 그에게 뭔가를 해주고 싶다고 말했다. 그가 이름도 들어보

지 못한 중국요리의 이름을 댈 때도 있었고, 이번에 곗돈을 탔는데
그 돈으로 여행을 가는 건 어떻겠냐고도 했다. 하지만 죄다 말뿐이
었다. 결정이 되고 나면 무슨 핑계를 대서든 없던 일로 만들었다.
그런 그녀가 이번에는 친구들을 초대하는 게 어떠냐고 물었다.

그녀는 그를 기쁘게 해주고 싶었다. 요즘 들어 자기도 모르게 그
에게 으르렁거렸다는 것을 그녀는 잘 알고 있었다. 잔소리를 하고,
바가지를 긁었다. 어떤 날에는 목을 조르고 싶었다. 한번 시작하자
걷잡을 수 없었다. 그러고 나선 죄책감에 시달렸다. 그에게 이런저
런 약속을 했고, 약속을 지켜야 할 때쯤이면 다시 그가 미워졌다.
하지만 이번만큼은 꼭 약속을 지키리라고 다짐했다.

그는 빠르게 늙어가고 있었다. 몇달 전에 비해 이삼년쯤 더 나
이 들어 보였다. 게다가 그는 노인네처럼 굴었다. 아침에 일찍 일어
나면 멍한 표정으로 티브이를 보았다. 뉴스를 볼 때와 드라마를 볼
때와 광고를 볼 때의 표정이 똑같았다. 또 지나치게 청결을 강조했
다. 바닥에 소파에 식탁 위에 떨어진 머리카락을 집어 올릴 때 그
는 숨을 참고 있는 것처럼 보였다. 갈색으로, 구불구불한 머리카락
은 분명 그녀의 것이었다. 그리고 뭐든 자꾸 냄새를 맡으려고 들었
는데, 그게 그녀의 신경을 가장 건드렸다. 그녀는 그 모든 흐름을
바꾸어야 했다. 그가 다시 활기를 찾길 바랐다. 최근 그는 무엇보다
사람을 피했기 때문에 활력을 되찾기 위해서는 교제가 필요하다고
생각했다.

"무슨 친구들?"

"무슨 친구들이냐니, 당연히 당신 친구들이지."

"난 친구 없어."

"그 많던 친구들이 다 없어졌다고?"

"요즘 모임에 뜸했잖아. 눈에서 멀어지면 마음도 멀어지는 거지."

그녀는 곰곰이 생각에 잠겼다.

"대학 동창들이 있잖아."

"결혼하고 나선 연락을 안한 지 오래야."

"하긴 벌써 이십년이 다 되어가겠네."

"십년이야. 벌써 십년이 다 되어가."

그녀는 순간 그의 나이가 아주 많다고 착각했다. 노인네가 다 되었다고 말이다. 그는 기분이 몹시 상했는지 십년이라고 두번이나 강조했다.

"그래, 십년. 어쨌든 좋은 기회 아니겠어?"

"으응?"

"홈커밍데이 같은 거 말이야."

"그런 걸 왜 우리 집에서 해야 하지?"

"그게 어디면 어때서? 우리 집이 뭐가 어때서?"

얘기가 더 길어지자 그녀는 짜증이 났다.

그는 결국 고개를 끄덕였다. 하지만 그녀와의 약속을 대수롭지 않게 여기는 것 같았다. 어차피 약속을 하고 며칠이 지나면 그녀는 마음이 바뀔 거였다. 자리를 만드는 게 귀찮아져서 집이 너무 좁다느니 이 동네는 교통 사정이 영 아니라느니 하며 핑계를 대곤 했으니까 그럴 법도 했다.

"나쁘지 않겠네."

"요즘 당신 사람들이랑 도통 만나질 않잖아."

그녀는 자신의 제안이 적절했음을 스스로 대견스럽게 여겼다. 예전에 그는 항상 사람들에 둘러싸여 있었다. 신기하다 싶을 정도로 어딜 가든 친구가 생기곤 했다. 그는 분명 사람이 꼬이는 부류의 인간이었다. 그러나 그 친구들이 최근 들어 하나둘씩 떨어져나가고 그는 이제 이파리 떨어진 고목나무 꼴이었다.

"회사에 다니는 것만으로도 충분히 사람들을 만나니까."

그는 얼버무렸다.

"예전에는 그러지 않았잖아. 당신 이십년 전에는 그러지 않았어. 당신은 분명 회복할 필요가 있어."

"다시 한번 말하지만 난 겨우 사십대야. 우린 이십년 전엔 만나지도 않았다구!"

그는 언성을 높였다. 그녀가 자꾸만 연도를 혼동하는 것을 참지 못했다. 그는 마흔세살이었다. 졸업한 지 십오년밖에 안되었고 결혼 십주년 이벤트를 한 지도 3개월밖에 지나지 않았다. 그녀가 자꾸 연도를 헷갈리는 것이, 그는 불안한 것 같았다. 그녀의 착각만으로도 자신이 정말 그만큼 나이를 먹어버린 것만 같아서였을까.

올겨울 들어 그의 외출이 뜸해진 것은 사실이었다. 12월 둘째 주 목요일에는 몸이 으슬으슬하다는 이유로 세미나에 나가지 않았고 셋째 주 토요일에는 같이 등산을 가자는 이웃의 청을 거절했다. 그리고 이번 주만 해도 그가 원하기만 한다면 회사 동료들과 온천에 갈 수 있었다. 그것도 회사에서 나오는 지원금으로 말이다. 하지만 어쩐 일인지 그는 이 모든 일에 의욕을 잃었다.

"미안해, 여보. 내가 정신이 깜빡깜빡하나봐. 친구들을 초대하기로 했었지? 어서 날짜를 잡고 연락을 시작하자."

그녀는 당장 다음 주말에 사람들을 불러 모으기 위해 대청소를 시작했다. 청소를 하면서 그녀는 집 안 구석구석에서 쌀알보다 더 작은 검은색 벌레들을 발견했다. 죽은 벌레들이 한 장소에서 수십 마리씩 나와 그녀를 놀라게 했다. 집에 이사 온 지 칠년이 넘었지만 그런 벌레는 처음 보았다. 새우를 닮은 그 벌레는 통통하게 살이 찐 채 딱딱하게 굳어 있었다. 그녀는 벌레들의 사체를 휴지로 집어서 쓰레기통에 버렸다. 그러고도 성에 차지 않아 당장 쓰레기통을 비웠다. 그녀는 기분이 찜찜해져서 파티를 취소하고 싶어졌다. 하지만 더이상 번복은 안되었다. 시름에 빠진 그를 구제해야 했다.

모임 당일이 되자 그는 좀 긴장한 것 같았다. 식탁에 음식을 차리면서 유리잔 하나를 깨뜨렸고 동파육의 맛을 본다며 입으로 가져가다가 옷에 흘리는 바람에 카디건을 갈아입어야 했다. 하지만 그의 눈빛이 모처럼 반짝이고 있다고 그녀는 생각했다. 잘한 결정이다. 이 일로 그는 다시 예전으로 돌아갈 수 있을는지도 모른다.

그는 침대에 앉아 넥타이를 매만지고 있었다. 이번 모임을 앞두고 그녀가 선물한 것이었다. 남색 바탕에 연두색 줄무늬가 들어간 다소 화사한 디자인이었다. 연두색 줄무늬 위에는 3센티미터 정도의 간격으로 작은 지르콘들이 박혀 있었다. 그녀는 화장대 앞에 앉아 립스틱의 색깔을 골랐다. 주황이 섞인 빨간색이 끌렸다. 그녀는 얇은 붓에 립스틱을 묻혀 입술로 가져갔다. 먼저 입술 가장자리에 선을 그리고 꼼꼼히 그 안을 채워나갔다. 그는 주간지를 읽기 시작했는데, 정치면 기사를 몇개 웅얼거렸고 페이지를 건성으로 넘기다가 멈췄다.

"당신 립스틱 좀 보여줘봐."

그녀는 그가 자기 입술색을 궁금하게 여기는 줄 알고 얼굴을 돌려 입술을 보여주었다.

"아니, 입술 말고 립스틱 말이야."

그의 얼굴에 호기심이 어려 있었고 그건 정말 오래간만이었다. 그녀는 기뻤다.

"립스틱은 왜?"

"그걸로 내가 당신 성격을 점쳐주려고 그러지."

"립스틱으로?"

"그래, 어서 보여줘."

광고에 실린 립스틱 쓰는 유형은 세가지였는데, 첫번째가 립스틱 가장자리를 돌려가면서 발라 뾰족한 산처럼 만드는 유형이었고, 두번째는 위에서 눌러 발라 그냥 편평한 모양, 세번째는 가운데가 홈처럼 파인 모양이 되도록 쓰는 거였다. 립스틱을 직접 바르지 않고 붓을 사용하는 경우였다. 그녀가 내민 립스틱은 가운데가 웅덩이처럼 깊게 파여 있었다.

"당신은 세번째네. 이제 당신의 성격을 읽어줄게."

그녀는 궁금했다. 립스틱의 모양으로 알아보는 성격이라니 누가 만들었는지 모르지만 귀여운 상상력이라고 생각했다. 그리고 그런 아기자기한 재미에 관심을 보이는 남편 때문에 기뻤다. 만사에 심드렁하고 의기소침해 있던 그의 모습은 이제 온데간데없었다. 그는 소년같이 호기심에 차 있었다. 그가 대단한 비밀이라도 알고 있는 듯 여유를 부리며 잡지를 펼쳐들었고 그녀는 뒤로 돌아앉아 미소를 보냈다. 오랜만에 그들 주위에 따뜻한 공기가 흘렀다. 그녀는 눈물이 나올 것 같았다. 그녀는 침대 쪽으로 천천히 걸어가 그의 옆에 바싹 붙어 앉았다. 그리고 함께 잡지 기사를 읽어내려갔다.

"붓을 이용하여 립스틱의 가운데에 홈을 깊게 파는 당신은……"

그가 침을 삼켰다.

"온화하고 부드러운 성격처럼 보이지만 속에는 대단한 열정을 지니고 있습니다. 친한 친구나 가족에게도 자기의 깊은 내면을 털어놓지 않아 주변 사람들로부터 무슨 생각을 하는지 모르겠다는 평을 듣습니다. 하지만 사람들의 고민을 상담해주고 조언해주는 일에 능합니다. 많은 사람들 사이에 있을 때 능력을 발휘합니다. 행운의 장소는 백화점, 어울리는 직업은 연예인."

"연예인?"

그녀가 깔깔거리며 몸을 뒤로 젖혔다. 그는 그녀의 어깨에 팔을 둘러 뒤로 넘어지지 않도록 받쳐주었다. 그 순간 그들은 정말 행복했다. 친구들 초대모임은 시작 전부터 예감이 아주 좋았다. 그녀의 계획은 완전히 성공한 것처럼 보였다.

그녀가 남편의 볼에 입을 맞추려는 순간 벨이 울렸다. 둘은 동시에 일어났다.

"내가 나갈게. 마무리하고 바로 와."

그가 말했다. 그녀는 고개를 끄덕였다. 그는 문 쪽으로 걸어갔고 그녀는 다시 화장대 앞에 앉았다. 그리고 고개를 숙였을 때 그녀는 보았다. 화장대 위 네모난 상자 안에 들어 있는 그 기괴한 물체를. 그의 틀니였다.

"여보!"

그녀는 황급히 그를 불렀다. 그가 뒤돌아봤다. 그는 싱긋 웃기까지 했는데 그녀는 그 모습에 이상하게 화가 났다. 그리고 전에 한 번도 경험해보지 못했던 종류의 악의를 느꼈다. 그녀가 어깨에 힘을 풀며 말했다.

"이따가, 저, 음식들 말이에요. 탕수육은 먹지 마요. 돼지고기 알레르기가 생겼잖아요."

"응? 그, 그래."

그녀는 틀니가 든 상자를 화장품 사이에 밀어넣고 그에게 다가가 입을 맞췄다. 그는 만족스러운 미소를 짓고 나서 문을 닫고 현관으로 나갔다.

그녀는 자기가 왜 그랬는지 몰랐다. 그를 불러 틀니를 끼우는 걸 빼먹었다고 알려줬어야 했다. 그러나 그러지 않았다. 그럴 수 있었고, 그래야 했는데, 그러지 않았다. 그가 나간 뒤 그녀는 침대에 주저앉았다.

그녀가 주방으로 갔을 때 그는 아직도 상황을 깨닫지 못하고 있었다. 그의 오랜 친구들은 시선을 어디에 둬야 할지 몰라 그를 애써 외면하고 있는 듯 보였다. 그녀는 인사를 나눈 뒤 씽크대 옆에 쌓아놓은 접시를 들고 와 각자의 자리 앞에 놓았다. 그녀는 의무감에서인 듯 한마디 했다.

"오시느라 고생하셨어요. 많이 시장하시죠?"

그들은 먹기 시작했다.

잡채를 입에 넣고 나서야 그는 뭔가 잘못되었음을 깨달은 것 같았다. 잡채를 우물거리던 그는 자리에서 일어나 황급히 안방으로 뛰어갔다가 잠시 후 자리로 돌아왔다. 입안에 음식을 넣기는 했지만 삼키는 게 힘들어 보였다. 그는 젓가락으로 이것저것을 집었다 놓았다 하며 한숨을 쉬더니 천천히 입을 열었다.

"오년 전에 사고로 앞니를 잃었어. 그 이후론 틀니를 하고 있지."

동창들은 고개를 끄덕였다. 그중 한명이 그를 안쓰러운 눈빛으로 바라보며 말했다.

"그렇게 기운 없이 말할 게 뭐야. 안경 같은 거라고 생각해. 난 벌써 노안이 왔다고. 누구나 한군데씩 먼저 늙어가는 거지."

"늙다니?"

그가 눈을 부릅떴다. 동창은 당황한 듯했다.

"네가 틀니를 했다며. 그래서 난 그저……"

"내가 말했잖아. 난 늙은 게 아니라 사고를 당한 거라고."

"아, 그래. 내가 잠시 착각했어. 틀니라고 하니까 헛갈린 거야."

이유는 중요하지 않았다. 틀니인 것이다. 모두들 그렇게 생각했다. 그가 가장 먼저 늙은이가 되었다고. 만약에 그들 중 그가 가장 먼저 죽는다면 그건 자연스러운 일이라고.

그는 얼굴이 붉어진 채 말없이 음식을 먹기 시작했다. 마치 동창들에게 왕성한 식욕을 보여주겠다는 다짐이라도 한 듯이. 꾸역꾸역 먹어대던 이 가여운 남자는 결국 급체를 했다. 잠시 후 그녀는 반진 고리를 가져와 그의 엄지손가락에 실을 돌돌 만 뒤 바늘 끝으로 손톱 아래를 찔러야 했다. 살을 찌르기 전에 그녀는 바늘에 머릿기름을 바르고 콧김을 쐬었다. 그 모습을 보며 그는 인상을 찌푸렸는데 그녀는 그를 보고 고집 센 영감을 떠올렸다. 그녀의 눈에는 아직도 입술이 말린 채 잡채를 입안에 욱여넣던 그의 모습이 아른거렸다.

식사를 마친 뒤에 그들은 거실로 나와 차를 마셨다. 그녀는 여러 가지 종류의 홍차를 준비했고 거기에 설탕을 충분히 넣었다. 모두들 맛을 칭찬했다. 좋은 향기 때문에 방금 전의 불쾌감이 모두 사라진 것 같았다. 차를 마신 뒤에는 포커게임을 한판 하기로 했다. 하지만 막상 게임을 시작하려 하자 모두들 이런저런 핑계를 대며 집으로 돌아갔다.

갑자기 둘만 남겨지자 그들은 어색함을 느꼈다. 티브이를 켰다. 그가 그녀에게 술을 좀 갖다달라고 했다. 냉장고에는 동창들을 위해 준비한 술이 잔뜩 있었다. 그녀는 맥주 두병과 유리잔, 접시에 담은 땅콩과자를 내왔다.

"당신도 한잔할래?"

"아니, 나 술 안 마시는 거 알면서 그래."

그는 잔에 맥주를 따랐다. 부드럽고 하얀 거품을 걷어내고 그는 맥주를 벌컥벌컥 들이부었다. 그는 한꺼번에 거의 삼분의 이 정도를 마셨다.

"천천히 마셔."

그는 고개를 끄덕이고 남은 잔을 다 비웠다. 그녀가 다음 잔을 채워줬다.

"술도 잘 못 마시면서."

그는 평소에 술을 입에 대지 않았다. 그는 인생이라는 바다가 뭔지 좀처럼 파악할 수 없으니 그저 좋은 습관을 만들어가는 것을 항해의 지표로 삼고 있다는 얘기를 그녀에게 한 적이 있다. 술은 그 중 피해야 할 목록에 있었다. 그런데 막상 마시니까 기분이 슬슬 좋아지는 모양이었다. 그는 두번째 잔을 들어 목구멍에 부었다.

이제 와선 동창들이 그렇게 급히 떠난 이유도 궁금하지 않은 것 같았다. 그는 맥주를 마시면서 티브이 화면에 집중했다. 코미디 프로였다. 코미디언들이 우스꽝스러운 분장을 하고 바보 같은 대사를 나누고 있었다. 일정한 간격을 두고 녹음된 웃음소리가 흘러나왔다. 그는 소리 내어 웃진 않았지만 자기 대신 웃어주는 그 웃음소리 때문에 마음이 편안해졌는지 소파 깊숙이 몸을 기댔다. 못생기고 체구가 작은 개그우먼이 초등학생 분장을 하고 텀블링을 했다. 그 개그우먼은 안티팬이 더 많았는데 어쩌면 욕을 먹는 걸로 유명세를 유지하는 셈이었다. 그는 그녀의 어깨를 두드린 뒤에 개그우먼을 가리켰다.

"연예인."

"응?"

"아까 우리가 읽었던 잡지에 나왔잖아. 당신은 연예인이 될 거라고."

그는 킬킬거리더니 남은 맥주를 한번에 다 마셨다. 그녀는 이상하게 무서운 생각이 들었다. 마치 그가 자기를 때리거나 죽일 수도 있을 것 같은 생각이었다. 그녀는 그에게 술을 그만 마시는 게 좋겠다고 말했다. 하지만 그는 왜 자기가 그만 마셔야 하느냐고 물었다. 그는 점점 더 평화롭고 행복해 보였다. 냉장고에는 맥주가 쌓여 있었고 그는 오늘 그걸 다 마실 기세였다. 불안하고 초조한 마음은 완전히 떠난 것처럼 보였고, 그는 아주 오랜만에 자신감에 차 있었다. 그의 표정이 환해질수록 그녀는 불안해졌다.

"나도 한잔 줘."

"안 마시겠다면서?"

"당신 마시는 걸 보니까 나도 한잔하고 싶어지네."

그녀는 급히 주방에서 잔을 하나 더 가져왔다. 그는 거기에 맥주를 가득 따랐고 그녀는 고개를 뒤로 젖혀 한번에 잔을 비웠다. 그가 취하기 전에 자기가 먼저 취하기로 작정했다는 듯이. 그녀는 한잔 더 마시고 취한 척 방에 들어가버렸다. 그녀는 여전히 무서운 생각이 들어서 안방 문을 잠갔다.

다음 날 그는 소파에서 굴러떨어진 채 바닥에 누워 있었다. 거실에는 빈 맥주병이 굴러다니고 탁자 위에는 화병이 쓰러져 있었다. 그녀가 그를 깨웠다. 그는 일어나 머리를 대충 매만진 뒤 화병을 세우고 맥주병을 베란다에 내다놓았다. 창문을 열어 환기를 시키자 그녀의 온몸에 소름이 돋았다. 그는 팔목과 무릎이 아프다고 했다. 그녀는 술을 마시면 요산이 쌓여서 몸이 아픈 거라는 얘기를 해줬다. 그는 어쩌다 한번이니 괜찮다고 스스로를 위로했다. 그러고는 창문을 닫고 제자리 뛰기를 하다가 넘어졌다. 그녀가 보기에도 그의 몸놀림이 둔해진 것 같았다. 아직 술이 덜 깬 걸까? 이제 그는 소파에 앉아서 멍하니 반대쪽 벽을 바라보고 있었다.

"열역학제1법칙이 생각나지 않아."

열역학제1법칙은 교수님이 물리학도라면 달달 외우고 있어야 한다며 심지어 엠티에 가서도 학생들에게 외우게 한 공식이라고 했다. 그는 졸업한 뒤에도 매일 아침 일어나면 그 공식을 외웠다. 그건 그에게 주기도문이나 사도신경과도 같은 기도였다. 그런데 매일 아침마다 줄줄 외워대던 공식이 생각나질 않는다는 것이었다. 그는 불안한 표정으로 거실을 서성였다.

그는 술이 평온을 되찾는 방법이라고 생각한 것 같았다. 그녀에게 유리컵을 하나 달라고 한 뒤 냉장고에서 맥주 한병을 꺼냈다. 콩나물 해장국을 끓일 준비를 하던 그녀는 대파를 바닥에 내동댕이치고 그의 손에서 술잔을 빼앗았다.

"아침부터 뭐 하는 짓이야?"

그가 다시 술잔을 빼앗았다.

"술 마시는 거 안 보여?"

그는 보란 듯이 잔을 비우고 한잔을 더 따라 마셨다. 그리고 비틀비틀 냉장고 앞으로 걸어가 한병을 더 꺼내왔다. 잔에 술을 따라 쭉 들이켠 다음 그녀를 쏘아보았다.

"다 끝났어."

그녀도 질세라 그를 노려보았다.

"뭐가 끝났다는 거야?"

"이제 끝났다고. 완전히, 완전히……"

그는 식탁 위에 그대로 쓰러졌다.

다음 날 그는 평소와 다름없이 눈을 뜨자마자 열역학제1법칙을 외운 뒤 출근했다. 그녀는 알 수 없는 불안감에 낮에 그에게 전화를 다섯번이나 했다. 그때마다 그의 목소리는 평상시와 다를 바 없었다. 그녀는 안심했다.

퇴근시간이 지났는데도 그는 집으로 돌아오지 않았다. 자정이 넘어서야 초인종이 울렸다. 어떤 사내가 그를 부축하고 있었다. 대리운전 기사였다. 그녀는 그에게 운전비와 팁을 줘서 보냈다.

그는 술에 취해 완전히 떡이 되어 있었다. 그녀에게 기대지 않고서는 제대로 걷지도 못할 정도였다. 그는 두걸음도 채 걷기 전에 넘어졌고 그 자세 그대로 현관 앞에 누워버렸다. 그리고 노래를 부르기 시작했다. 트로트 유행가였다. 그가 전에 부른 적이 없던 노래였다. 여하튼 그는 온 힘을 다해 그 노래를 불렀다. 그리고 노래가 끝난 뒤 곯아떨어졌다.

　그녀는 남편의 구두를 벗기고 두 팔을 잡았다. 범인이 시체를 유기하러 가듯이 안방을 향해 질질 끌고 갔다. 도중에 두번이나 쉬어야 했다. 안방까지 끌고 오는 것은 그래도 쉬운 편이었다. 그녀는 그의 가슴을 안고 가까스로 일어나 상반신을 침대 위로 던졌다. 성공하기까지 똑같은 짓을 열번이나 더 해야 했다. 겨드랑이에 땀이 고일 지경이었다. 그에 비하면 다리를 올리는 것은 쉬웠다. 재킷과 바지를 벗기고 넥타이를 푼 뒤에 와이셔츠 단추만 몇개 끌러놓고 이불을 덮어주었다. 화가 날 줄 알았는데 슬펐다. 남편의 모습이 안쓰러웠다. 그녀는 죄책감이 들었다. 친구들을 초대한 날 그가 틀니를 끼우도록 일러주었다면, 그래도 이렇게 되었을까? 그녀는 거실로 나가서 밤늦게까지 티브이를 보다가 잠이 들었다.

　다음 날 아침 그녀는 콩나물 해장국을 끓였다. 김이 오르는 국물을 그릇에 담고, 푹 익어서 시큼한 맛이 나는 깍두기를 꺼냈다. 그리고 그를 깨우러 갔다. 그녀가 이불을 덮어준 모습 그대로 그는 대자로 뻗어 있었다. 그녀가 깨우는 소리를 듣지 못했는지 표정에 변화가 없었다. 그녀는 그의 어깨를 흔들었다. 그는 꼼짝도 하지 않았다. 그녀는 더 세게 흔들었다. 그의 고개가 옆으로 떨어지며 입이 벌어졌다. 그녀는 그제야 어제 틀니를 빼주지 않았다는 게 생각났다. 그녀는 그의 가슴에 가만히 귀를 갖다댔다. 그리고 비명을 질렀다.

홍 로

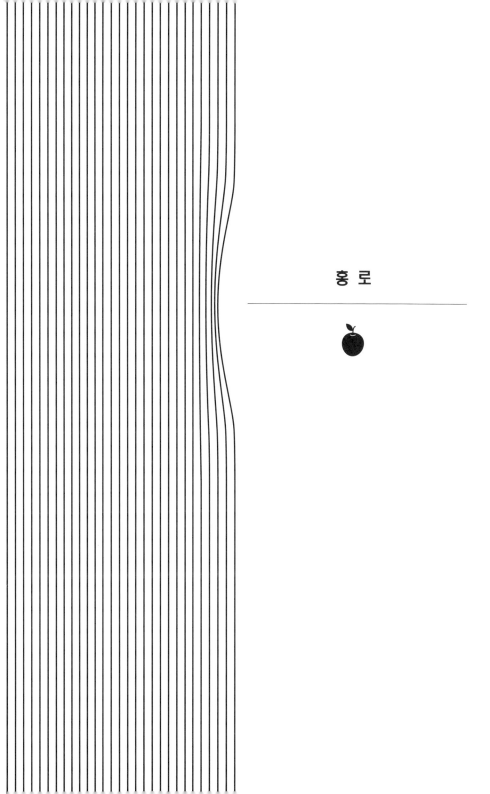

그가 대학 동창들과 함께 홍로를 따러 가자고 했을 때 그녀는 식탁과 냉장고 사이에서 멈춰 섰다. 그녀는 마늘장아찌가 담긴 반찬통을 들고 있었는데 반찬을 꺼내려고 했던 것인지 아니면 냉장고에 집어넣으려고 했던 것인지 순간 헛갈렸다. '동창'이라는 단어가 그녀를 놀라게 했다. 그가 친구들의 모임에 그녀를 데려가겠다고 한 것은 처음이었으니까. 그녀는 식탁을 흘끗 쳐다보고 식사가 다 끝나가는 시점이라는 것을 확인한 후에 냉장고 문을 열었다.

　그녀는 그가 친구들에게 자기를 보여주는 것을 부끄러워한다고 생각했었다. 그건 사실이기도 했다. 하지만 더 큰 이유는 그녀를 어떻게 소개해야 할지 곤란하기 때문이었다. 그녀는 그와 함께 그의 집에 살고 있고 아내가 하는 모든 역할을 다 하고 있다. 하지만 그녀는 그의 아내가 아니었다. 아내가 아니라는 것은 법적으로 그렇다는 뜻이다. 그녀는 아내의 역할을 하고 그는 그 댓가로 그녀에게 돈을 주고 있다. 함께 사는 조건으로 한달에 이백만원씩을 준다. 물론 생활비를 제외한 금액이다. 그의 재산에 비하면 이백만원은 그리 큰돈이 아니었지만 그녀에게는 제법 많은 액수였다. 그녀에게도 자신에게도 나쁘지 않은 거래라고 그는 생각했다.

그들이 만난 곳은 백화점이었다. 그는 머플러를 교환하려고 백화점에 갔다가 행사장에서 그녀와 마주쳤다. 머플러를 팔고 있던 그녀가 이번에는 똑같은 곳에서 양말을 팔고 있었다. 사정을 설명하자 그녀는 행사기간이 끝났으니 본매장으로 가라고 했다. 다음달에 그녀는 역시 같은 곳에서 액세서리를 팔고 있었다. 그는 선물용으로 브로치를 하나 골라달라고 한 뒤 포장을 부탁했다. 그리고 직원용 출입구에서 그녀가 나올 때까지 기다렸다가 브로치를 내밀었다. 그로부터 두달쯤 지났을 때, 그러니까 그들이 여섯번째 데이트를 하던 날 그는 그녀에게 자신의 '아내 역할'을 하는 것이 어떻겠냐고 제안했다. 결혼을 청하지 않은 이유는 단순했다. 그녀가 자신의 아내감은 되지 못한다는 생각 때문이었다.

그녀는 중학교밖에 졸업하지 못했고 휴대전화를 팔아서 밥벌이를 근근이 이어나가는 외동아들을 두고 있었다. 젊었을 때 작은 건축사무소에서 잠시 경리 일을 하다가 스무살에 결혼을 했는데 이후로는 제대로 된 직업을 가진 적이 없었다. 오년 전 남편과 사별한 뒤 백화점에서 일용직으로 일하기 시작했고 월세를 제하고 보험료를 붓고 남은 돈으로 생계를 꾸려갔다. 아들이 가끔 목돈을 요구했기 때문에 저축한 돈은 따로 없었다. 처녀 시절이 지난 뒤에는 극장에서 영화를 본 적이 없었고 치마를 입어도 스타킹 대신 흰 면양말을 신었다. 그녀는 자신의 삶에 불만스러워하지 않았으며 닥치는 일을 불평 없이 처리해나갔다. 일을 쉬는 날에는 집에서 텔레비전을 봤다. 휴먼 다큐멘터리나 옛날 가수들이 나오는 콘서트를 좋아했고 옷을 잘 차려입고 나오는 여당 의원들을 훌륭하다고 생각했다. 점심식사를 마치면 주방 식탁에서 믹스커피를 마시며 『좋은생각』 같은 잡지를 읽었다.

반찬 솜씨가 훌륭하다는 것은 최고의 장점이었다. 말이 없고 순종적이어서 조금 지루할지언정 남을 귀찮게 하지 않았다. 백화점에서 고객을 응대했기 때문일까, 싹싹함이 몸에 배어 있었는데 그건 후천적으로 습득한 것으로 보였다. 그녀는 자기가 나서야 할 때와 물러서야 할 때를 정확히 구분했고 살짝 주눅이 든 태도는 자기 인생에서 황금기는 전혀 없었다고 말하는 것 같았다. 쉰살이 되었을 때 그녀는 자신의 삶이 완벽하게 실용적인 것으로 둘러싸여 있다는 걸 깨달았다. 그녀는 마치 태어날 때부터 오십대였을 것 같은 표정을 짓고 있었다. 오십대처럼 걸었고 오십대처럼 웃었고 오십대처럼 잠자리를 했다. 그녀의 그런 면 때문에 그가 그녀를 선택했는지도 몰랐다. 그리고 그녀의 그런 면 때문에 그가 그녀와 결혼까지는 할 생각이 없었는지도 몰랐다. 같이 사는 데는 나쁠 것이 없었으니까, 같이 살기만 하는 것이 좋다고 그는 생각했다.

그녀를 집으로 들인 뒤 그는 더이상 데이트를 하지 않았고 선물을 하는 일도 없었다. 이백만원이 모든 것을 해결해주었으니까. 생일이나 명절이 낀 달에는 이십만원씩을 더 쥐여주면 그만이었다. 그러니까 이번 무주행은 그야말로 이년 만의 선물이요 외출인 셈이었다. 하지만 그건 그녀에 대한 동정심이나 배려에서 나온 게 아니었다. 순전히 그의 자존심 문제였다. 애초에 그녀를 무주에 데려가겠다고 한 것은 대진을 의식했기 때문이었다. 모든 면에서 아쉬울 게 없는 그였지만 결혼한 지 이년 만에 아내가 죽고, 이후로 내내 혼자 지내는 것을 친구들이 안타까워한다는 사실을 잘 알고 있었다. 그중 대진은 유독 그의 독신생활에 대한 관심과 염려가 컸다. 더이상 그런 시선을 받고 싶지 않았다. 그는 이번 모임에 그녀를 데려간다면 자신이 평범하게 보일 수 있으리라고 생각했다.

그런데 막상 그녀를 모임에 데려가기로 결정하자 그녀가 죽은 아내에 비해 부족한 점이 많은 것 같아서 찜찜했다. 삼십년 전에 사고사한 아내는 그의 머릿속에서 여전히 젊음을 유지하고 있었으므로 이제 쉰살이 된 그녀와 비교하는 것은 공정하지 못한 처사였지만, 그는 그녀의 어딘가가 분명 거슬렸다. 화분에 물을 줄 때 허리를 굽히는 각도며 치매를 방지하기 위해서라며 눈을 감은 채 설거지를 하는 모습도 마음에 들지 않았다. 바닥에 떨어진 휴지를 주울 때 무릎을 벌리고 앉는 걸 보고 그는 대단한 것을 발견했다는 듯 안경을 고쳐 썼다. 유심히 관찰한 결과, 그는 마침내 그녀를 그림자처럼 따라다니는 것이 촌스러움이라는 악덕임을 발견해낼 수 있었다.

이 문제를 해결하기 위해 그는 백화점에서 그녀에게 선물할 옷 한벌을 샀다. 주황색 꽃무늬가 프린트된 갈색 등산복이었다. 등산복과 어울리는 색의 운동화도 한켤레 골랐다. 쇼핑백을 식탁 위에 내려놓으며 그는 목소리를 낮추었다. 친구들에게는 최근에 만난 여자라고 해뒀다, 그애들은 우리가 같이 살고 있는 줄은 모른다, 그렇게 알아두라고 말했다. 그는 노파심에 몇마디 덧붙였다.

"실수가 없으려면 말수를 줄이는 것이 좋지."

"네."

"그냥 묻는 데만 대답하라는 거야. 평소 당신이 하던 대로."

"알아들었어요."

그녀의 짤막짤막한 대답이 그는 마음에 들었다. 차분하고 건조한 낮은 톤의 목소리도. 그는 목소리로 성격을 점칠 수 있다고 믿었다. 그녀의 목소리는 그가 들어본 여자의 목소리 중 가장 낮은 톤이었는데, 그에게 저음의 목소리는 쾌락에 무디다는 것을 뜻했다. 그의 연애 경험으로 미루어보건대 목소리 톤이 높은 여자들은 즐거워지기 위해 끊임없이 뭔가를 했다. 전화로 한시간도 넘게 수다를 떨거나, 필요하지도 않은 물건을 이것저것 사들이거나, 머릿결이 상할 때까지 머리카락 색깔을 바꾸거나. 그렇게 애써 기분을 들뜨게 만들어놓은 뒤에 그녀들이 하는 일이라고는 고작해야 다시 기분이 가라앉는 것을 막기 위해 또다른 친구에게 전화를 거는 것, 방금 했던 이야기의 전개 부분을 조금 변형하여 되풀이하고, 쇼핑한 물건을 교환하거나 환불하고, 머리카락 색깔 대신 이번에는 미용실을 바꾸는 것뿐이었다.

그녀는 자신의 기분에 별로 관심이 없었다. 혹은 그녀의 기분이 그녀에게 관심이 없었거나. 쇼핑백을 열어 안에 든 것을 확인한 그녀는 등산복을 입어볼 생각도 하지 않고 그대로 장롱 안에 넣었다. 고작 나일론으로 만든 바지 한벌이 몇십만원이나 한다는 사실에 혀를 내둘렀을 뿐이었다. 나일론이 아니라 고어텍스라고 그가 정정해주었을 때 그녀는 다시 낮은 톤의—그에게 평온을 가져다주는—무덤덤한 목소리로 대답했다.

"정말 고마워요."

대화는 언제나 외국인을 위한 한국어 교재의 예문처럼 끝이 났다. 그녀는 장롱 서랍을 닫은 뒤 베란다로 가서 구부정하게 등을 구부리고 유칼립투스 나무에 물을 주었다. 그는 안경 너머로 그 모습을 바라보며 콧등을 살짝 찡그렸다.

그들이 터미널 건너편에 대기 중인 코발트색 승합차에 사이좋게 올라타자 대진이 작은 탄성을 내질렀다. 대진은 삼십년 만에 소개받은 친구의 연인에게 악수를 청하고 다소 호들갑스럽게 옆자리로 안내했다. 친구의 새 연인이 과연 그들 그룹에 어울릴 만큼 충분히 우아하고 세련되고 지적인 여성인지 평가하는 절차가 이제 곧 시작되려고 했다.

그는 딱히 뭐라고 설명할 수 없는 이유로 서서히 기분이 언짢아

지기 시작했다. 마침 그녀가 허리를 세우며 자세를 고쳐 앉는 순간
운동화와 등산복 사이로 하얀 양말이 드러나자 그 언짢은 기분이
정체를 드러냈다. 그는 친구가 그녀를 어떻게 평가할지 몰라 초조
했다. 그의 눈에는 그녀의 흰 양말이 깨진 거울이나 검은 고양이처
럼 불길한 징조로 보였다.

"그러고 보니 이름을 안 여쭤봤네. 성함이 어떻게 되시나?"

"이용순이라고 합니다."

그는 기분이 확 상했다. 그녀는 그가 하라는 대로 묻는 말에 대
답을 한 것뿐이었는데 순간 부끄러웠다. 우습게도 그녀의 이름이
너무 촌스럽다는 생각이 들었다. 물론 그녀의 이름이 이용순이라
는 것은 분명히 전부터 알고 있던 사실이었다. 그러나 그 이름을
친구 앞에서 발음하는 것은 다른 문제였다. 그녀가 '이용순'이라고
말하는 순간 코밑의 검은 점이 도드라져 보였다. 짧은 파마머리도
마음에 들지 않았고 얼굴의 주름도 더 깊어 보였다. 그녀는 어색한
분위기 때문인지 손가락으로 연신 머리칼을 쓸어올렸는데, 손가락
이 짧고 뭉툭한 것까지 신경이 쓰였다. 그는 대진과 그녀가 더이상
대화를 나누는 것을 원치 않았다.

"제수씨는 오늘 안 나오셨냐?"

"인마, 우리 와이프가 어떻게 네 제수씨냐, 형수님이지."

대진은 그의 질문에는 관심도 없다는 듯 쳐다보지도 않고 대꾸
했다. 대진은 그녀의 나이를 궁금해했다. 그녀가 돼지띠리고 답하
자 대진이 그를 흘겨보며 괜한 수선을 떨었다. "그럼 59년생? 한창

이네, 아직 한창이야."

그는 그녀가 돼지띠라는 것도 마음에 들지 않았다. 59년생이라고 해도 되었고 쉰살이라고 답할 수도 있었는데 왜 돼지띠라고 말했을까? 그녀의 입에서 무슨 말이 나오든 심기는 점점 불편해지고 있었다. 돼지띠에 용순이. 그게 뭐 어쨌다고? 자신을 이해할 수 없었지만 불쾌한 건 사실이었다.

그의 기분과 상관없이 대진의 질문 퍼레이드는 계속되었고 대진이 마지막 질문을 던졌을 때 그는 더이상 지켜보지 못하고 대화에 끼어들고 말았다.

"자제분은 어떻게 두셨나?"

"아들이 하나 있어요."

"그 아드님은 무얼 하시고?"

그녀는 입술을 우물거릴 뿐 뭐라고 답하지 못하고 있었다. 그녀의 아들은 이십대 초반에는 집에서 빈둥거리며 저녁에는 술이나 마시는 게 일이었고 작년부터는 친구가 운영하는 휴대전화 판매점에서 일을 거들고 있다고 했다. 그는 그녀가 사실대로 대답하는 것을 원치 않았다. 휴대전화를 판매한다는 것은 그의 친구들 사이에서 전혀 평범한 일이 아니었다. 차라리 무직이 나았다. 사업을 구상하고 있다고 여길 수도 있을 테니까.

"선생님이야."

그가 퉁명스럽게 내뱉었다.

"어느 학교?"

"중학교."

그는 아무렇게나 둘러댔다. 그리고 대진이 더 묻기 전에 덧붙였다.

"과학을 가르치고 있어."

순간 실수했다는 사실을 깨달았다. 대진은 가구점을 운영하기 전에 고등학교에서 한문을 가르쳤었다. 많고 많은 직업군 중에서 하필이면 교사를 떠올린 게 원망스러웠다.

대진이 자기도 예전에 선생님이었다고 대꾸하며 그녀 쪽으로 몸을 기울였다.

"여고에서 한문을 가르쳤수다. 뭐, 내 수업을 제대로 듣는 학생은 거의 없었지만. 인문계였는데도 대학 진학률이 형편없었거든요. 반 이상이 엎드려서 자고, 또 깨어 있는 애들 중 반은 거울이나 들여다보고 있고……"

그녀의 얼굴이 붉게 달아올랐다. 그는 심장이 뛰기 시작했다. 대화를 길게 나누다보면 거짓말이 들통날 것이 뻔했다. 그녀에게 미안한 생각이 들었다. 하지만 이제 바통을 쥐고 있는 건 그녀였다. 대진은 이제 막 아련한 추억의 바닷속으로 뛰어든 참이라 그곳에서 빠져나오고 싶은 생각이 전혀 없는 것처럼 보였다.

"그럼 요새 한창 정신없겠네요?"

그녀가 어리둥절한 얼굴로 그를 흘끗 쳐다보았다. 도움을 요청하고 있다는 것을 알았지만 그는 그녀의 시선을 피했다. 그녀가 고개를 푹 숙이고 무릎을 만지작거렸다. 대답이 돌아오지 않자 대진은 의아한 표정이었다. 그는 시간이 상대적으로 흐른다는 것이 어떤 건지 확실히 알 것 같았다.

어색한 침묵의 시간을 끊으며 마침내 그녀가 고개를 들었다. 그녀는 허옇게 질린 얼굴로 단어 하나마다 힘을 주어 답했다.

"시험기간이니까요. 그애가 그랬어요. 그애는 어젯밤에 시험문제를 내던 중이라고 저한테 그랬답니다."

그녀는 적절한 대답을 찾았다는 점에 대해 스스로 놀란 것 같았다. 호흡이 빨라지더니 마른침을 꿀꺽 삼켰다. 그녀는 두 눈을 껌뻑거리다가 배낭에서 물통을 꺼냈다. 급하게 물을 들이켜고 가슴을 두어번 쓸어내렸다. 대진이 그래도 아직까지 교사만 한 직업을 찾기는 힘들다고 말한 뒤 허허 웃으면서 대화를 마무리했다. 대진이 자리를 옮긴 후에도 그녀의 어깨는 딱딱하게 굳어 있었다. 아무도 말을 걸지 않았는데도 혼자서 여러번 고개를 끄덕이는 모습은 마치 조금 전에 내뱉은 문장을 스스로에게 이해시키려는 것처럼 보였다. 그녀가 갑자기 딸꾹질을 하기 시작하자 그는 그게 자신이 그녀의 자존심을 분질러놓았기 때문이라고 생각했다. 그가 그녀의 손을 쥐었다. 손은 차가웠고 축축하게 젖어 있었다. 그가 그녀의 손바닥을 펴서 허벅지에 문질렀다. 그녀가 슬그머니 손을 빼 자기 무릎 위에 올려놓았다.

창밖으로 개발이 덜 된 시가지가 지나갔다. 대부분의 건물이 일층짜리였고 간판에는 뽀얗게 먼지가 앉아 있었다. 길가에는 코스모스가 분홍색, 자주색, 하얀색의 꽃잎을 단 채 줄기를 휘청거리고 있었다. 그는 팔꿈치로 그녀의 옆구리를 슬쩍 건드렸다. 그녀가 그의 얼굴을 바라봤다. 그는 창밖을 가리켰고 그녀가 고개를 돌렸다. 그녀의 시선은 꽃을 향해 있었지만 눈빛의 끝 간 데는 허공에 닿아 있었다. 차가 산길을 오르기 시작했다. 그녀는 그의 어깨에 한번 부딪혔다가 다시 창문에 한번 부딪히며 몸을 흔들어댔다. 그런 그녀의 모습이 그의 눈에는 가련한 코스모스처럼 보였다.

사과농장에 도착한 것은 정오가 훌쩍 지난 시각이었다. 산 중턱이라 날씨가 쌀쌀했다. 안개가 낮게 깔려 있었다. 고랭지 특유의 습기인지도 몰랐다. 축축한 공기가 얼굴에 머리칼에 옷 위에 달라붙었다. 그는 허리춤에 묶었던 점퍼를 입고 주위를 둘러보았다. 하얀 석횟가루를 뒤집어쓴 붉은 열매가 가지마다 탐스럽게 달려 있었다.

그녀는 깊은 생각에 빠져 있는 것 같았다. 그가 말을 붙여도 심드렁하게 대꾸했고 눈앞에 끝없이 펼쳐진 사과나무밭 앞에서도 감탄하지 않았다. 나란히 걷다가도 뒤처지기 일쑤였다. 그가 옆에 있다는 사실에 전혀 신경 쓰지 않는 듯했다.

고개를 살짝 숙이고 생각에 잠긴 채 묵묵히 걷기만 하던 그녀가 대단한 결심이라도 한 듯 크게 숨을 들이쉬었다. 그녀는 정면으로 고개를 들고 그를 앞질러 걷기 시작했다. 그녀가 발걸음을 멈춘 곳은 대진의 옆이었다. 그는 그녀의 뒤에 바싹 붙어 섰다. 그녀가 대진의 어깨를 손가락 끝으로 두드렸다. 대진이 고개를 돌리고 눈을 크게 뜨며 무슨 일인지 얘기해보라는 표정을 지었다. 그녀의 얼굴에 홍조가 돌았다.

"저희 아들 말이에요."

"아, 그 과학 선생님이시라던?"

"스승의날이 되면 그애는 엄청난 것들을 가져온답니다. 인기가 아주 좋거든요."

"엄청난 것들이란 게 뭐죠?"

대진이 입가에 미소를 지으며 물었다. 그녀는 잠시 머뭇거리다 입을 열었다.

"그러니까, 어떤 학생은 아들에게……"

그녀는 주위를 두리번거렸다.

"음, 그러니까, 인형 같은 걸 줘요. 인형이라고 할 수 없을 만큼 큰 인형이에요. 사람이랑 크기가 거의 비슷한 것도 있어요."

대진은 어리둥절한 표정이었으나 그녀는 그의 얼굴까지 살필 여유가 없었다. 그녀는 만족스러운 얼굴로 돌아왔다. 평소 그녀의 시선은 대개 바닥을 향하고 있어서 눈을 반쯤 감고 있는 것처럼 보였는데, 지금 그의 앞에서 동그랗게 눈을 뜬 그녀는 눈동자를 반짝거리고 있었다. 그녀의 몸이 떨렸다. 단언컨대 그건 불안감이 아니라 흥분 때문이었다. 그녀는 누가 묻지도 않는 것들에 대해서 떠들 준비가 다 된 얼굴을 하고 있었다.

그녀의 상기된 얼굴은 그녀가 쉰해를 살아오는 동안 거짓말을 해본 적이 없다는 증거였다. 오늘은 그 기록이 깨진 날이었다. 첫 경험이 그녀에게 강렬한 쾌감을 준 것이 거의 확실했다. 그녀는 수줍으면서도 어딘가 교태 어린 미소를 띠고 그의 팔짱을 꼈다. 몸을 살짝 기울여 그의 어깨에 머리를 기대었고, 전에는 자기가 먼저 그런 행동을 한 적이 없었다는 것을 깨닫지 못한 채 걷기 시작했다.

"와, 꽃사과나무예요. 사진으로만 봤었는데."

그녀가 걸음을 멈췄다. 그가 멈춰 선 건 그녀와 보조를 맞추기 위해서가 아니었다. 꽃사과나무에 감탄해서도 아니었다. 다리가 딱딱하게 굳어버린 것 같았다. 분명히, 그녀의 목소리가 평소보다 다섯음 정도 높았다. 평상시 그녀의 목소리가 '도' 음이었다면 지금 그녀의 목소리는 '솔'이었다. 그리고 '솔'은 그녀의 목소리로는 한번도 들어본 적이 없는 음이었다. 그는 나무의 이름이 무엇인지, 그녀가 전에 그 나무를 본 적이 있는지에 대해서는 관심이 없었다. 오로지 그녀가 평소와는 다른 톤으로 얘기하고 있다는 것만이 마음에 걸렸다.

순식간에 그녀는 다른 사람이 된 것 같았다. 사과를 따면서도 쉴 새 없이 떠들어댔다. 그는 관자놀이에 통증을 느꼈으나 분위기를 맞추기로 했다. 말을 줄이는 게 좋겠다는 충고로 그녀를 제지할 수 없었다.

"이거 어때요? 겉은 울퉁불퉁하지만 분명 단맛 하나는 끝내줄 것처럼 보이지 않아요?"

그의 눈앞에 불쑥 홍로 한알을 들이밀고 그녀는 깔깔댔다. 그는 하이톤의 웃음소리가 낯설었지만 그녀를 따라 웃는 척해야 했다.

그녀는 한껏 들떠 있었고 오늘 처음 만난 그의 친구들이 마음에 드는 것 같았다. 그녀는 여자들과도 잘 어울렸다. 쉽게 웃음을 터뜨렸고, 한번 웃음을 터뜨리면 눈물이 날 때까지 멈추지 않았다. 그녀의 웃음소리는 높은 '레'였다. 그는 귀를 곤두세우지 않아도 앞쪽에서, 뒤쪽에서, 오른쪽에서 들려오는 웃음소리의 주인을 정확하게 찾아낼 수 있었다.

학찬의 부인이 눈썹을 추켜올린 채 그의 귀에 대고 소곤거렸다.

"자기, 저 여자한테 술 먹인 거야?"

"뭐?"

"대낮부터 술을 마시게 하다니."

학찬의 부인은 고개를 절레절레 흔들었다. 그가 변명을 하기도 전에 학찬의 부인은 뒤돌아 가버렸고 어느새 그녀가 홍로가 가득 담긴 광주리를 끌고 나타났다. 뒤쪽에서는 대진이 돗자리에 앉아 농장주인이 내놓은 사과즙을 마시고 있었다. 그녀는 대진을 발견하자 흡족한 미소를 띠며 돌아섰다.

"아들한테 한상자 보내려고요. 시험 감독을 하느라고 지쳤을 테니까."

그녀가 대진의 옆에 쪼그리고 앉았다.

"여자친구 것도 보낼까 생각했는데 괜한 오지랖이지 싶어요. 아직 둘 다 나이가 어리니까 나중에 어떻게 될지 모르는 일이기도 하고요."

"여자친구도 선생님?"

"학교에서 만났으니까요."

이제 막 알에서 부화한 올챙이에게서 삽시간에 뒷다리와 앞다리가 차례대로 나고 그 즉시 꼬리가 줄어들어, 한마리의 개구리가 울음주머니를 부풀리며 개굴개굴하는 모습을 보는 것 같았다. 그의 관자놀이가 죄어오는 듯 아팠다.

"우리 때야 그렇지 않았지만 요새는 교사 되는 게 고시 보는 거랑 맞먹는다는데. 시험은 몇번째에 붙었어요?"

교사가 되려면 임용고시를 치러야 한다는 사실을 그녀가 모를 거라는 생각이 들어 그는 목소리를 높였다.

"저기 저건 어때 보여?"

그는 나뭇가지 안쪽에 달린 큼지막한 사과를 가리켰다. 그녀는 그가 가리키는 쪽으로 움직였다. 그는 자신이 적절한 시기에 끼어들었다고 안도하며 가지를 향해 손을 뻗었다. 사과는 가지에서 쉽게 떨어졌다.

광주리에 담은 사과를 상자에 옮기고 택배 송장에 주소를 적었다. 그들의 몫이 한상자, 그녀의 아들 몫이 한상자였다. 송장에는 삐뚤빼뚤한 글씨체로 박형수라는 이름이 적혀 있었다. 그 이름 앞에서 그는 잠시 멍해졌다. 박형수. 전남편의 성씨가 박가였구나. 그녀는 그 앞에서 남편의 이야기를 한 적이 없었다. 아들과 통화하는 것도 본 적이 없었다. 결혼은 했나? 아니요. 뭘 해 먹고살아? 휴대전화를 판다고 그랬어요. 몇살이라고 그랬지? 스물일곱이에요. 묻는 것에 대한 답이 전부였다.

대진이 식당 제일 구석자리에 앉는 것을 보고 그는 정반대 쪽으로 자리를 잡았다. 안주인이 커다란 양푼에 담긴 보리밥과 갖은 종류의 산나물을 내왔지만 그는 거들떠보지도 않았다. 밥맛이 없었다. 그녀의 거짓말이 계속될수록 그는 위태로움을 느꼈다. 그는 학찬의 부인이 그녀를 오해하고 있다고 생각하지 않았다. 그녀는 취해 있었다. 알코올이 아니라 거짓말 때문에 그녀는 완전히 취했다. 알코올이 뇌에서 엔도르핀과 도파민을 자극하는 것과 똑같은 원리로 거짓말이 그녀를 즐겁고, 들뜨고, 용감하게 만들었다. 그는 그녀의 손에서 술병을 빼앗아야 한다는 의무감을 느꼈다.

그녀와 눈이 마주치기를 기다렸다가 잠깐 나오라는 눈빛을 보냈다. 그가 화장실에 다녀오겠다고 말하고 자리에서 일어선 다음 그녀가 쭈뼛대며 뒤따라 나왔다.

"저 어땠어요?"

그녀가 쑥스러운 듯 물었다. 그는 아이를 길러본 적이 없었지만 만약 초등학생인 아들이 있고 그애가 입학한 첫해에 체육대회 100미터 달리기에서 우승을 했다면 그녀와 같은 표정을 짓고 있었을 거라는 생각이 들었다. 그녀의 얼굴에 부모가 보는 앞에서 일등으로 운동장을 가로지르고 흰 테이프를 끊으며 결승선을 통과한 아이의 설렘이 담겨 있었다. 목에는 오로지 그를 위한 금메달이 걸려 있었다. 이제 그가 자랑스러움으로 가득 찬 학부모 역할을 할 차례였다. 그는 다른 대본을 달라고 요청할 처지가 못 되었다. 억지로 바통을 쥐여주고 트랙으로 그녀를 떠민 것은 다른 사람이 아니라 자기 자신이었다. 그는 그녀의 어깨를 두드리며 고개를 끄덕였다.

"아주 잘했어."

그는 일단 그렇게 대답하고 나서 좀 뜸을 들였다.

"그런데 말이야, 이젠 그만했으면 좋겠는데."

"뭘요?"

"거짓말 말이야. 내가 먼저 꾸며낸 게 사실이지만, 이제 와서 보니까 자네한테 영 미안한 생각이 들어서 그래. 그래, 자네한테 내가 못할 짓을 시켰다는 생각이 들어서."

그녀가 그에게 한걸음 가까이 다가왔다. 그리고 그가 괜한 걱정을 하고 있으며 자기는 아무렇지도 않다고 강조했다. 그녀가 떨리는 '솔' 음으로 그에게 속삭였다.

"전 정말 괜찮아요. 하라고 하면 더 지어낼 수도 있어요. 아깐 좀 긴장해서 떨었지만 이젠 정말 잘할 수 있을 것 같아요."

그는 손사래를 쳤다.

"아니, 아니야. 그만해. 그만하는 게 좋겠어."

"누구나 처음부터 완벽하게 할 수는 없다고요."

"탓을 하려는 게 아니야. 지금 자네는 정말 잘하고 있어."

"그럼 왜 그만하라는 거예요?"

"됐다면 그냥 된 줄 알아. 끝이라고. 이제 제발 그만둬."

그는 단호하게 그녀의 말을 잘랐다. 그녀는 영문을 몰랐지만 그의 말에 수긍할 수밖에 없었다. 그들은 나란히 식당 안으로 들어갔다.

그는 마음이 한결 가벼워졌다. 그제야 반찬들이 맛깔나게 보였다. 그는 여유를 되찾고 식사를 즐기기 시작했다. 나물을 적당히 덜어 그릇에 넣고 밥알을 고추장에 살살 비볐다. 그녀도 조용히 그릇을 비우고 있었다. 거짓말의 임무에서 벗어난 그녀는 한결 느긋하고 자연스러워 보였다.

그가 그릇을 반쯤 비웠을 때, 마주 앉은 영식이 그녀의 얼굴을 찬찬히 뜯어보더니 입을 열었다.

"두 분은 어떻게 만나셨는가?"

그는 지금 막 삼킨 밥 한숟갈이 그대로 목구멍에 걸린 기분이었다. 그녀의 입장에서는 백화점의 행사 판매원으로 일했던 것이 어떤 일인지 모르겠으나 그에게는 그녀의 이름인 이용순이나 아들이 휴대전화 판매원으로 일하는 것과 다를 바 없는 부끄러운 일이었다. 그는 그녀의 눈치를 보다가 그녀와 눈이 마주쳤을 때 재빨리 눈을 찡긋했다. 거짓말을 해도 좋다는 신호였다.

"평소에는 늘 아들과 함께 쇼핑을 하는데 그날따라 혼자 나들이를 했지요. 가을이 다가오고 있어서 머플러가 하나 필요했거든요."

그녀가 이야기를 꾸며대기 시작했다. 그녀의 말이 맞았다. 그녀는 이제 더 잘할 수 있었다. 힘을 들이지 않고도 말을 술술 풀어냈다. 그녀는 수저질을 멈추지 않으면서 방금 있었던 일을 얘기하듯 자연스럽게 이야기를 이어나갔다.

"난 점원이 권한 베이지색 머플러를 살피는 중이었는데 이이가 그 색깔보다는 자줏빛이 좋겠다고 조언했답니다. 우습지 않아요? 생판 모르는 사람에게 머플러를 추천하다니요. 당연히 난 그때 이이가 나한테 관심이 있다는 걸 눈치챘고요."

그녀는 거기까지 말하고 수저를 내려놓았다. 그리고 그가 자줏빛 머플러를 권했던 시절을 회상하는 듯 살짝 고개를 숙이고 미소 지었다. 그녀는 행복해 보였다.

그는 그녀가 왜 행복한지 알 것 같았다. 그녀는 자기가 한 말을 믿고 있었다. 그게 그녀가 다섯음이나 높은 톤으로 말을 하고, 그토록 웃음이 많아지고, 그리고 거짓말을 계속하고 싶어하는 이유였다. 그녀는 지금 어엿하게 제 앞길을 닦아나가는 장성한 아들을 두고 있었고, 우연히 마주친 남자의 관심을 받을 만한 요조숙녀였다. 게다가 생전 처음으로 남에게 주목을 받고 있었다. 처음 만난 사람들이 그녀를 궁금해했고 그녀는 그들을 만족시키는 대답을 할 수 있었다. 그는 그녀에게 더이상 미안해할 필요가 없었다. 그녀는 즐거워 보이는 게 아니라, 즐거웠다.

"이이가 색감 하나는 정말 뛰어나긴 해요."

그녀는 컵에 물을 따랐다. 입안을 물로 헹구고 나서 사람들을 둘러보았다. 아무도 그녀가 그의 연인이 되기에 부족하다고 생각하지 않았다. 아무도 그가 불쌍하게 혼자 늙어가고 있다고 동정하지 않았다. 그의 계획은 완전히 성공했다.

"아들내미 다 키워 선생 만들어놓았겠다, 이제 더 신경 쓸 것도 없을 텐데 뭐가 걱정이야? 제이의 인생을 시작하라고. 타이밍이 딱이야, 딱!"

형식이 밥알을 문 입을 우물거리며 그의 어깨를 두드렸다. 그는 어색하게 웃었다. 누군가가 소주를 시켰다. 누군가가 대낮부터 무슨 술이냐고 핀잔을 주었고 이렇게 모여 나들이를 온 게 몇년 만인데 그냥 넘어갈 수는 없는 일이라고 또 누군가가 대답했다.

고속버스 터미널에서 친구들과 뿔뿔이 흩어지고 난 뒤 그들은 택시 승강장을 향해 걷기 시작했다. 그는 그들 사이의 무언가가 변했다고 느꼈다. 그녀와의 거리가 자신이 원치 않을 만큼 가까워졌다는 느낌이었다. 그가 머플러의 자줏빛 색깔 운운하며 그녀에게 진짜로 추근댔고, 그들이 동등한 관계로 교제해왔고, 어쩌면 결혼을 앞두고 있을지도 모른다는 생각이 들었다.

그는 그 생각에서 빨리 벗어나고 싶었다. 이제 아무도 없으니까 편하게 행동하자며 그녀의 팔짱을 풀었다. 그녀는 좀 서운해하는 것 같았지만 뭐라고 대꾸하지는 않았다. 친구들과 헤어지자 그녀는 다시 예전으로, 특색이 없다는 것이 오히려 특색이던 시절로 돌아간 것 같았다. 그래도 꺼림칙한 기분에서 쉽게 벗어날 수는 없었다. 그는 괜히 두세걸음쯤 앞서 걸었다.

불안한 마음이 사그라지자 심술이 났다. 어쩌면 여전히 불안했기 때문에 정확히 선을 긋고 싶었는지도 모르겠다. 그는 돈 얘기를 꺼낼 생각이었다. 그들 사이를 확인해주는 것은 언제나 돈이었고, 이번에도 다르지 않을 것이다. 얼마가 좋을까? 생일이나 명절 때처럼 이십만원이 적당할까? 기분도 찜찜한데 십만원쯤 더 얹어 주는 것은 어떨까?

"삼십만원 정도면 괜찮겠지. 오늘 자네 수고비 말이야."

그는 그로써 자신을 옭아매고 있는 밧줄에서 완전히 풀려난 기분이었다. 속이 다 시원했다. 그녀가 자신에게 무슨 잘못을 저질렀는지는 모르지만 그녀에게 복수를 한 것같이 유쾌한 기분이 들었다. 그는 소리 내어 크게 웃고 싶을 지경이었다.

"저도 좋은 구경을 한걸요, 뭘."

그는 그녀의 대답을 듣는 둥 마는 둥 보도블록 끝에 서서 손을 들었다. 택시가 멈춰 섰고 그녀가 먼저 올라탔다.

"멀리 다녀오시는 길인가 봅니다."

사과 상자를 보고 택시기사가 말을 걸었을 때 그는 무주에 갔다 왔다고 짧게 대답했다. 기사는 잘 봐줘야 서른살 정도로 보였고 택시 일을 시작한 지 얼마 안된 것 같았다. 손님들이 자기와 얘기를 나누고 싶어할 거라고 생각했는지 자꾸만 뒤쪽을 흘끗거렸다. 그는 택시기사의 눈에 그들이 부부로 보일 거라는 생각 때문에 기분이 나빴다. 삼십만원으로 상황을 겨우 정리한 참인데 지금까지 그의 인생에서 아무런 상관도 없던 젊은 녀석이 하필이면 이 순간에 끼어든다는 게 짜증났다.

"부인이 미인이시네요. 젊었을 때 남자들이 꽤나 따라다녔을 것 같은데요."

기사가 그녀에게 말을 걸었고 그녀는 대답 대신 미소를 지으며 배낭에서 작은 거울을 꺼내 얼굴을 들여다봤다. 그리고 파우더 뚜껑을 열고 땀으로 지워진 부분에 하얀 분을 덧발랐다. 그는 기사가 뒷좌석에 앉아 있는 중년 여자의 젊었던 시절로 거슬러올라가 쓸

데없는 상상을 하는 대신 차선을 지키고 신호등을 살피고 앞차와의 간격을 유지하는 데나 신경 쓰기를 간절히 바랐다. 그는 창문 쪽으로 좀더 붙으며 그녀와 떨어져 앉았고 양손을 겨드랑이에 끼워넣고 어깨를 움츠렸다.

다행히도 기사는 그녀에게 그 이상의 관심을 보이지 않았다. 사거리를 지날 때쯤 기사의 아내가 전화를 걸었기 때문이었다. 기사는 스피커폰으로 통화를 했는데, 아내는 어젯밤에 상갓집에서 밤을 새웠다는 것이 거짓말이 아니냐고 운전 중인 남편을 들볶았다. 기사는 손님이 있든 말든 신경도 쓰지 않고 아내와 말다툼을 벌였다. 아내가 기사에게 욕설을 내뱉은 순간 기사는 신호를 놓쳤고 결국 급브레이크를 밟았다. 그가 앞좌석의 시트에 얼굴을 세게 부딪쳤다.

"그러니까 안전벨트를 맸어야지요."

그녀가 웃는 것도 우는 것도 아닌 애매한 표정으로—사실을 얘기하자면 그녀는 웃음을 참고 있었다—나지막하게 말했다. 기사는 얼굴이 시뻘게진 뒷좌석의 승객에게 정중히 사과해야 했고 전화를 끊은 뒤에는 조용히 운전에만 몰두했다.

집 앞에 도착했을 때 그가 먼저 택시에서 내렸고 그녀는 카드 승인을 기다리느라고 차 안에 좀더 머물렀다. 카드를 돌려받은 그녀는 차 문을 열려다가 잠시 망설였다. 그녀는 문고리를 잡았던 손을 놓고 기사가 앉은 좌석 뒤쪽으로 옮겨 앉았다. 그리고 몸을 앞으로 기울여 택시기사의 귀 가까이에 대고 입술을 달싹였다.

"젊었을 때는 저 양반 신수가 훨씬 훤했지요. 같이 다니면 내 얼굴은 보이지도 않았으니까. 그런데 집 장만한다고 고생을 많이 했어. 지금 저이 얼굴을 보면 그때 내가 너무 빡빡하게 군 건 아닌지 후회스러울 때가 있다우."

물론 먼저 내린 그에게는 그녀가 무슨 소리를 하는지 들리지 않았다. 그녀가 택시에서 내렸을 때 그는 길 건너편 주차장에서 길고양이 한마리가 트럭 밑으로 기어드는 모습을 지켜보고 있었다. 앞좌석에 부딪친 이마가 아직까지 얼얼한지 그는 인상을 찌푸리고 있었다.

그들은 밤거리를 나란히 걷기 시작했다. 둘은 영락없는 부부로 보였다. 혈기 왕성한 아내와 어딘가 주눅이 들어 있는 남편으로. 그녀의 걸음걸이가 달라졌다는 걸 그는 눈치채지 못했다. 그녀는 평상시에는 구부정했던 등을 곧게 펴고 있었고 목을 어깨에 파묻듯 움츠린 모습은 간데없이 턱을 치켜든 채였다. 느릿한 걸음 대신 보폭이 좁고 빨라졌다. 그녀는 무겁고 거추장스러운 오십대의 허물을 마침내 벗어던진 것 같았다.

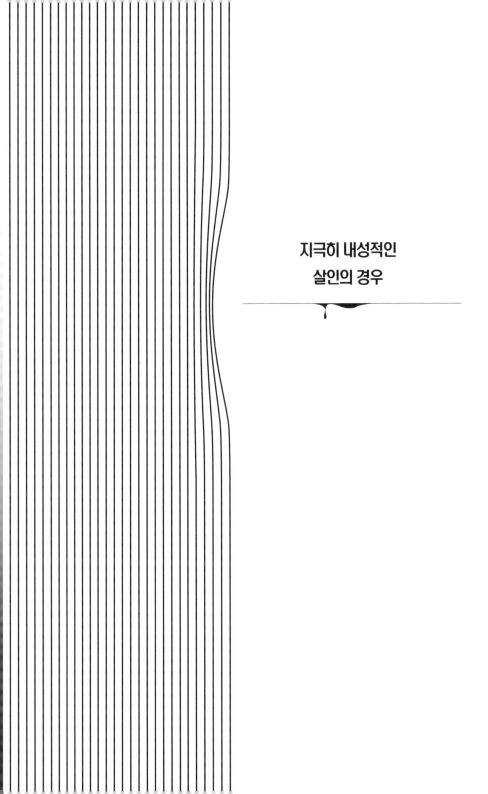

지극히 내성적인
살인의 경우

전화를 받은 건 7개월 전이었습니다. 선생님이 직접 전화를 걸진 않으셨고요, 남편분인 것 같았어요. 여자가 쓸 방을 찾는다고 했고, 방이 얼마나 큰지, 들락거리는 식구나 손님이 많은지 이런저런 것들을 꽤나 상세하게 물어봤습니다. 그러고도 성에 차지 않았는지 주말에 직접 내려왔어요. 부인을 굉장히 사랑하는구나 싶었죠. 마당에 들어설 때부터 텃밭에 심어놓은 상추랑 수세미, 마당의 꽃들이며 닭장까지 유심히 살펴보더라고요. 물론 집 안도 꼼꼼히 확인했고요. 형광등을 켜서 조도를 확인해보고 벽지 상태랑 환기가 잘되는지까지 체크했어요. 창문이 난 방향이 북쪽이라서 좀 망설이는 표정이었습니다. 누가 보면 방을 빌리는 게 아니라 아예 이사를 오는 줄 알았을 거예요. 화장실에 들어가서 수도꼭지를 틀어보고 변기 물까지 내려보고 갔다니까요. 동물을 기르진 않느냐고 물어서, 마당에 기르는 닭이 전부라고 대답했습니다.

"동물을 싫어해서요. 뭐 집 안에서 기르는 건 아니니까, 닭 정도는 괜찮겠지요."

자상한 사람이었습니다. 방에 묵게 될, 부인 되는 사람이 어떤 사람일까 궁금해지더라고요. 연애 초반이라면 모를까 아무래도 그런 세심한 배려를 받는다는 것이 흔한 일은 아니니까요.

남자는 석달치 방세를 지불하면서 부인이 글을 쓰는 사람이라고 했습니다. 그러니 부인이 방에서 작업을 할 때 괜히 말을 걸거나 음식을 갖다주거나 하지 않는 게 좋겠다고요. 그저 조용한 환경을 조성해주는 게 내가 할 일의 전부라고 말했습니다. 아침은 거의 먹지 않고 점심과 저녁 식사만 챙기면 된다, 채식 위주의 반찬이면 좋겠다, 저녁은 점심의 반 정도밖에 먹지 않는다. 아, 흰살 생선을 좋아하고 돼지고기는 먹지 않는다고도요.

이틀 후에 작은 트럭이 와서 짐을 내려놓고 갔습니다. 옷가지가 든 것으로 보이는 여행용 가방 하나와 프린터가 전부여서 따로 트럭을 부를 것까진 없을 정도의 간단한 것들이었지만 짐을 들이고 나니 은근히 기대가 되었습니다. 그도 그럴 것이 혼자 지내는 시골 생활이 외롭기도 했고 유일한 말동무였던 경선은 지난달 귀농한 동갑내기랑 연애를 시작해서 이젠 만나자고 하기도 눈치가 보였거든요. 외톨박이 신세에서 벗어난다고 생각하니 기분이 좋아져서 누군가에게 자랑이라도 하고 싶었어요. 경선에게 전화를 걸어서 우리 집에 곧 유명한 작가가 오게 된다고 하자 경선은 선생님 이름을 묻더라고요. 나는 수첩을 펼쳐 '오난영'이라는 세 글자를 천천히 읽어주었습니다.

"그렇게 유명한 작가는 아닌가보다."

경선은 그런 이름을 들어본 적이 없다는 거였어요. 경선이 소설을 읽는 걸 한번도 본 적이 없고 선생님에 대해 제대로 알지도 못하면서 그런 말을 하니까 기분이 좋지 않았습니다.

"서울에서 작가들한테 주는 큰 상도 받은 사람이라던데."

내가 그렇게 거짓말을 해버리니까 경선은 더는 선생님을 깎아내리지 못했어요. 언제부터 집에 묵게 되느냐고 묻기에 이삼일 후쯤이 될 거라고 대충 둘러대고 전화를 끊어버렸어요. 자기는 애인까지 있으면서 고작 내 방에 유명한 손님이 오는 걸 질투한다고 생각하니 얄미워서 삼사일쯤 전화도 안 걸고 오는 전화도 받지 않았습니다.

선생님이 도착한 건 짐이 오고 일주일이 지나서였습니다.

택시에서 내린 선생님은 핸드백을 옆구리에 끼고 천천히 걸어왔습니다. 단발머리는 방금 빗질을 한 듯 차분히 가라앉아 있었고 깡마른 체구에 흰색 마 원피스가 아주 잘 어울렸어요. 손수건으로 이마를 닦고는 나를 향해 희미하게 웃어 보이던 얼굴을 아직 기억하고 있어요.

지금도 선생님의 두 눈을 또렷이 떠올릴 수 있습니다. 쌍꺼풀이

겹으로 져 있었고 눈동자가 아주 컸는데, 어쩌면 작가라는 얘길 먼저 들었기 때문일지도 모르겠지만 그 앞에 서면 괜히 내 속마음을 들켜버리는 게 아닌가 싶은 서늘한 구석이 있었답니다. 얼마나 긴장을 했던지 순간 어깨랑 목이 딱딱하게 굳어버리는 것 같았다니까요. 선생님은 잘 부탁드린다고 말하며 다시 한번 웃었지만, 그 순간에도 눈만은 웃지 않고 있었어요. 꼼짝도 않는 검은색 눈동자가 어쩐지 굉장히 외롭게 느껴졌습니다. 남자가 집 안을 어슬렁거리던 모습이 떠올랐어요. 그렇게나 꼼꼼히 챙겨주는 남편이 있는데 어째서 외로움이 이리도 물씬 풍겨나오는 걸까, 희한한 생각이 들었습니다. 저는 남편분의 얘기대로 조용한 분위기를 유지하고 식사를 정갈하게 챙기는 것 말고도 어쩌면 내가 할 일이 더 있을지도 모른다는 생각이 들었어요.

　방 정리를 도와드리려고 했는데 선생님은 곤란해하며 사양하셨어요. 나는 좀 무안해져서 닭장을 정리했습니다. 바닥에 엉겨붙은 닭똥을 긁어내고 기생충 약이랑 소독약을 뿌려주고 겨를 깔았지요. 물통을 씻은 뒤 찬물도 충분히 받아두고요. 횃대 정리까지 마치고 나서 닭들이 마당을 노니는 것을 바라보니 다시 마음이 명랑해져서 매실을 담으려고 사온 유리병도 닦아놓고, 옥수수를 삶을 물을 끓이기 시작했어요. 선생님은 방문을 살짝 열어놓고 있었지만 어쩐지 안쪽을 들여다봐서는 안될 것 같아 방을 등지고 앉아 말없이 옥수수 껍질을 깠습니다. 방 정리가 일찍 끝난 것 같은데도 저녁이 될 때까지 선생님은 나오지 않았어요. 나는 새 손님을 맞아

들뜬 마음과 호기심, 하지만 함께 지내게 될 나에게는 별 관심을 보이지 않는 선생님에 대한 살짝 서운한 마음이 한데 뒤엉긴 채로 저녁을 차렸습니다.

조심스러운 경계의 태도는 몸에 배어 있는 듯했어요. 그저 묵묵히 식사에만 열중할 뿐, 반찬이 맛있느니 방이 어떻다느니 하는 의례적인 얘기조차 꺼내지 않았습니다. 나는 사람들이랑 굉장히 빨리 친해지는 편인데, 어쩐지 선생님하고는 그게 잘 안됐어요. 보통은 괜히 허허 웃는다거나 먼저 내 얘기를 털어놓거나 하며 긴장을 풀고 이런저런 이야기를 나누다보면 자연스럽게 파고들 만한 틈을 발견하게 되잖아요. 선생님에게서는 그런 틈새를 찾을 수가 없었습니다. 호칭만 해도 그래요. 제가 다섯살이나 나이가 적으니 편하게 말을 놓으라고 거듭 말해도 선생님은 또박또박 내 이름을 부르고 이름 뒤에 '씨'를 빠뜨리는 일 또한 없었습니다. "미옥씨, 저 오늘은 점심 생각이 없어요." "먼저 잘게요, 미옥씨."

그러고 보면 누군가 내 이름을 부르는 것이 꽤 오래전의 일이긴 해서 반가운 마음도 들었지만 어색하고 불편한 것 또한 사실이었어요. 나는 선생님이 내게 말을 편하게 하고 좀더 친하게 대해주었으면 좋겠다고 생각했으니까요. 선생님을 '언니'라고 부르고, 재미있는 이야기도 들을 수 있게 될 거라고 내심 기대했거든요.

선생님은 말이 없는 분이었어요. 처음 며칠 동안은 낮을 가리는 거라고 여겼는데 이후로도 별다른 변화가 없었습니다. 선생님의 생활은 굉장히 정돈되고 규칙적이어서 아침에 일어나는 시간도, 잠자리에 드는 시간도 거의 일정했고 식사를 하는 시간이랑 산책을 하는 시간 외에는 방 밖으로 나오는 일이 없었으니까요. 같이 연속극이라도 보면 어떻겠냐고 권했지만 텔레비전도 보지 않는다는 겁니다. 선생님이 산책을 나갈 때마다 같이 가면 좋겠다고 생각만 할 뿐 흐트러짐 없는 꼿꼿한 뒷모습을 보고 있으면 따라나설 엄두가 나지 않았습니다.

이런저런 시도가 거절당하자 더이상 선생님과 친해지려는 생각을 하지 않기로 했습니다. 한집에 살면서도 좀처럼 틈을 주지 않는 선생님이 야속하기도 했지만 막상 마음을 접으니 지금 이대로도 나쁘지 않다는 생각이 들었습니다. 대화 없이 밥상을 마주 보고 있는 것도 익숙해져서 선생님이 거실을 들락거릴 때 시답지 않은 말을 거는 일도 더이상 하지 않게 되었습니다.

그렇게 반쯤은 포기하고 지내던 중 기회가 생겼어요. 선생님이 방에 들어오고 보름 정도 지났을 즈음이었습니다. 닭 때문이었어요. 저는 밭에서 피마자 이파리를 따서 돌아오는 길이었는데 마당에 들어서니 닭 한마리가 선생님에게 달려들어 한바탕 소동이 벌어져 있었어요. 얼른 닭을 잡아다가 닭장에 넣었지요. 어떤 경우에도 침착함을 잃지 않던 선생님이었는데 어찌나 호들갑을 떨던지 머리카락이 다 엉클어져 있었습니다.

선생님은 툇마루에 털썩 주저앉았고 나도 닭장 문을 닫고 나서 그 옆에 나란히 앉았어요. 선생님의 얼굴에는 큰일을 치르고 난 뒤의 안도감 같은 것이 어려 있었습니다. 그 모습이 재미있어서 슬쩍 웃었더니 선생님도 미소를 지었습니다. 조금 전에 흥분했던 모습을 떠올리며 부끄러워하는 듯 보였어요. 선생님이 귀 뒤로 머리카락을 넘기자 귀밑머리 뿌리 부분이 하얗게 세어 있더라고요. 얼굴에는 연륜이 묻어 있었지만 피부는 하얗고 주름도 없어서 나보다 서너살 위 정도로밖에 보이지 않았는데 센머리 때문인지, 전에는 이렇게 가까이 앉은 적이 없었기 때문인지 인상이 달라 보였습니다.

선생님은 고개를 들고 먼 산을 바라보며 천천히 한숨을 내쉬었습니다.

"아버지를 무서워하는 거죠."

"네?"

"동물공포라는 게 실은 아버지를 무서워하는 거니까요."

그게 도대체 무슨 말인지 몰라 어리둥절한 표정을 짓자 선생님은 피식 웃더니 너그러운 표정을 지었습니다. 나는 어떤 이야기를 듣게 될지 궁금해 옆으로 조금 당겨 앉았어요. 선생님의 설명에 따르면 누군가 개를 무서워한다면 그건 정말 개가 무서운 게 아니라 아버지에 대한 두려움이 그렇게 드러난다는 거예요. 그런 얘기는 처음 들어보았지만 참 말도 안되는 소리라는 생각이 들어서, 나는 그만 깔깔 웃고 말았습니다.

"아버지가 무서운데 개를 무서워한다고요?"

나의 반응에 선생님은 조금 당황한 표정이었습니다. 나는 너무나 당연하다는 듯이 대답했습니다.

"에이, 말도 안돼요. 개가 무서운 건 그저 개가 무서운 거죠."

선생님은 내게 뭔가 설명하려다가 입을 다물고 마당 쪽을 잠깐 바라보았습니다. 나는 선생님의 기분을 상하게 한 건 아닐까 염려가 되었습니다. 하지만 다시 고개를 돌린 선생님은 내 얼굴을 마주 보고 미소를 지었습니다.

"그렇게 생각하니까 머릿속이 아주 개운해진 기분인데요, 미옥 씨."

선생님의 표정이 꽤나 밝아졌기 때문에 나는 무슨 자랑스러운 일이라도 한 듯이 으쓱했습니다. 별거 아닌 일이지만 선생님에게 인정을 받았다는 생각에 우쭐해졌던 겁니다.

"눈앞에 펼쳐져 있던 자욱한 안개가 걷힌 것 같기도 하고."

차분한 목소리가 어쩐지 쓸쓸하다고 느껴졌기 때문인지, 늘 단정하게 차려입고 흐트러지지 않는 표정을 짓고 있는 선생님이 가엾어 보였습니다.

"산책을 나가려던 길이었는데 내 정신 좀 봐."

곱게 접었던 양산을 펴고 선생님이 마당을 가로지르는 모습을 물끄러미 바라보았습니다. 대문 앞에서 선생님이 뒤를 한번 돌아보았고 나는 늘 그래왔다는 듯이 자리에서 일어나 궁둥이를 털고는 한마리 강아지마냥 선생님을 따라나섰습니다. 그렇게 선생님과의 첫 산책이 시작되었습니다.

이후로 선생님과 간단한 대화 정도는 나누게 되었답니다. 나이도 물어보고, 이렇게 혼자 지내는 게 외롭지는 않은지, 주로 무얼 하며 시간을 보내는지 이것저것 물어보았어요. 그제야 선생님이

나에게 서서히 관심을 갖기 시작하는 것 같았어요. 선생님은 내가 밭에 나가 있으면 선물로 받았다는 차를 담아 와서 같이 마시기도 하고, 내가 장을 보러 갈 때 따라나서는 일도 있었습니다.

선생님이랑 같이 버스에 타면 사람들이 모두 우리 쪽을 쳐다보는 것 같았어요. 조심스러운 표정이나 깔끔한 옷매무새 때문에도 그랬겠지만 선생님의 걸음걸이, 앉아 있는 자세는 우리 동네 사람들과는 어딘가 달랐으니까요. 똑같이 발을 내딛고 의자에 엉덩이를 걸치고 있는데도 고급스러운 느낌이 들었어요. 선생님이랑 같이 다니는 것만으로도 나는 특별해진 것 같은 느낌이 들어서 어깨가 펴지고 걸음걸이가 당당해졌답니다.

선생님과 이야기를 나누는 것은 주로 대여섯시 무렵이었습니다. 그때쯤이면 선생님이 글 쓰는 일을 정리하고 산책할 채비를 하거든요. 간편한 차림에 운동화를 신고 근처 호수로 난 길까지 걷습니다. 떠드는 사람은 주로 나였어요. 친구인 경선과 있었던 사사로운 일들이나, 최근 귀농한 이들에 관한 얘기들을 늘어놓았지요. 경선이 프러포즈를 받았을 때 옆에서 지켜보며 느낀 묘한 질투심 같은 것을 털어놓으면 신부님께 고해성사라도 하고 난 듯 마음이 후련해졌어요. 선생님은 대수롭지 않은 내 얘기에 귀를 기울였고 침착하고 조심스럽게 조언을 해주었어요. 내가 털어놓는 대개의 일들에 대해서, 당연하고 자연스러운 일이라고 말해주었죠. 그러면 나는 무거웠던 마음이 가벼워지는 것도 좋았지만 선생님과의 거리가 이제는 꽤나 가까워졌다는 생각 때문에 무엇보다도 신이 나는 겁니다. 산책 중에 전화가 걸려오면 나는 선생님에게서 뚝 떨어져 딴청을 했어요. 나랑 얘기할 때처럼 다른 사람의 얘기에 귀를 기울이는 선생님의 모습을 보기가 싫었기 때문입니다. 어쨌거나 나는 선생님과 걷는 길이 그저 좋기만 해서 서너시쯤 되면 벌써부터 산책 시간이 기다려지고 시간이 통 흐르지 않는 것 같아 자꾸만 시계를 흘끗거리곤 했습니다.

사이가 더 가까워졌던 건 선생님이 쓴 소설을 읽고 그 내용에 대해 이야기를 나누게 되면서부터였어요. 사실 처음에 선생님은 나한테 글을 보여줄 생각이 없었어요. 매번 쓰레기통 옆에 쌓아두는 파지를 무심코 갖다 버리곤 했는데 그날은 무슨 생각에선지 내용을 읽어보고 싶더라고요. 한두 문장을 따라 읽다가 그게 선생님이 쓰신 소설이라는 것을 알게 되었고 이후로는 선생님이 버린 종이를 따로 챙겨두었다가 읽는 일에 재미를 붙이기 시작했습니다.

그날 저녁을 먹고 나서였는지 그 전이었는지는 잘 기억이 안 나는데, 식탁에 앉아 선생님이 쓴 소설을 읽고 있다가 그만 들키고 말았어요. 나는 무슨 잘못을 저지르다 들킨 아이처럼 당황했는데 예상외로 선생님의 얼굴이 밝아 보이더라고요.

"어땠나요, 미옥씨?"

선생님은 나에게 소설을 읽고 난 소감을 듣고 싶다고 했고, 나는 재미있게 읽었다고 대답했습니다. 내가 생각해도 멋이 없는 대답이라고 생각했어요. 그런데 선생님이 식탁 의자에 앉더니 의자를 바싹 끌어당겨 고개를 내 쪽으로 기울이고는 좀더 자세한 얘기를 듣고 싶다고 했어요. 떠오르는 말은 없고 가슴은 쿵쾅거리기만 해서 더듬거리며, 이 사람이 이렇게 했을 때 속이 시원했다느니, 이런 말을 하는 사람이 제일 싫다느니 하는, 소감이라고도 평가라고도 할 수 없는 단순한 얘기들을 지껄였습니다. 사실 무슨 얘기를 해야 할지 몰랐습니다. 하지만 선생님이 정말 궁금해하는 것 같았고, 막상 얘기를 꺼내자 너무 진지하게 듣는 바람에 대충 마무리 지을 수가 없었어요. 고개를 끄덕이며 반짝이는 선생님의 눈을 보고 있으면 누구라도 얘기를 꾸며내지 않을 수 없었을 겁니다.

"미옥씨, 정말 많은 도움이 되었어요."

선생님의 얼굴에 만족스러운 미소가 번졌습니다. 잠깐 쉬려고 나오셨던 선생님은 도로 방으로 들어갔고, 그날은 산책을 하러 나오지 않았습니다. 나는 호수 길을 걸으면서 선생님에게 도움이 되었다는 생각에 뿌듯했습니다. 혼자 걷는 일이 조금 쓸쓸하기는 했지만 선생님이 좋은 글을 쓸 수 있다면 이 정도야 감수해야 하는 게 아니겠냐는 생각이었어요.

다음 날도 선생님은 막 프린터에서 뽑은 원고를 건넸습니다. 저번처럼 읽어주었으면 좋겠다, 그리고 어땠는지 얘기를 해준다면 도움이 되겠다는 거였어요. 나는 원고를 받아들고 소설을 읽었습니다. 이번에도 선생님의 눈빛에는 내 의견이 궁금하다는 진심이 묻어 있어서 나는 선생님이 묻는 대로, 재미있는 부분이나 이해가 잘 되지 않는 부분, 그 정도 수준의 것들을 말했습니다. 때로 선생님은 이 부분이 어땠느냐며 특정 장면에 대한 느낌을 묻기도 했고 등장인물의 행동이 자연스럽게 느껴지는지 궁금해했습니다. 처음에는 어렵게만 느껴지던 일이 차츰 익숙해져서 나중에는 내 생각을 제법 술술 늘어놓게 되었답니다.

그런 일들이 몇번 반복되자 선생님은 원고를 쓰면 으레 나에게 보여주게 되었고 나도 그 일을 당연하게 여기게 되었어요. 원고를 들고 방에서 나올 때 선생님은 지쳐 있었지만 내가 이런 부분이 좋았다, 여기가 특히 마음에 든다는 얘기를 하면 얼굴에 기운이 돌고 눈빛이 반짝이고 걸음걸이도 아주 명랑해져서 방 안으로 들어갔습니다. 그런 날에는 밤새 방에 불이 켜져 있었고요.

선생님이 그 방에 들어온 지 두달이 지났을 무렵입니다. 열흘 정도 원고에 진전이 없어서 선생님은 많이 초조해 보였고 나도 마음이 편치 않았어요. 그렇게 끙끙대다가 내민 원고였기 때문에 나는 소설을 읽기 전부터 이번에는 반드시 선생님께 힘을 실어드려야겠다고, 어떤 이야기이든지 간에 좋은 말을 해서 기운을 북돋워드려야겠다고 결심을 하고 있었습니다.

원고를 받아들자 선생님은 내 옆에 자리를 잡고 앉았습니다. 겨우 열흘이었는데, 그렇게 나란히 앉아 있는 것이 꽤나 오래간만의 일처럼 느껴졌습니다. 나는 마치 오랫동안 헤어졌던 연인과 다시 데이트를 하는 사람처럼 마음이 들뜨고 말아, 소설의 내용이 제법 진지하고 슬픈 것이었는데도 불구하고 자꾸만 웃음이 새어나왔습니다. 그저 좋았던 겁니다. 선생님은 내가 다 읽기를 기다리며 툇마루에 걸터앉아 종아리를 쭉 펴고 있었어요. 발끝을 까딱거리는 그 모습이 소녀 같았어요. 곁눈으로 선생님을 힐끔거리면서 나는 열심히 원고를 읽어내려가기 시작했습니다.

"재미있어요!"

선생님은 가슴 위에 한 손을 얹더니 한숨을 내쉬었습니다.

"얼마나 염려했는지 모를 거예요. 어떤 부분을 쓸 때는, 나 혼자 이 얘기를 믿고 있는 게 아닌가, 확신이 서지 않는 경우가 있거든요."

선생님은 내게서 원고를 받아 중간 부분을 들춰보더니, 어느 부분이 제일 마음에 드느냐고 물어봤어요. 그 말을 하면서 내 옆으로 살짝 붙어 앉았는데 나는 가슴이 뛰기 시작했습니다. 그 마음을 들킬까봐 괜히 코를 킁킁거리며 몸을 웅크렸습니다.

"주인공 남자가 맞는 장면이 정말 생생했어요. 글자로 읽는 게 아니라 진짜 그 장면을 보는 것처럼요."

"맞는 부분이?"

선생님은 보통 웃을 때면 손바닥으로 입을 가리는데 그날은 배에 손을 대고는 허리를 앞으로 숙이며 웃는 모습이 아주 즐거워 보였습니다. 나는 선생님의 모습에 왠지 더 신이 나서 그 장면에 대해 이러쿵저러쿵 떠들어댔고 선생님은 내게 미옥씨는 아마 마조히스트인가봐,라고 말했어요. 나는 마조히스트라는 게 뭔지는 몰랐지만 뜻을 모르는 그 단어조차 마음에 들었습니다. 선생님이 내 앞에서 즐거운 듯 몸을 흔드는 모습을 보는 게 좋았어요. 무엇보다 처음으로 선생님이 내게 말을 놓았다는 사실 때문에 기분이 들떴습니다.

그날 저녁 우리는 마당에 돗자리를 깔고 말린 고구마에 맥주를 마시며 제법 늦은 밤까지 수다를 떨었답니다. 나는 선생님에게 결혼 이야기를 해달라고 졸랐어요. 선생님은 나와 마찬가지로 혼자 지내고 있으며, 내가 남편이라고 알고 있던 그이는 동생이라고 하더군요. 동생 쪽도 아직 미혼이기 때문에 신경 쓸 가족이 있는 것도 아니고 해서 보통의 남매 이상으로 친하게 지내고 있다, 때로는 남편같이 든든하기도 하다, 같이 장을 볼 때 남들이 부부로 오해하는 것을 둘은 장난처럼 즐기기도 한다는 얘기를 들었습니다.

그 말이 그토록 기분이 좋더라고요. 선생님이 나와 같은 혼자이기 때문일까, 생각을 하며 고구마를 입에 넣고 우물거렸습니다. 선생님은 소설의 마지막 부분을 어떻게 마무리 지을까 고민하고 있었고 이런 건 어떨까, 물으면 나는 고개를 젓기도 하고 또 끄덕이기도 하면서 밤이 깊어갔습니다. 추워서 어깨를 움츠리며 슬그머니 선생님의 팔짱을 꼈습니다. 선생님은 싫지 않은 듯 보였고 나는 선생님의 옆에 더 가까이 붙어 앉았습니다. 어쩌면 처음 선생님을 봤을 때부터 이 순간만을 기다리고 있었다는 생각이 들었어요.

선생님이 다시 이야기를 풀어나가기 시작하면서 사이는 점점 더 가까워졌고 나는 전처럼 즐겁고 행복한 나날을 보내게 되었어요. 그런데 언제부터인가 선생님이 내 표정을 살피기 시작하더라고요.

내가 아무리 재미있었다고 말해도 표정이 그리 밝지 않다 싶으면 선생님은 뾰로통해졌어요. 특히나 잘 모르겠다고 덤덤하게 말하는 날에는 불안해 보였습니다. 이야기에 나오는 상황과 비슷한 경험을 한 적이 없어서 그렇다고 설명을 했지만 선생님은 기분이 상한 게 분명했어요.

"같은 경험을 한 사람들만 이 이야기를 읽는 건 아니니까 그건 중요하지 않아요. 미옥씨 말은 지금 이 부분은 전혀 감정이입이 되지 않는다는 건데……"

내 손에서 원고를 낚아채듯 가지고 가는 모습은 평상시 침착하던 선생님이 아니었습니다. 꽤나 낙담한 표정이었는데도 그 얼굴을 본 순간 묘하게 기분이 좋아지더라고요. 내가 한 말이 선생님의 마음을 흔들어놓았다는 사실 때문이었을 거예요. 어떤 얘기를 나누어도 전에는 절대 동요하지 않던 선생님이었는데, 이렇게 무턱대고 감정을 드러내는 사람이 아니었는데, 내 한마디 때문에 얼굴색이 변하는 모습은 처음 보았어요. 나는 처음으로 선생님과 내가 긴밀하게 연결되어 있다는 느낌을 받았습니다.

이후로는 선생님의 마음을 거스르지 않으려고, 무덤덤한 반응을 피하려고 노력했어요. 마음에 들지 않은 부분은 빼놓고 좋은 부분만 말하되 표정에도 신경을 썼고, 선생님이 만족하지 않은 것처럼 보이면 더 호들갑을 떨며 재미있다고 감탄을 했지요.

그날도 선생님의 기운을 북돋워주고 나서 혼자 산책을 하고 있었어요. 땅에 떨어진 꽃잎을 밟으며 지나갔습니다. 꽃을 밟는 발끝에 힘을 주자 으스러진 꽃잎에서 꽃물이 배어나왔어요. 뭉개진 꽃 잎을 내려다보는데 문득 재미있다는 말을 하지 않았다면 지금쯤 선생님과 같이 산책을 하며 얘기를 나누고 있었을 거라는 생각이 들더라고요. 동시에 선생님과 나의 관계가 전과는 달라졌다는 것을 깨달았습니다. 전에는 내 쪽에서 쥐고 있는 게 아무것도 없었다면 이제 내 한마디가 선생님에게 기운을 불어넣기도 하고 의기소침해지게 하기도 했으니까요. 신기했습니다. 나는 이전의 새초롬하고 차가워 보이지만 당당한 선생님을 잃어버린 것 같아 아쉬운 한편으로 조금은 우쭐한 기분이 되었습니다. 원고를 쥐고 있는 순간만은 내가 관계를 주도할 수 있었으니까요.

선생님이 새로 쓴 원고라며 프린트를 내밀었을 때 나는 맛있는 음식이 떠올라서 군침이 도는 것처럼 묘한 장난기가 발동했습니다. 내 앞에서 흔들리는 선생님의 모습을 보고 싶었던 거지요. 언제나 차분하고 조용하고 흔들림 없는 선생님이 내 앞에서 어쩔 줄을 몰라 하는 모습을요. 그건 참 설명하기 힘든 감정이었어요. 선생님이 싫어서 그랬느냐고 묻는다면 자신있게 아니라고 대답할 수 있습니다. 이제까지 만난 그 누구보다 선생님을 좋아했으니까요. 하지만 선생님은 내가 웃을 때도 그저 미소를 지을 뿐이었고 내가 눈물을 보이거나 기운이 빠져 있을 때도 조용히 등을 쓰다듬을 뿐 한번도 감정을 내보인 적이 없었습니다. 그럴 때면 나는 혼자 있는 것보다 더 외로웠고, 차라리 화를 내도 좋으니까 분명하게 전해지는 강렬한 감정을 전해주길 원했어요. 어리석다는 말을 듣는다고 해도 어쩔 수 없습니다. 그 순간에는 그저 나와 선생님이 연결되어 있다는 것을 느끼고 싶었을 뿐 다른 생각은 없었습니다.

찬찬히 원고를 읽어내려갔습니다. 방금 스치고 지나간 생각 때문에 문장이 눈에 잘 들어오지 않았지만 집중해서 읽으려고 노력했습니다. 하지만 잘 되지 않았어요. 어깨로, 목으로, 긴장된 기운이 올라오고 숨이 조금씩 빨라졌습니다. 글자들을 눈으로 훑고 지나갈 뿐 무슨 내용인지 파악을 할 수 없었어요. 나는 숨을 한번 크게 내쉬었습니다. 아마 그 모습이 선생님에게는 의아하게 느껴진 모양이었습니다.

"왜요, 미옥씨? 이야기가 별로인가요?"

선생님은 얼굴이 상기되어 있었지만 평소와 같은 나직한 목소리로 물었습니다. 나는 부러 순진한 표정을 짓고 선생님의 얼굴을 한번 쳐다보았어요. 그리고 전에 한번도 생각해보지 않았던 말들을 쏟아내기 시작했습니다.

솔직하게 얘기해도 되느냐고 묻자 선생님은 고개를 끄덕였어요. 나는 선생님을 흉내 낸 나직한 목소리로 입을 열었습니다.

"선생님, 이번 얘기는 그만두는 게 좋을 것 같아요."

선생님의 낯빛이 어두워지자 마음이 흔들렸어요. 내 예상이 맞아떨어졌다는 쾌감과 함께 마주 앉은 이의 어두운 마음이 옮겨져오는 것 같았거든요. 그러나 이미 시작한 일이었어요. 나는 계속해서 입에서 나오는 대로 지껄였습니다.

"그러니까, 솔직하게 말씀드리면 이 이야기는 저한테는 별로 재미가 없어요."

어떤 일이 있어도 흔들림이 없을 것 같은 선생님의 눈빛이 순간적으로 힘을 잃는 것을 나는 분명히 보았습니다. 선생님은 마당 건너편으로 고개를 돌려 잠시 먼 산을 바라보고 나서 다시 내 쪽을 바라보았는데 그 눈빛은 예전의 평화를 되찾은 듯 보였습니다. 그러자 뭐라고 설명할 수 없는 불안과 짜증이 한꺼번에 치밀어올랐습니다.

"어떤 부분이 그렇게 마음에 안 들어요?"

선생님은 미소까지 짓고 있었어요. 순식간에 어둠을 거두어내고 평정을 찾는 모습이 왠지 분해서 나는 더 힘을 주어 말했어요.

"어느 부분이라고 꼬집어 말하기는 애매해요. 그냥 느낌이니까요."

심장이 두근거려서 숨을 골라야 했습니다.

"어쨌거나 저는 아무것도 느낀 것이 없어요. 뭐라고 설명해야 할지는 모르지만 그게 전부예요."

선생님이 의아하다는 듯 고개를 한쪽으로 떨어뜨리고 내 손에서 원고를 가져갔습니다. 그리고 내 마음에 들지 않는 그 부분을 찾아내겠다는 듯 처음부터 마지막 장까지 빠르게 읽어내려가기 시작했습니다. 선생님의 찌푸린 미간과 영문을 알 수 없다는 눈빛과 낙담한 표정이 나를 안도하게 만들었습니다. 내 의도는 정확히 적중했습니다. 뻣뻣하게 굳어 있던 어깨와 등줄기에서 힘이 빠지며 통쾌한 기분을 느꼈습니다.

감자를 골라내는 걸 깜빡 잊었다는 핑계를 대고, 원고를 들고 있는 선생님을 놔둔 채 자리에서 일어나 창고를 향해 걸었습니다. 뒤를 돌아보고 싶었어요. 선생님이 어떤 표정을 짓고 있을지 몹시 궁금했거든요. 하지만 꾹 참았습니다. 발을 내딛는 기분이 평소와 달랐습니다. 발바닥을 통해 단단한 땅의 기운이 온몸으로 전해지는 것 같았습니다.

창고 문을 열자 감자 썩는 냄새가 풍겼습니다. 봄에 승재네 밭에서 캐온 감자가 썩기 시작한 모양이었습니다. 걱정할 건 없었어요. 감자는 썩어도 버리지 않으니까요. 물에 담가 녹말을 만들어 감자전을 부치면 되거든요. 나는 바구니를 하나 꺼내고 포대에서 썩은 감자를 골라내기 시작했습니다.

감자를 포대에 담아주며 승재 어머니가 했던 말이 생각났습니다. 감자 썩는 건 순식간이니까 보관 잘해. 하나가 썩으면 그 옆 감자가 썩고 또 그 옆의 감자가 따라 썩는 식으로, 그렇게 감자 한포대가 모조리 썩어들어가는 게 한순간이라니까. 그러니 썩은 놈을 발견하면 얼른 골라내야 한다는 말이었지요. 그러니까 제가 하고 싶은 말은…… 처음은 겨우 단 한알이라는 겁니다. 그리고 순식간에 전체가 끔찍한 냄새를 풍기게 된다는 거지요.

장난이라고도 할 수 있는 그 마음이 단 한알의 썩은 감자처럼 순식간에 퍼지고 말아, 나는 선생님에게 그런 말들을 내뱉어버리고 말았던 겁니다.

다음 날도 선생님은 제법 흥분된 얼굴로 수정한 원고를 내밀었고 나는 곤란한 표정을 지으며 고개를 저었습니다.

"모르겠어요. 역시 이해가 가지 않아요."

그러고 나서는 선생님을 위로하듯 덧붙였습니다.

"저야 이야기에 대해서는 잘 모르니까 너무 마음 쓰지는 마세요. 전에는 소설 같은 건 읽어본 적도 없단 말이에요."

이후로 선생님은 방에서 나오지 않는 시간이 더 길어졌고, 나에게 원고를 보여주지도 않았어요. 낮 동안에는 분명 글을 쓰는 것 같았는데 원고를 보여달라고 말하면 오늘은 진척이 없었다고 둘러대고, 그다음 날에는 쓰긴 했지만 마음에 차지 않으니 좀더 수정을 한 뒤에 보여주겠다고 그랬어요. 나중에는 묻기조차 머쓱해져서 소설 얘기는 아예 꺼내지도 않게 되었습니다. 선생님과의 거리는 쉽게 벌어졌고, 이제는 산책을 따라나서는 것조차 어색한 사이가 되어버리고 말았습니다.

나의 의도와는 달리 선생님과 멀어지고 말았어요. 선생님과 친해지기 전보다 더 거리감이 느껴졌고 어떻게 해야 관계를 회복할 수 있는지 도저히 방법을 모르겠더라고요. 답답한 마음을 풀 길이 없어 점점 더 경선에게 의지하게 되었습니다. 그즈음 경선의 애인이 마을 센터에서 운영하는 귀농에 관한 강의를 맡으면서 좀 바빠졌거든요. 이래저래 경선의 집에 자주 놀러 가게 되었는데, 경선이야 자기 연애 얘기를 한다 치지만 나는 마땅히 할 말이 없었습니다.

그래서 선생님 이야기를 하게 된 거예요. 선생님은 나를 굉장히 신뢰하고 있어서 자기가 글을 쓰기 전에는 꼭 내게 얘기를 들려주고 다 쓰고 나서는 확인을 받고 있다, 이야기가 막힐 때는 내가 이런저런 방향을 제시하기도 하는데 선생님 말로는 내가 얘기를 꾸며내는 재주가 뛰어나다고 한다, 이번 작품이 끝나면 선생님을 따라 서울로 올라가게 될지도 모른다, 선생님한테는 내가 꼭 필요하다, 그래서 같이 지내며 지금처럼 도움을 준다면 좋겠다는 얘길 들었다며 나는 진지하게 고민하는 표정을 지었습니다. 경선은 그래서 정말로 선생님을 따라 서울에 갈 거냐고 물었고, 나는 아직 결정을 내린 것은 아니지만 아무래도 그렇게 되지 않을까 싶다고 대답했습니다.

거짓말을 할 때는 내 얘기가 정말 사실이 된 것 같은 기분에 빠져들었어요. 서울에 가서 선생님이 작업할 때는 집안일을 거들고 작품이 완성되면 함께 이야기를 나누는 상상을 하며 한껏 부풀어 올랐어요. 하지만 집으로 돌아가는 발걸음은 무겁기만 했습니다.

한번은 나물을 뜯어 와서 주방에서 다듬을 생각으로 거실을 지나다가 마침 맞은편 방에서 나오는 선생님과 마주쳤습니다. 그런데 선생님은 방문을 열고 나를 보자마자 소스라치듯 놀라더니 소리를 지르지 뭐예요. 그 소리에 나 역시 놀라 더 큰 소리를 지르며 뒤로 주춤 물러서다가 하마터면 화분을 깨뜨릴 뻔했습니다.

"미옥씨인 줄 몰랐어요."

선생님은 가슴에 손을 얹고 쓸어내리며 말했습니다. 우스운 일이었어요. 이 집에는 선생님과 나, 둘밖에 없고 누군가 자기가 아닌

148

사람의 기척이 들린다면 그건 상대방이라는 게 분명할 텐데 서로의 모습을 보고 놀라게 되었다는 것이요. 어쩌면 마음이라는 것은 눈에 보이지는 않지만 피부로 느껴지는 게 아닐까 하는 생각이 들었어요. 서로를 향한 경계심이, 거리감이 드러나는 거라고요. 선생님이 나를 보고 깜짝 놀라게 되었다는 사실을 견딜 수 없었습니다.

"미안해요. 난 미옥씨가 밖에 있는 줄 알았거든요."

"조금 아까 들어왔어요."

"아무래도 이 집은 둘이 지내기에는 지나치게 넓은 것 같아요."

집은 고작 서른평 남짓이었는데도 나 역시 선생님의 말처럼 집이 휑하게 넓다는 생각이 들었어요.

글은 잘돼가느냐고 말을 돌렸어요. 선생님은 그럼요, 잘되어가고 있죠,라고 대답하는데 마치 한번도 내게 글을 보여준 적이 없었다는 것으로 들렸습니다. 그다음부터는 원고에 대해서 일절 묻지 않았어요. 일부러 미리 밥을 먹고, 선생님의 식사는 따로 차린 적도 있었습니다.

선생님은 점점 더 소설에 몰입하는 것 같았습니다. 밖으로 나오는 시간이 눈에 띌 만큼 줄어들었고 오밤중에 깨서 화장실이라도 가다가 선생님의 방을 지날 때면 그때까지 불이 켜져 있는 날도 많았어요. 글이 잘 풀리는 거야 좋은 일이지만 선생님은 나날이 안색이 나빠지고 신경이 날카로워졌습니다. 가끔 서울에서 걸려오는 전화에도 퉁명스럽기 그지없었어요. 어떤 날은 성질을 버럭 내기도 했고 또 어떤 날에는 아주 이상하게 친절하기도 했어요. 평소와는 다르게 아주 애교있는 목소리였습니다. 그 모습이 신경질적인 선생님의 모습만큼이나 이상하게 보여서 나는 선생님이 통화를 할 때면 방으로 들어가 문을 닫았습니다. 선생님이 좀 쉬어가면서 일을 하는 게 좋겠다는 생각을 했지만 더이상 그런 얘기를 나눌 만한 사이가 아니었습니다.

선생님이 나를 싫어한다고 생각했어요. 내가 너무 게으르고 인생을 허투루 보내고 있다고 생각하는 게 아닐까 하고요. 아마 그건 내가 선생님을 이상하다고 생각했기 때문일지도 몰라요. 사람 만나는 것을 꺼린 채 신경을 곤두세우고 건강을 해쳐가면서 책상 앞에만 앉아 있는 선생님의 모습이 어리석게 보였으니까요.

선생님은 내게 원고를 보여주지 않는 것은 물론이고, 내가 몰래 읽을 거라고 생각했기 때문인지 파지를 방 밖으로 내놓지도 않았어요. 내놓는 종이는 서울에서 동생이 보내주는 주간지 정도가 전부였습니다.

이제는 인사를 나누는 일조차 서먹했습니다. 선생님은 점점 더 살이 빠지고 신경은 곤두서 있었고 나는 나대로 주눅이 들어 무뚝뚝해졌죠. 관계는 완전히 끝난 것처럼 보였습니다. 남편과 이혼을 할 때도 나는 꽤 담담하게 대처를 한 편인데, 고작 몇개월을 함께 지냈다고 이렇게 서운한 마음을 품는다는 게 신기했습니다. 그 무렵 경선이 결혼식을 올렸어요. 나름대로는 치장이랍시고 화장까지 하고 가장 아끼던 투피스를 꺼내 입고 외출을 하고 돌아왔는데도 선생님은 내게 어디를 다녀오느냐고 묻지 않을 정도로 사이는 멀어졌습니다. 어떻게 해야 다시 전과 같은 사이로 돌아갈 수 있는 걸까, 아무리 고민해도 방법이 떠오르지 않았어요.

　차 소리가 들리기에 비료가 도착한 줄 알았는데 동생분이 차를 몰고 왔습니다. 나는 고구마를 삶아 매실차랑 같이 대접하고 나서 집을 나섰습니다. 거실에 앉아 있으려니 방 안에서 두런두런 얘기 나누는 소리가 자꾸 들려와서 몰래 남의 말이나 엿듣는 사람이 된 듯 좋지 않은 기분이 들었고, 그렇다고 방에 틀어박혀 있자니 내가 왜 저이들의 눈치를 봐야 하나 싶어져 밖으로 나왔습니다. 오랜만에 경선의 집에서 놀다가 집에 돌아왔을 때는 꽤 늦은 시간이어서 동생분은 이미 돌아가고 난 뒤였습니다. 선생님의 방에는 불이 꺼져 있었고 설거지까지 다 되어 있었어요.

　나는 경선에게 얻어온 반찬을 냉장고에 넣어두고 방으로 들어왔어요. 이불을 펴는 것도 귀찮아서 그냥 맨바닥에 누워버렸습니다. 마치 세상에 나 혼자 짝이 없는 것처럼 서러운 기분이 들었습니다. 밤새도록 텔레비전을 켜놓고 해가 지난 드라마를 보았습니다. 드라마를 보는 것도 따분해지자 후회가 되기 시작했어요. 내가 왜 그랬을까, 왜 선생님의 심기를 거슬렀을까, 그렇게 해서 내가 얻은 건 외로운 생활밖에 없지 않은가, 선생님의 기분을 망쳐서 뭘 어쩌겠다는 거였나 자책을 하며 밤을 새웠습니다.

　파랗게 새벽이 올 때까지 잠들지 못했고 더이상은 이대로 견딜 수 없다는 생각이 들었습니다. 내일은 선생님에게 내 마음을 털어

놓아야겠다고 결심했습니다. 내가 품었던 반발심은 그저 스쳐지나
가는 감정에 불과했다고, 악의가 있었던 것이 아니라 어리석기 때
문이었다고, 이렇게 선생님을 잃어버릴 줄 알았다면 그런 일을 저
지르지는 않았을 거라고, 선생님과 대화가 끊긴 지금의 생활은 아
무 의미가 없다고, 나 자신이 아무런 가치가 없다고 느껴진다고요.
내 마음을 모조리 드러내고 선생님에게 용서를 구하겠다고 생각했
습니다. 선생님이 받아줄지에 대해서는 자신이 없었습니다만 이런
마음을 품고 있는 것이 괴로워서 더이상은 견딜 수 없더라고요. 그
러다 나도 모르는 새 잠이 들었고, 일어난 건 정오가 다 지나서였
습니다.

　느지막이 일어나서 장을 보고 돌아왔는데 선생님 방이 비어 있
었어요. 대수롭지 않게 여겼는데 선생님은 저녁시간이 다 되도록
돌아오지 않더군요. 아무래도 걱정이 되어서 전화를 걸었습니다.

　덜컹거리는 기계음이 들리자 마음이 쿵 내려앉았습니다. 선생님
은 기차 안이라고 했어요. 아까 낮에 내가 시장에 갔을 때 원고가
완성되었고, 꽤나 마음에 들어서 당장 출판사에 보낸 뒤 서울로 올
라가는 중이라고요.

　"그럼 언제 내려오시는 거예요?"

　"내려간다고요?"

　선생님의 웃음소리가 들렸습니다. 선생님의 웃음소리도 웃음소
리거니와, 늘 나지막하고 느릿느릿하던 선생님의 목소리가 들떠 있
어서 모르는 사람과 대화를 나누는 것처럼 어색하기만 했습니다.

"음, 다시 내려가기는 힘들 것 같아요. 책을 출간하고 나면 독자와의 대화니 북콘서트니 하는 행사들이 열리니까 미옥씨가 가능하다면 그때는 얼굴을 볼 수 있지 않을까요?"

선생님에게 내 모습이 보이지 않는다는 것을 알면서도 나는 그저 고개를 끄덕일 뿐 소리 내어 대답하지 못했습니다. 수화기 너머에서 힘센 바람이 창문을 때리는 소리가 웅웅 울려왔습니다.

"소리가 잘 안 들려요. 나중에 다시 걸게요. 그동안 정말 고마웠어요, 미옥씨."

전화기를 거실 한가운데 두고 저녁을 먹다가도 전화가 오지 않았는지 살피고 닭 모이를 주다가도 벨 소리가 들리는 것 같아 거실을 들여다보았지만 그날 밤이 깊도록 선생님은 다시 전화를 걸지 않았습니다. 전화를 걸지 않을 거면서 왜 그런 말을 했을까, 나를 골려주고 싶었던 걸까, 이런저런 생각을 하며 이불을 어깨까지 뒤집어쓰고 이리 뒤채고 저리 뒤채었습니다. 그렇게 자정이 되자 그제야 전화가 오지 않을 거라는 생각이 들었어요. 성질이 나서 전원을 꺼버리고 밤새 선생님이 묵던 방에 가서 오도카니 앉아 있었습니다. 원고를 건네던 손, 입술의 가지런한 선, 원고를 들고 방으로 들어가던 걸음걸이 같은 것들이 머릿속을 스쳐지나갔습니다. 함께 걷던 길도, 나란히 앉아 팔짱을 꼈던 날도요. 책상 위에 프린터가 아직 남아 있으니까 분명 짐을 가지러 오는 날이 있을 거라고 생각했습니다.

혹시라도 두고 간 물건이 있으면 챙겨드려야겠다 싶어 책상 서랍을 열었다가 맨 아래 서랍에서 종이칼을 발견했어요. 서울에서 온 우편물을 뜯는 용도로 쓰인 것 같았는데 금속으로 된 손잡이 부분에 영어로 Y라고 새겨져 있는 종이칼은 꽤나 고급스러워 보였습니다. Y는 선생님의 이름 마지막 글자였으니 누군가에게 선물로 받은 게 아닌가 싶었어요. 종이칼을 프린터 위에 올려두었다가, 선생님을 기억할 수 있는 징표를 하나 간직하는 것도 나쁘지 않을 것 같아서 문갑 속에 소중히 넣어두었습니다.

다음 날 트럭이 와서 프린터마저 싣고 가버리자 지난 석달간에 있었던 일들이 혹시 내가 전부 꾸며낸 이야기는 아닌가 하는 의심이 들 정도로, 이 집에서 선생님의 흔적이라고는 전혀 찾아볼 수가 없었습니다.

선생님이 그렇게 떠나고 나는 마치 실연을 당한 사람처럼 멍청하고 우울한 나날을 보내게 되었어요. 망설이고 망설이다 전화를 걸어보기도 하고 문자를 남기기도 했지만 연락이 되지 않았어요. 나에게 화가 났을지도 모른다는 생각에 마음이 무거운 날도 있었고 그저 바쁜 거라고 생각한 날에는 서운한 마음이 앞섰습니다. 전화번호가 바뀌었을지도 모르겠다는 생각이 들어 결국 연락은 포기해버렸어요. 한순간의 장난스러운 마음 때문에 이런 상황에 처하게 되다니, 나 자신을 탓하기도 하고 소식 한번 없는 선생님을 원망하기도 하며 시간을 흘려보냈습니다.

꿈속에서는 여전히 선생님과 한집생활을 하고 있었어요. 잠에서 깬 뒤 선생님이 없다는 것을 깨달으면 허망했어요. 모든 것이 내가 꾸며낸 이야기에 불과한 것 같아 두려워지면 문갑을 열고 선생님이 두고 간 종이칼을 꺼내 멍하니 들여다보았습니다. 그러고 있으면 우편물 봉투를 뜯는 손이 떠오르고, 그런 상상을 하고 있는 동안만은 안도감이 들었으니까요.

책이 나오는 날만 기다리며 인터넷서점을 들락거렸어요. 매일매일 검색창에 선생님의 이름을 써넣고 엔터 키를 눌렀습니다. 선생님이 예전에 쓴 작품들도 모조리 찾아 읽었어요. 이렇게 아름다운 이야기를 쓰기 위해서 그토록 고통스러웠나보다, 생각하면서 잠시나마 선생님을 이해하지 못했던 시간에 용서를 구했습니다.

그리고 드디어 선생님의 얼굴이 화면에 나타났지요. 떨리는 마음으로 책을 주문하고 택배가 도착하는 날만을 기다렸습니다.

표지를 펼쳤을 때 나는 다리가 떨려서 툇마루까지 겨우 걸어갔습니다. 첫 장의 한가운데에 '지난여름을 내내 함께한 너에게'라고 쓰여 있었거든요. 사실 그즈음에는 선생님을 다시 만날 수 있을 거라는 생각을 포기한 지 오래였어요. 내가 궁금했던 건 선생님이 여기서 지낸 시절을 가끔 기억이라도 할까, 선생님도 나저럼 그 시간이 즐거웠을까 하는 것들이었어요. 하루는 확신에 차 있고 또 다음날은 의심 속으로 빠져드는 날들이었지요.

단숨에 책을 읽어내려갔습니다. 소설은 나이가 많은 여자와 어린 소녀가 우연히 기차 옆자리에 앉게 되면서 벌어지는 일들이었어요. 중반까지는 이미 읽은 내용이었고 소설의 뒷부분은 처음 보는 것이었는데, 다 읽고 나니 그동안 선생님이 보여주었던 그 이야기가 바로 내 이야기라는 걸 알겠더군요. 그때는 상상도 못했죠. 내가 이야기에 등장하리라고는 상상도 안해봤으니까요. 하지만 이제 알 것 같았습니다. 그건 분명 나와 선생님의 이야기였어요. 선생님의 고백이었고 나를 향해 뻗은 손이었습니다. 그 책은 내 질문에 대한 정확한 답변이었습니다.

이제 내가 행동해야 할 때가 왔다는 것을 알았습니다. 선생님과의 마지막 통화가 생각났어요. 북콘서트니 독자와의 만남이니 하는 말들이요. 선생님은 나를 위해 이 책을 썼으니까 내가 그 행사에 꼭 와주었으면 했던 거예요. 나는 마지막 문장을 읽자마자 인터넷서점 싸이트에 접속해서 북콘서트의 날짜와 장소를 확인했어요. 이제 선생님에게 내 대답을 들려주어야 할 테니까요. 가슴이 두근거렸습니다. 얼굴 가득 미소가 번지며 생전 처음으로 숨을 쉬는 것처럼 마음속의 어두운 기운이 한꺼번에 모두 가시는 것 같았어요. 그간의 서러움을 모두 보상받았다고 생각했습니다.

문갑 속에 있던 종이칼을 꺼내 핸드백에 넣었습니다. 내 앞으로 헌사된 책이 있으니 징표가 더이상 필요하지 않았고, 두고 가신 물건이니 선생님에게 돌려드려야겠다고 생각했지요.

포스터에 인쇄된 선생님의 얼굴을 한참 동안 바라봤습니다. 선생님은 내 얼굴을 보고 어떤 표정을 지을까요. 감정을 잘 드러내는 사람이 아니니까 무덤덤해할지도 모르고 어쩌면 반가운 마음을 참지 못해 웃음을 터뜨릴지도 몰라요. 나는 벌써부터 마음이 울컥울

컥하는 게 선생님의 얼굴을 보면 눈물을 쏟게 될까봐 숨을 고르고 마음을 단단히 먹었습니다.

무대 위의 선생님은 유쾌하면서도 차분하고 세련된 모습이었습니다. 얼굴에 조금 살이 오른 것도 같고 표정도 밝아 보여서 마음이 놓였습니다. 간혹 사회자에게 농담을 던지기도 했지만 소설에 대한 얘기가 나오면 열정적이고 진지해 보였습니다. 나는 무대 위의 선생님이 나 자신인 양 어깨가 으쓱해졌어요. 선생님이 미소를 지으면 내 입술도 따라 웃었고 선생님의 얼굴이 붉어지면 나도 고개를 숙였습니다.

사회자와의 얘기 도중 선생님의 친구라는 이가 무대에 올랐습니다. 둘은 고등학교 때부터 친구였다고 했어요. 그 친구라는 사람은 선생님보다 나이가 조금 많아 보였는데 나는 그 여자가 무대에 나타났을 때부터 싫었어요. 선생님에 대해서라면 그 여자만큼은 나도 잘 알고 있다고요. 그 자리에 나를 부르지 않았다는 것 때문에 분한 마음까지 들었습니다.

그런데 선생님이 친구를 소개하는 말을 듣게 되었을 때 나는 얼굴이 확 달아오르고 말았습니다.

"늘 친구에게 빚진 마음이 있었어요. 그래서 이 책을 바친다고 첫 장에도 써두었고요. 그 어느 때보다 멀리 떨어져 있었지만 이 친구가 아니었다면 그해 여름을 견딜 수 없었을 거라고 생각합니다."

관객석에 앉아 있는 몸뚱이가 부끄러워서 견딜 수가 없었습니다. 등이 아플 정도로 의자 깊숙이 몸을 박아넣었어요. 얼굴이 뜨거워졌다가 땀이 나면서 차가워졌고 그러다 다시 달아올랐습니다. 어깨가 움츠러들고 겨드랑이가 축축해졌습니다. 땀에 젖은 손바닥을 치맛단에 문지르면서 선생님이 나를 발견하기 전에 얼른 그곳에서 나가야겠다는 생각밖에 없었습니다. 고개를 푹 숙이고 얼른 행사장을 빠져나왔습니다.

찬물을 얼굴에 끼얹고 나니까 정신이 좀 드는 것 같았어요. 휴지로 물기를 닦아내면서 상황을 정리해보았습니다.

뭘까요? 대체 왜 그렇게 말했을까요? 그 책은 나를 위한 책이고 선생님도 내내 나를 잊지 못했다는 걸 잘 알고 있는데 어쩌자고 다른 친구를 불러내어 나의 존재를 감추려고 하는 걸까요? 내 실수에 대한 복수인 걸까요? 나를 영영 용서하지 않겠다는 걸까요? 동생이 선생님과 나 사이를 오해라도 했던 걸까요? 그것도 아니면, 나를 완전히 잊어버린 걸가요? 설마 기억에도 없는 걸까요? 아니면 애초부터, 함께 지내던 시절에도 나 따위는 안중에 없었던 건가요? 난 그저 집주인일 뿐이고 선생님은 손님이었을 뿐인가요?

끓어오르는 감정을 가라앉히려고 애썼지만 뒤죽박죽인 머릿속은 정리가 되지 않았습니다.

그냥 그대로 돌아가는 게 나았을지도 모릅니다. 그러면서도 혹시 모른다, 완전하게 일방적인 마음이라는 것은 없다, 선생님도 내가 보고 싶었을지도 모른다는 한줄기 희망을 저버릴 수가 없었습니다. 도망치고 싶은 수치심에 벌벌 떨면서도, 선생님의 진짜 마음을 확인도 하지 못하고 이렇게 돌아갈 수는 없다는 생각이 발목을 잡았습니다.

　복도의 한가운데 테이블이 있었고 선생님은 독자들에게 싸인을 해주고 있었습니다. 나는 그 줄의 끝에 섰습니다. 바닥은 대리석이 었는데 너무 반들거려서 정신을 집중하지 않으면 미끄러질 것 같다는 생각이 자꾸만 들었습니다. 얼굴에 열기가 확 끼쳐오르며 다시 땀이 나기 시작했고 좀 어지러웠어요. 오른쪽 귀가 먹먹해지면서 숨이 갑갑해져왔습니다. 나는 어깨를 들썩이며 숨을 크게 들이쉬었습니다.

　정신을 차려야 한다고 생각했어요. 반년 내내 기다렸던 선생님과의 만남이 이런 식으로 끝나서는 안되니까요. 지난 기다림의 시간도, 선생님과 함께 보낸 날들도 모조리 아무것도 아닌 게 되도록 그냥 놔둘 수는 없었습니다. 거기서 끝낼 수는 없었습니다.

　나는 핸드백에서 종이칼을 꺼내 오른쪽 주머니에 넣고 왼손에는 책을 들었습니다.

　당신이 나를 반겨 웃어준다면, 나는 조금쯤 쑥스러운 마음이 되어 책을 내밀겠습니다. 어떻게 여기까지 왔느냐고 다정하게 물어봐준다면 지난날의 잘못을 용서받았다고 생각할게요. 그리고 당신 소설의 첫 장을 펼치겠습니다. 거기에 당신의 이름을 적어넣는 것으로 우리 함께한 지난날에 아름다운 마무리를 지었다고 생각하고 얌전히 돌아갈게요. 그러나 나를 보고 당황하거나 혹은 내 얼굴을 기억하지조차 못한다면, 왜 여기에 왔느냐고 의아한 표정을 짓는다면 제 손은 주머니 속의 종이칼을 쥐게 될 것입니다.

이제 고개를 들어 나를 보세요. 당신의 얼굴이, 당신이 지은 표정이, 당신이 나를 보고 떠올리는 감정이, 그다음 장면을, 내가 할 행동을 결정할 것입니다. 내가 당신에게 책을 내밀게 될지 종이칼을 내밀게 될지는 오로지 당신에게 달려 있습니다.

타 투

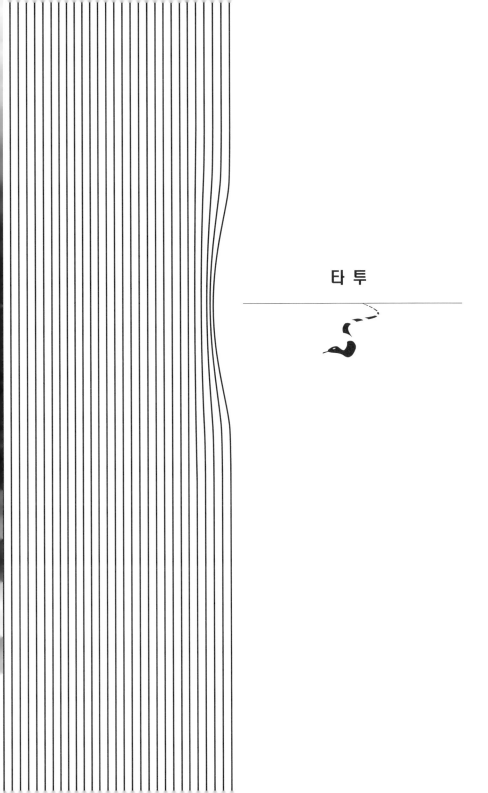

그는 회전문을 통과한 뒤 병원 로비를 지나 허겁지겁 이층으로 올라갔다. 친절하게도 계단 맞은편에 표지판이 있어 오른쪽으로 가면 수술실이 있다는 걸 알 수 있었다. 그는 화살표가 가리키는 방향으로 몸을 틀고 복도를 달렸다. 뒷목을 타고 땀이 흘러내렸다. 움직일 때마다 어깨에 멘 카메라가 등과 허리를 때렸다. 한번 다리를 접질렸지만 속도를 늦추지 않았다. 택시를 탄 게 실수였다. 퇴근 시간이라 도로가 너무 막혔다. 딸이 다쳤다는 전화를 받은 지 한시간 반 만에야 그는 병원에 도착할 수 있었다.

수술실 앞 복도에 있는 의자에 앉았다. 거친 숨을 내쉬면서 그는 벽에 등을 기댔다. 가슴이 급히 부풀어올랐다가 다시 급히 가라앉았다. 그는 몸을 웅크리고 바닥을 바라봤다. 바닥을 딛고 있는 구두를 봤다. 굽 가장자리에는 흙이 묻어 있었고 발가락이 꺾이는 부분에는 비뚤고 가느다랗게 금이 여러줄 생겨 있었다. 구두가 너무 크고 낡아 보였다. 아직도 숨이 찼다. 그는 고개를 들고 두툼한 손으로 얼굴을 쓸었다.

복도 끝에서 누군가 그를 향해 다가오고 있었다. 전화를 한 선생일 것이다. 지나가 다쳤습니다. H대학병원 B병동 205호 수술실로 빨리 와주세요. 상황이 급해서였을까, 신경질적이고 깐깐한 목소리였는데 예상과 달리 중키에 몸집이 좋은 사내였다. 정장을 입고 있었는데 재킷은 어딘가에 벗어두고 셔츠 차림이었다. 선생은 그를 발견하고 왼손으로 가슴께를 털더니 그의 얼굴 대신 의자에 시선을 두고 천천히 걸어왔다.

선생은 자판기 커피를 들고 있었다. 고개를 숙여 그에게 인사한 뒤에 커피를 권했다. 그는 사양했다. 커피는 하나뿐이었고 그건 상대의 몫이라고 생각했다.

"놀라셨죠?"

"아, 네. 어쩌다가 이렇게, 아니, 지금 상황이 어찌 된……"

물어볼 것이 많았는데 입에서 단어들이 엉키고 꼬여서 제대로 된 문장을 말할 수 없었다. 선생이 진정하라는 듯 손으로 허공을 내리누르는 시늉을 했다.

"체육을 하다가 다친 모양입니다."

"체육요?"

잔뜩 긴장한 어깨에 힘이 풀렸다. 체육시간에 다쳤다면 그래도 목숨이 위태롭다거나 대수술이 필요한 일은 아닐 테니까. 그런데 선생은 뭔가 망설이는 얼굴이었다. 고개를 저었다가 무슨 말을 꺼내려고 했다가 다시 입술을 만지작거렸다. 머리를 다친 걸까? 아이가 위급한 상황인가? 그는 더 물어봤다.

"체육이라는 게 어떤……"

"뜀틀이었습니다."

그는 이해가 되지 않았다.

"뜀틀을 어떻게 했기에 수술을 해야 할 정돈가요?"

그는 영문을 모르겠다는 표정으로 선생을 보았다.

"그러니까 이게……"

선생은 고개를 돌려 그를 정면으로 바라보았다.

"뜀틀을 하다가 넘어졌는데 발목뼈에 금이 갔답니다…… 그리고 말입니다……"

선생은 거기까지 말하고 커피잔을 휘휘 돌렸다. 그게 무슨 신기한 현상이라도 된다는 듯 뚫어져라 바라보았다. 선생은 커피잔에서 눈을 떼지 않고 말을 이었다.

"임신 중이었다는 것을 자기도 몰랐던 것 같습니다."

그는 얼굴이 훅 달아올랐다. 침을 꿀꺽 삼켰다. 침을 삼키는 소리가 평소보다 크다고 느꼈다. 그는 머리를 긁적였다. 그러고는 또 목을 긁었다. 지금 선생이 임신이라고 했나? 분명 그 말이었나? 지나가 임신을 했다고?

그는 믿을 수가 없었다. 그는 물론 딸이 임신을 할 수 있는 나이라는 것을 알고 있었다. 당연히 생리를 했지만, 그건 어떤 가능성, 단지 꽃의 암술 같은 것에 불과했다. 암술만으로는 아무 일도 일어나지 않는다. 거기에 꽃가루가 달라붙고 햇볕과 물과 비료를 충분히 공급해야 열매를 맺을 수 있으니까. 그러기에 그앤 아직 어려. 너무 어리다고 그는 생각했다. 열다섯살짜리 딸이 임신을 했다는 게 전혀 실감 나지 않았다. 그는 멍한 눈으로 천천히 자리에서 일어났다.

선생이 복도 끝을 가리켰다.

"저쪽에 자판기가 있어요. 뭐라도 좀 마시고 더 이야기하시죠."

그는 선생에게 고맙다는 인사를 하는 것도 잊고 자판기를 향해 걷기 시작했다.

발목뼈 접합수술은 성공적이었고, 하혈이 있었을 뿐 임신 두달째인 태아는 무사하다고 했다. 그는 그게 다행인지 불행인지 알 수 없었다. 지나는 그저 침대에 누운 채로, 자기가 어떤 상황에 처해 있는지 모르고 있었다. 지나의 기억은 자신이 뜀틀과 함께 넘어졌다는 데에서 멈춰 있었다. 그는 지나에게 당장 사실을 말할 수 없었다. 그 이유가 뭔지는 스스로도 잘 몰랐다. 아마 도피였을 것이다. 어쨌거나 그는 거짓말을 했다. 하필이면 뜀틀을 넘는 순간에 장에 탈이 난 거라고 했다. 정확한 병명을 들어도 아마 너는 모를 거라고 얼버무렸다.

그가 잔뜩 긴장한 것과는 달리 지나는 의외로 그의 설명을 순순히 받아들였다. 지나가 그를 보자마자 한 말은 핸드폰을 빌려달라는 거였다. 그는 그 말을 하는 지나의 입술을 멍하니 바라보았다. 지나가 저렇게 명랑한 말투로 핸드폰을 찾을 상황은 분명히 아니라는 생각이 들었다. 핸드폰이라고? 지금 핸드폰을 찾을 때냐고 묻고 싶었다. 하지만 그는 입을 다물고 핸드폰을 건넸다.

핸드폰을 받을 때 지나의 손이 그의 손에 닿았다. 지나의 손은 보드랍고 조금 찬 듯했다. 그는 그게 딸의 손이라고 느껴지지 않았다. 뭔가 어색해서 소스라칠 뻔했지만 지나는 대수롭지 않게 여기는 것 같았다. 그는 자신이 지나의 육체를 예전과는 전혀 다르게 느낀다는 것을 깨달았다. 이제껏 지나는 그에게 무성(無性)에 가까웠는데, 이제는 여자였다. 배 속에 생명체를 품고 있는 성숙한 여자.

전화를 거는 방법을 모른다는 듯 지나는 그저 핸드폰을 들고만 있었다. 그는 순간 지나가 망설이는 거라고 생각했다. 망설임 끝에 자기를 임신시킨 그 녀석의 번호를 누를 거라고. 그러나 지나는 고개를 흔들더니 핸드폰을 그에게 내밀었다. 왜? 왜 전화를 하지 않는 걸까? 그가 보고 있어서? 아니면 그 형편없는 녀석이 지나의 전화를 피하기라도 하는 건가? 그는 가슴이 쿵쿵거렸다.

"왜 그래?"

"외우는 전화번호가 하나도 없어!"

지나는 짜증이 난다는 듯 핸드폰을 그에게 돌려주고 돌아누웠다. 무릎을 안은 채로 몸을 동그랗게 말았다. 지나는 키가 크다. 170센티미터 가까이 된다. 뼈대는 가늘어서 몸무게는 50킬로그램도 되지 않을 것이다. 하지만 여자다운 데가 없어서 어릴 때부터 남자애들한테 인기를 끌진 못했다. 가슴도 엉덩이도 빈약했다. 다리에 굴곡이 없었고 상체보다 하체가 튼실한 편이라 어딘가 둔해 보였다. 머리카락을 허리까지 길렀지만 여성스러워 보이지도 않았다. 게다가 콧대가 납작했기 때문에 성형을 하고 싶어할 정도였다. 그나마 쌍꺼풀이 없는 긴 눈이 조금 신비한 느낌을 주긴 했다. 하지만 전체적으로는 눈길을 끄는 타입이 전혀 아니었다. 그는 딸의 첫경험이 다른 아이들보다 늦을 거라고 생각했었다.

"오늘이 무슨 요일이야?"

지나가 엎드린 채로 그에게 물었다.

"목요일."

그의 목소리가 떨렸다. 하지만 지나는 조금도 눈치채지 못한 것 같았다.

"아싸."

지나가 킬킬거렸다. 그는 냉장고에서 생수병을 꺼내 물을 벌컥벌컥 들이켰다. 병을 쥔 손이 떨렸다. 웃음소리를 들으니 생수병을 바닥에 내동댕이치고 싶었다. 그는 심호흡을 하며 마음을 진정시켰다.

"왜?"

그가 뻣뻣이 선 채로 물었다.

"목요일엔 수학이 두번이나 들었거든."

지나의 따귀를 올려붙이고 싶은 것을 참고 있으려니 몸이 더 경직되는 것 같았다. 그는 한쪽 다리를 떨기 시작했다.

"그래도 사회문화를 빼먹긴 싫은데."

지나가 콧등을 찡그렸다.

"사회문화?"

그는 화가 나는 것을 겨우 참으며 건성으로 물었다. 지금이 사회문화 타령을 할 때인가. 지나가 자리에서 일어나 무릎을 세우고 그 위에 턱을 올렸다. 양 입가를 올려 슬며시 미소를 지었다. 그러고는 정말 열다섯살 같은 얼굴로 말했다. 열다섯살 같은 얼굴. 아이를 임신하지 않은 평범한 열다섯살 말이다.

"내가 사회문화를 좋아하거든."

처음 듣는 얘기였다. 하지만 궁금하지 않았다. 더 얘기하고 싶지도 않았다. 임신을 한 마당에 사회문화를 좋아하든 정치경제를 좋아하든 그게 무슨 대수인가.

"아빠 몰랐는데."

그의 목소리는 분위기에 걸맞지 않게 딱딱하고 톤이 낮았다.

"선생님이 아주 멋있어."

그는 멍하니 반대쪽 벽을 바라보고 있다가 문득 그 말에 정신이 들었다. 아까만 해도 거기까진 생각이 미치지 못했으나 지금 그는 또다른 가능성을 떠올리고 있었다.

"멋있다고?"

그는 손을 주머니에 넣고 주먹을 쥐었다. 손바닥이 땀으로 축축했다.

"이십대 후반인데 진짜 아는 게 많아. 내가 만나본 여자 중에 제일 똑똑해."

그는 다리에 힘이 풀렸다.

"아빠 물 좀 마시고 올게."

그는 병실 밖으로 나와서 복도 의자에 앉았다. 그는 지나의 엄마에게 연락을 해야 할까 잠시 고민했다. 지나가 태어나자마자 둘은 이혼했고 중학교에 진학한 후로 지나는 엄마를 본 적이 없었다. 그는 지방 출장이 잦아서 아이를 혼자 돌볼 수 없었다. 지나는 기숙학교에 입학했다. 입시보다 인성이 우선이라는 대안학교에서 지나는 잘 적응하는 것 같았다. 작문에 관심을 보이고 동아리 활동으로 방송부에 가입했다고 했다. 친구들과 선생님, 학교 앞 농장에서 키우는 닭이나 토끼와 함께 사진을 찍어 보내기도 했다. 그는 지나의 곁에 있던 친구들에게 감사하는 마음을 품고 있었다. 하지만 그들 중 누군가가 그를 배신했다. 그는 무방비 상태에서 뒤통수를 맞은 기분이었다.

학생들 무리가 병실 앞에서 서성였다. 그는 그들이 지나의 친구들이라는 것을 직감했다. 웅성거리던 아이들은 문에 붙은 팻말에서 지나의 이름을 확인하고 병실 문을 열었다. 그는 알 수 없는 흥분 상태에서 아이들을 뒤따라 들어갔다. 몇몇 여자아이들을 제외하고 아이들은 모두 그보다 키가 컸다. 사진에서는 애송이로만 보였던 아이들을 실제로 맞닥뜨리자 그는 좀 당황했다. 특히 남자애들은 모두 덩치가 컸고 힘으로 겨루면 그는 상대도 안될 것 같았다. 그는 잠깐 위협감을 느끼기까지 했다.

친구들을 맞이하는 지나의 얼굴이 밝았다. 무리 중 제일 키가 작은 여자애가 침대로 달려가 지나를 안았다. 지나는 여자애를 껴안고 눈을 감았다. 여자애가 지나의 머리카락을 쓰다듬었다. 나머지 애들은 침대 주위를 빙 둘러쌌다. 그는 지나가 친구들과 함께 있는 모습을 실제로 처음 보았다. 지나는 웃음이 많았고 여자애들이랑은 스킨십을 자주 했다. 그는 지나가 낯설다고 느꼈다. 그의 기억에 지나는 말이 없고 여간해서는 웃는 일이 없었으니까. 저런 식으로 남자에게 기대고 남자를 만지고 몸을 내주었을까. 저런 표정으로, 아무렇지 않게? 그는 머릿속에 떠오르는 영상을 지우기 위해 머리를 흔들었다.

남자애 하나가 꽃다발을 들고 있었다. 그는 이상하게 그 녀석이 자꾸 신경 쓰였다. 그 남자애는 머리를 노랗게 염색했는데 뿌리 부분에서는 시커먼 머리카락이 몇 센티미터 자라 있었다. 머리카락은 푸석푸석하고 지저분해 보였다. 오른쪽 머리칼은 귀 바로 위까지 오도록 비스듬하게 잘랐고 왼쪽은 길러서 귀를 가리고 있었다. 그는 그 헤어스타일이 꼴사납다고 생각했다. 게다가 오른쪽 귀에는 피어싱을 세개나 하고 있었다. 아래쪽 두개는 팥알만 한 크기의 은이었고 맨 위는 해골 모양이었다. 그 녀석은 다리를 떨면서 지나를 바라보고 있다가 지나랑 눈이 마주쳤을 때 재빨리 윙크를 했다. 그는 구역질이 날 것 같았다.

그는 냉장고에서 과일주스 팩을 꺼냈다. 포도와 오렌지 주스였다. 그는 침대를 빙 돌아가며 아이들에게 주스를 건넸다. 마치 용의 자라도 되듯 아이들의 얼굴을 하나씩 눈여겨보았다. 그는 감사합니다,라고 말하며 그를 향해 웃어 보이는 그 노란머리 녀석이 끝내 마음에 걸렸다.

지나의 발끝 쪽에 있던 남자애가 휴대폰을 꺼내더니 버튼을 이리저리 눌렀다. 휴대폰에 동영상이 재생되자 지나에게 휴대폰을 건넸다. 지나는 그걸 받아들어 자기 옆에 있는, 아까 지나를 껴안았던 키 작은 여자애와 같이 동영상을 보기 시작했다. 노랫소리도 간간히 들리고 애들이 소리를 지르는 소리, 욕을 하는 소리가 들렸다. 그리고 잠시 조용해졌다가 어떤 아이가 지나에게 말을 하기 시작했다. 오늘 오지 못한 친구들이 동영상을 찍어 보낸 모양이었다. 그애가 말하는 동안 옆에서 다른 아이가 계속 떠들고 있었다. 누군가 옆에서 "지나야, 사랑해!"라고 말했는데 그는 그 순간 범인은 이자리에 없을지도 모른다고 생각했다. 그렇게 생각하니 그는 더 불안해져서 어찌할 바를 몰랐다.

그때 지나가 고개를 들고 그에게 자리를 비켜달라는 신호를 보냈다. 그는 남의 침실을 몰래 엿보다 들킨 사람처럼 민망했다. 그는 병실을 나섰다. 자기가 왜 자리를 비켜줘야 하는지 몰랐다. 내가 없을 때 뭘 하려는 거지? 무슨 얘기를 나누려는 거야? 그는 문 앞에서 몸을 돌려 아이들을 바라보았다. 불량기가 가득하고 절제란 걸 모르는 그 어리석은 무리를 한번 노려본 뒤 문을 닫았다.

그는 엘리베이터를 타고 일층으로 내려왔다. 복도에 있어봤자 병실 안이 신경 쓰일 게 뻔했다. 지나도 지나지만 아이들을 더 보고 싶지 않았다. 책임이나 의무에 대해서는 알지 못하면서 자기주장만 내세우고 뭔지도 모르는 자유를 떠들어대며 방만하게 행동하는 십대들이 싫었다. 자기 혼자서는 아무것도 해결하지 못하면서 어른들이 고리타분하다고 말하는 그런 애들 말이다. 그는 어딘가 앉아서 좀 쉬고 싶었다. 지하에 휴게실과 매점이 있어서 그는 계단으로 내려갔다.

매점에서 국수를 먹으면서 그는 동료와 통화했다. 내일은 늦게라도 사무실에 들를 수 있을 거라고 말했다. 동료는 그에게 다른 작업은 다 끝냈으니 사진 파일만 얼른 보내달라고 했다. 근처 피시방에서 일을 해결할 생각으로 그는 한시간만 기다려달라고 말했다. 동료는 짜증스러운 듯 당장은 어렵냐고 했다. 그는 동료에게 사실을 털어놓을까 잠깐 생각했다. 병원에 와 있어. 아직 중학생인 외동딸이 임신을 했어. 결혼도 하지 않은 열다섯살짜리가 말이야. 그렇게 말하는 대신 그는 미안해, 금방이야, 한시간 안에는 꼭 보낼게, 아직 길이야,라고 했다. 전화를 끊고 그는 면을 허겁지겁 입에 욱여넣었다. 국물을 들이켜자 겨드랑이에 축축하게 땀이 고였다. 에어컨을 가동하고 있어 실내 온도는 충분히 낮았는데도 더웠다. 그는 숨을 깊이 내쉬었다. 가슴 한가운데가 답답했다. 망할, 하필이면 지 엄마를 빼다 박았나봐. 그는 중얼거렸다.

그는 지나의 엄마를 클럽에서 만났다. 그 여자는 검은자위가 커서 솔직해 보였고 그가 말할 때마다 대답 대신 소리 내어 웃었다. 음악 소리가 너무 커서 잘 알아들을 수 없었기 때문이었을 거다. 밝은 하이톤의 목소리는 듣는 사람의 흥을 돋우었다. 그들은 서로의 호감을 확인했지만 그날은 춤만 추고 헤어졌다. 헤어질 때 여자의 전화번호를 받아서 그다음 주말에 연락을 했다. 클럽에서는 성숙해 보였는데 여자는 그와 열살이나 차이가 났다.

여자는 스무살에 지나를 낳았다. 계획에 없던 일이었지만 그는 잘해보려고 했다. 배가 부르기 전에 결혼식도 올렸고 해외는 아니지만 신혼여행도 다녀왔다. 하지만 여자는 결혼생활에 적응하지 못했다. 대낮의 햇살 아래서 여자는 불안해했다. 여자는 아이를 가질 만한 상황이 전혀 아니었다. 아이가 생긴 것을, 엄마가 된다는 것을 끝까지 받아들이려고 하지 않았다. 그가 도우려고 했지만 역부족이었다. 임신 사실을 알게 되자 우울증에 빠졌고, 결혼식 사진에서 그녀는 세상에서 가장 불행한 표정을 짓고 있는 신부였다. 아이를 낳자마자 여자는 이혼 서류를 내밀었다.

여자를 생각하자 그는 억울한 생각이 들었다. 그는 혼자 딸을 키우느라 젊은 시절을 다 보냈다. 유혹해오는 여자들이 있었지만 단호하게 거절했다. 계모의 손에서 자란 아이들은 삐뚤게 자란다는 편견 때문이었다. 지나가 엄마가 없다는 결핍감을 느끼지 않도록 그는 최선을 다했다. 이런 결과가 기다리고 있을 줄은 상상조차 하지 않았다. 그는 화가 났다. 기필코 그놈이 누군지 알아내고야 말겠다. 당장 병실로 올라가서, 지나가 말을 안한다면 모여 있는 그 친구놈들을 족쳐서라도, 그놈이 누군지 알아내야겠다. 피시방에 가서 사진을 보내는 대신 그는 다시 병실로 올라갔다.

매점은 지하 삼층이었기 때문에 그는 엘리베이터를 탔다. 문이 닫히려는 찰나 어떤 젊은 남자가 뛰어와 버튼을 눌렀다. 문이 다시 열리고 남자가 가쁜 숨을 내쉬며 안으로 들어왔다. 꽉 끼는 청바지를 입고 이어폰을 끼고 있는 이십대였다. 남자는 그의 뒤에 섰다. 일층에서 엘리베이터가 멈추고 사람들이 우르르 올라탔다. 그는 버튼이 있는 벽으로 한걸음 붙어 섰다. 뒤에 서 있던 그 젊은 남자도 그에게 좀더 가까이 다가왔다.

그는 목을 움츠렸다. 목 뒤가 간지러웠다. 남자가 하필이면 그의 목 뒤에다 대고 더운 숨을 내뿜었기 때문이다. 물론 숨을 쉬어야겠지만 엘리베이터 안이 아무리 붐빈다고 해도 고개를 돌릴 수 없을 정도는 아니었다. 그 정도의 매너는 지켜야 했다. 그는 불쾌한 얼굴로 돌아보았다. 그 남자는 천장을 바라보며 실실거리고 있었다. 그가 쳐다보자 남자가 시선을 내렸다. 그는 남자를 노려보았다. 남자는 오른쪽 입가를 올려서 미소를 만든 뒤 눈 한번 깜빡이지 않고 그를 마주 보았다. 한심한 새끼. 그는 남자만 알아들을 수 있을 만큼 작은 소리로 뇌까렸다. 그가 주먹을 쥐었을 때 엘리베이터가 이층에 도착했고 벨 소리와 함께 문이 열렸다.

아이들은 벌써 돌아간 뒤였다. 병실 문을 열었을 때 딸은 목발에 기대어 서서 창밖을 바라보고 있었다. 창밖에서 은행나무 이파리들이 바람에 흔들리고 있었다. 그 너머로는 도로가 뻗어 있었고 도로 건너편에는 증권회사 건물이 우뚝 서 있었다. 저애는 무얼 보고 있는 걸까? 그는 지나를 향해 뚜벅뚜벅 걸어갔다. 발소리에 지나가 뒤돌아보았다. 아빠가 다가오는 것을 확인한 지나는 침대로 자리를 옮겨 벽에 기대앉았다. 그는 침대 위의 얇은 이불을 밀쳐 자리를 만들고 엉덩이를 들이밀었다. 그가 가까이 가자 지나는 몸을 뒤로 움직이려다 벽에 살짝 부딪혔다. 그는 지나가 자기를 피한다고 느꼈다. 혹시 다 알고 있는 것일까? 아니면 그사이에 무슨 일이 있었던 걸까? 애들 중 누군가가 사실을 알고 얘기해준 걸까? 그는 혼란스러웠다. 그의 표정이 어두워지자 지나는 고개를 들고 건너편 벽 모서리에 있는 티브이로 시선을 돌렸다. 하지만 티브이를 보려는 것은 분명히 아니었다. 그는 지나가 자신과 시선을 마주치지 않으려 그런다고 생각했다.

"친구들은?"

"학교로 간대. 곧 축제가 있거든. 우리 학교 애들은 축제를 꽤나 중요하게 생각해."

지나는 여전히 티브이 화면을 바라보면서 그렇게 말했다. 지나가 그 말을 하는 동안 그는 기분 나쁜 냄새를 맡았다. 담배 냄새였다. 그 냄새는 분명히 지나의 입술 사이에서 나고 있었다.

만약에 지나가 임신했다는 사실을 몰랐다면, 그는 폭력 부모라는 소리를 듣는 것을 감수하고라도 지나를 흠씬 때려줬을 것이다.

아버지가 무서워서라도 다신 그런 짓을 하지 못하게. 하지만 그는 냄새를 못 맡은 척했다. 때릴 수 없을 정도로, 지나가 그에게서 아주 멀어져버렸다고 느꼈다. 그는 뭔지 정확히 알 수 없는 무언가를 포기해야 했다. 그는 그게 뭐든 일단 아무거나 물어보는 게 좋겠다고 생각했다.

"넌 축제에서 뭘 하니?"

"시를 썼어. 그걸 전시할 거고."

"시?"

그는 시라는 말을 처음 들어보는 것처럼 물었다. 지나와 시. 그는 생각해봤다. 지나가 시를 썼다고? 그는 왜 그런지 스스로도 알 수 없었지만 웃음이 나오려는 걸 참았다.

"네가 시를 쓴다는 얘긴 처음 듣는구나."

"쓴 지 얼마 안됐으니까."

"작문을 좋아한다고만 알고 있었지. 그 과목은 반에서 늘 일등이었으니까."

지나는 별 대단한 것도 아니라는 듯 어깨를 으쓱했다.

"친구들을 모아서 시 창작 동아리를 만들었어. 학기마다 시화전을 열기로 했고."

"재밌겠구나."

그는 명랑하게 말하려고 노력했으나 기운이 쭉 빠지는 걸 어쩔 수 없었다. 입술이 바싹 말라 혀로 침을 묻혔다. 쓴맛이 났다.

"시 써봤어?"

176

"아니."

그는 자기가 너무 성의 없이 대답하고 있다는 걸 자각했다. 이런 시시껄렁한 얘기에 집중할 수가 없었다. 하지만 곧이어 지금 이 대화가 매우 중요한 순간이 될지도 모른다는 생각을 했다. 그는 좀더 적극적으로 딸과 대화를 나누어야 했다. 그들에겐 해야 할 이야기가 많았다.

"어떤 시를 써?"

"그냥 이것저것."

"축제에 가서 꼭 볼게."

지나는 이래도 그만 저래도 그만이라는 얼굴로 고개를 끄덕였다.

"아빠도 고등학교 때 동아리 같은 거 했어?"

그는 바로 대답하지 못했다. 자기에게 고등학교 시절이 있었나 싶었다. 그 시절을 불러오는 데 시간이 좀 걸렸다.

"아빤 사진반이었어."

"그래서 기자가 된 거구나. 그때부터 기자가 되고 싶었던 거야?"

"아니, 난 교사가 되고 싶었어. 근데 시험에서 세번이나 떨어졌어."

"그런 얘긴 처음 듣네."

지나의 얼굴이 조금 밝아졌다. 그는 자신의 어떤 말이 그애의 기분을 좋게 만들었는지 알 수 없었다.

"난 뭐가 되고 싶은지 모르겠어. 뭐가 되고 싶다는 생각을 한번도 해본 적이 없어."

무엇이 지나의 마음을 열었는지 평소에 하지 않던 이야기를 술술 꺼냈다. 그는 침착함을 잃어서는 안된다고 다짐했다. 그는 목청을 가다듬었다.

"난 네가 심리상담사가 되고 싶어하는 줄 알고 있었는데?"

"지난겨울엔 심리학 책에 빠져 있었으니까 희망 직업란에 그렇게 쓴 것뿐이야. 지금은 그쪽 분야의 책은 읽지도 않는데."

"천천히 생각해보자."

지나는 아빠와 장래 희망에 대한 이야기를 좀더 나누고 싶어하는 눈치였지만 그는 지금 그런 것에 대해서 떠들어댈 때가 아니라고 생각했다. 네가 네 장래에 대해 어떤 일을 저질렀는지나 아느냐고 소리를 지르고 싶었다. 그는 지나가 당황해서 어찌할 바를 모르고, 눈물을 흘리며 앞일을 두려워하고, 그의 눈앞에서 자기가 저지른 돼먹지 못한 짓을 반성하는 모습을 보고 싶었다. 하지만 그런다고 달라질 게 뭐란 말인가. 그는 얘기조차 꺼내지 못했다. 그는 자기가 아빠가 아니라 엄마였으면 어땠을까 생각해보았다. 그편이 얘기를 나누기 훨씬 쉽지 않았을까.

병실 문이 열리고 간호사가 들어왔다. 화를 참느라고 얼굴이 후끈거릴 지경이었기 때문에 그는 간호사의 등장이 반가웠다. 간호사는 지나에게 불편한 데가 없는지 묻고 링거 선에 주사기를 꽂고 피스톤 끝부분을 눌렀다. 지나가 살짝 인상을 찌푸렸다.

간호사가 나가자 지나는 졸리다고 했다. 드러눕기 전에 지나가 물었다.

"지난봄에 왜 데리러 오지 않았어?"

지나는 그렇게 말하고 베개에 머리를 푹 파묻은 채 눈을 감았다. 봄방학 때의 일을 말하는 것 같았다. 보름간의 방학이 잡지사 마감과 겹치는 바람에 지나를 데려온다고 해도 함께 있어줄 시간이 없었다. 거기다 지나의 할아버지도 입원한 상황이어서 지나가 학교에서 방학을 보내는 것이 좋겠다는 판단을 내렸다. 그는 문득 그때 무슨 일이 벌어졌던 건 아닐까 생각해보았다. 그가 불편하고 미안하더라도 지나가 집에서 지냈다면 지금 이런 일은 없었을까? 그는 지나를 바라보았다. 지나는 금세 잠들어 색색거리는 숨소리를 내고 있었다. 눈을 감고 있으니 겨우 초등학생 정도로밖에 보이지 않았다. 콧대가 낮은데다 턱이 짧아서 어린아이 얼굴이었다. 저 아이에게 대체 무슨 일이 있었던 걸까. 갑자기 죄책감이 몰려왔다. 조금 전까지 지나를 향해 있던 분노가 자기 쪽으로 돌아와 박혔다.

음료수를 냉장고에 넣으려고 몸을 일으키다가 그는 침대 옆에 좀 전까지 보지 못한 가방이 놓여 있는 걸 발견했다. 아마 친구들이 가져온 모양이다. 거기에 뭐가 들었을까? 그는 아까 딸의 입에서 나던 기분 나쁜 냄새를 떠올렸다. 기껏해야 담배 같은 게 들어 있겠지. 그는 자기가 어떤 상황에 처해 있는지도 모르는 이 가엾은 십대의 가방을 천천히 들어올렸다. 지퍼를 열고 앞주머니를 들여다보니 작지도 크지도 않은 주머니가 보였다. 초록색 인조가죽으로 만든 주머니였다. 지퍼를 열자 립스틱 하나가 굴러떨어졌다. 그는 숨을 멈추고 지나를 향해 고개를 돌렸다. 다행히 잠이 깨지 않은 모양이었다. 그는 허리를 숙여 바닥에서 립스틱을 주웠다. 주머니 안에는 화장품이 잔뜩 들어 있었다. 그는 지퍼를 닫고 주머니를 다시 가방에 넣었다. 그는 잠시 망설였다. 어쨌거나 자기가 하는 짓이 옳다고 생각하지는 않았다. 하지만 그의 손은 어느새 다시 가방 속을 뒤적거리고 있었다.

두꺼운 다이어리가 손에 잡혔다. 물방울무늬가 그려진 분홍색 리넨 천을 덧대었고 똑딱이 단추가 달려 있었다. 그는 다시 지나를 흘끗 바라보고 단추를 열었다. 다이어리에는 친구들의 생일과 보충학습을 하는 과목, 그리고 써클모임 날짜 등이 적혀 있었다. 비밀스러운 내용은 없었다. 주간계획 부분을 넘기자 줄줄이 노트가 나왔고 거기에 뭔가 적혀 있었다. 지나가 아까 말해주지 않았더라면 그는 그게 시라는 걸 깨닫는 데 시간이 좀더 걸렸을 것이다.

그는 하나를 골라 읽어보았다. 「촛불」이라는 시였다. 무엇을 위해서 그대는 자기 자신을 자꾸만 허물어뜨려가는가, 하고 묻고 있었다. 그는 지나가 왜 이런 시를 써야 하는지, 이런 걸 쓰고 있는지 알 수 없었다. 다른 시들을 몇개 더 읽었지만 그저 낯선 단어들의 배열일 뿐이었다.

다이어리를 넣고 지퍼를 닫으려는 순간 가방 안쪽에 작은 지퍼가 달린 것을 보았다. 거기에 손을 갖다댔다. 작고 납작한 뭔가가 있었고 그가 손을 움직일 때마다 소리가 났다. 그는 가슴이 두근거렸다. 손가락이 떨렸다. 그러나 지퍼를 열고 발견한 것은 종이 갑에 들어 있는 껌이었다. 지퍼를 닫으면서 그는 차라리 가방 안에서 뭔가 놀랄 만한 것이 발견되는 게 나았을지도 모른다고 생각했다.

등을 돌리고 자던 지나가 몸을 뒤채며 돌아누웠다. 지나의 이마에 땀이 맺혀 있었다. 그는 손으로 딸애의 이마를 쓸었다. 날이 무더웠다. 지나는 답답한지 환자복의 목 부분을 손으로 쥐고 아래로 끌어내렸다. 병원 안은 후덥지근했다. 그는 지나가 덮은 얇은 이불을 걷어내어 발치에 밀어놓고 구석에 있는 선풍기를 끌어와 버튼을 눌렀다. 지나는 몸을 웅크렸다가 엎드려 누웠다.

선풍기 바람에 병원복이 위로 말려올라가며 지나의 등이 드러났다. 그의 시선이 지나의 등에서부터 움푹 들어간 허리를 타고 툭 튀어나온 골반뼈까지 천천히 내려왔을 때, 그는 움찔했다. 딸의 허리 오른쪽 아래 부분에 뭔가 녹색 잉크 같은 것이 묻어 있었다. 그는 한걸음 가까이 다가가 허리를 구부렸다. 그제야 그게 타투라는 걸 알았다. 처음에는 그저 형태가 없이 뭉그러진 자국처럼 보였지만 가까이서 보니 어떤 문양이었다. 나뭇가지 위에 새가 앉아 있었다.

그런데 자세히 보니 나뭇가지가 새의 목을 조르고 있었다. 나뭇가지가 왜?라고 되묻는 동시에 그는 새가 앉아 있는 가지의 끝에 두 눈이 달려 있는 것을 보았다. 눈은 꽤나 사실적으로 그려져서 그게 그림이라는 걸 알면서도 섬뜩한 느낌이 들었다. 나뭇가지의 눈과 그의 눈이 마주친 순간, 그는 그게 나뭇가지가 아니라 뱀이라는 걸 깨달았다. 뱀은 혀를 날름거리며 당장이라도 새를 잡아먹을 기세였다. 타투의 짙은 색깔 때문인지 피부는 창백할 정도로 하얗게 보였다. 진녹색의 뱀이 지나의 부드러운 피부 위에 찰싹 달라

붙어 꿈틀거리고 있었다. 그는 딸의 허옇게 드러난 허리와 그 위에서 꿈틀거리는 뱀을 한동안 넋 놓고 바라보다가 갑자기 고개를 들었다. 잊고 있었던, 매우 중요한 뭔가가 떠올랐다는 듯. 그는 몇걸음 뒤로 물러나 냉장고 위에 올려둔 카메라를 집어 들었다. 반들거리는 가죽 파우치가 손에 닿았을 때 그는 자기도 모르게 숨을 크게 들이마셨다. 파우치를 벗겨내고, 렌즈 뚜껑을 열고, 왼손으로 카메라를 받쳤다. 렌즈에 눈을 갖다대자 직사각형 프레임 안에 뱀의 문양이 가득 찼다. 그는 또다시 숨을 들이마셨다. 그리고 버튼 위에 올려놓은 집게손가락에 힘을 주었다.

대 머 리

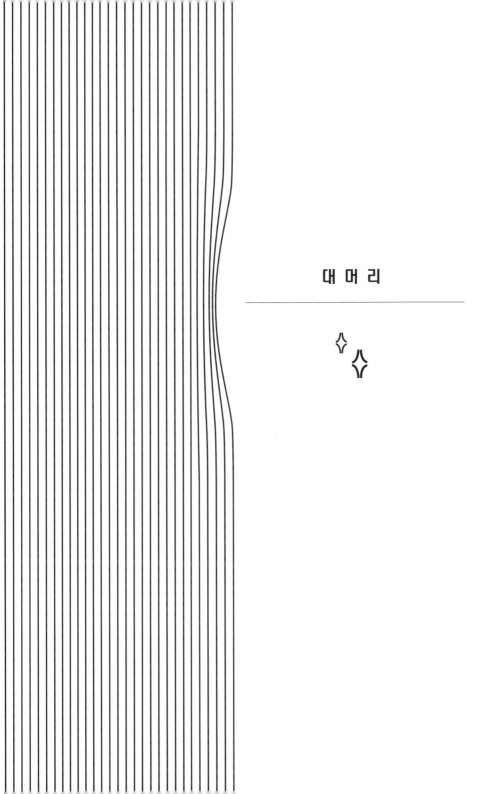

여자의 사촌은 금테 안경을 코끝에 걸치고 솜으로 누빈 벙거지 모자를 눌러쓰고 있었다. 모자에 달린 꽃 장식이 아니었다면 나는 그녀를 성호르몬이 급감하고 있는 갱년기의 남자라고 생각했을지도 모른다. 장신인데다 어깨가 넓고 각진 얼굴이어서 나이가 들수록 점점 더 남자처럼 보일 게 분명했다. 가까이서 보면 코밑에 짧고 검은 털까지 나 있었다. 직업은 수의사라고 했는데 그래서인지 코트에는 회색 개털이 묻어 있었고 여자의 말에 따르면 핸드백 속에 늘 동물용 안락사 주사를 가지고 다닌다고 했다. 여자는 그것을 응급상황에 대처하기 위해서라고 여겼지만 사촌을 처음 본 순간 나는 그게 호신용일 거라는 생각이 들었다. 첫눈에 사촌에게서 남자들 전반에 대한 적의를 보았고, 육십해 동안 쌓아온 그 케케묵은 감정을 오늘 내가 제대로 뒤집어쓰게 될 것임을 직감했다.

실내 온도가 훈훈했는데도 사촌은 코트를 벗지 않았다. 목둘레에 진짜 여우 얼굴이 달린 검은색 털코트는 이십년 전 유행하던 한물간 디자인이었는데 묘하게도 당당해 보였다. 오히려 그 주변에 있는 것들이 불필요하게 미래지향적인 것처럼 느껴졌다. 코트는 나에게 절대 마음을 열지 않겠다는 징표처럼 고집스러운 자태로 그녀의 몸을 둘러싸고 있었고 지방이 다 빠져나간 마디 굵은 손가락은 두꺼운 깃을 꽉 쥐고 있었다. 시간이 지날수록 사촌의 얼굴이 붉어졌다. 화장 분이 땀과 함께 흘러내리는 것을 보며 나는 그녀가 곧 짜증을 낼 거라는 생각이 들었는데, 그게 더워서가 아니라 나 때문이라고 생각하게 될까봐 염려스러웠다.

사촌과 눈이 마주치는 순간 나는 여자가 우리의 첫 만남과 그간의 데이트는 물론이며 어떻게 해서 내가 그녀를 침대로 이끌었는지, 심지어 침대 매너가 어땠는지까지를 모조리 사촌에게 떠들어댔다는 걸 알 수 있었다. 툭 튀어나오고 유난히 물기가 많은 두 눈이 경멸스러운 눈빛으로 나를 노려보고 있었다. 세상의 모든 악덕을 마주했다는 듯 결의에 찬 표정으로 사촌은 입을 열었다. 그녀의 첫번째 멘트는 조금 과격했다.

"나이 들어서 여자 돈이나 노리는 사기꾼!"

대답 대신 메뉴판을 펼쳐 사촌의 테이블 앞쪽에 놓았지만 그녀는 본 척도 하지 않았다. 나는 다리를 꼬다가 테이블에 무릎을 부딪혔고 차를 마시려다가 사례가 들렸다. '돈을 노린다'와 '사기꾼'

이라는 단어가 자꾸만 머릿속을 맴돌았다. 나는 '사기꾼'이라는 단어를 뜻을 모르는 외래어라고 생각하기로 했다. 그다음에는 '돈을 노린다'는 단어가 마음에 남았는데, 현대를 사는 그 누구도 돈을 싫다고 할 사람은 없다는 사실이 위로가 되었다.

사촌은 내내 얼굴 근육을 씰룩거리며 앉아 있다가 다시 한번 나를 노려보며 어디서 얕은수를 부리느냐는 말을 차갑게 내뱉고 자리에서 일어났다. 거기는 전통찻집이었다. 스피커에서 흘러나오는 해금 연주가 ─ 우리 테이블을 빼놓고 ─ 손님들의 심금을 울렸고 전통차의 은근한 향기가 코끝에서 기분 좋게 감돌았다. 사람들의 얼굴마다 안도감과 만족감이 가득했다. 모두가 ─ 우리 테이블을 빼놓고 ─ 아름다운 관계로 보였다. 계산을 할 때 종업원이 나를 보며 습관적인 미소를 지었는데 그 순간 나는 부모가 원치 않는 자식으로 태어나 평생 주변 사람들로부터 미움만 받고 살아왔으며 그 종업원의 눈길이 내 인생에서 누린 유일한 호의라는 생각이 들었다.

이년 전이었다면 결코 사촌이 내게 퍼붓는 모욕을 감당하지 않았을 거다. 하지만 지금 나는 자존심 때문에 실리를 포기할 수 없는 상황에 처했다. 물론 나도 전에는 양보할 수 없는 기준이라는 것을 갖고 있었다. 그러니까 가전제품은 중고로 사는 한이 있어도 양가 어른들에게 드리는 용돈을 늦추는 일이 없었고, 밖에서 아무리 열통이 터지는 일이 있더라도 식구들에게 화풀이를 하지 않았다는 말이다. 아들이 폭력 사건에 휘말려 일주일간 정학을 받았을 때는 제 엄마에게는 비밀로 하고 사내자식이 그럴 수도 있는 거라고 어깨를 토닥였다. 모두 젊은 시절의 이야기다. 세월이 좀더 흐르고 난 뒤 나는 부모님께 용돈을 드리는 대신 유산을 미리 당겨 받을 수는 없느냐고 물었다. 거래처 사람이 속을 살살 긁은 날에는 방문을 걷어차고 세간들을 부수었다. 해가 지날수록 점점 더 나빠졌다. 하늘의 뜻을 알게 된다는 지천명의 나이에 나는 알코올중독자가 되었고 둘째 아들이 과외 아르바이트를 해서 번 용돈으로 내가 주식에 투자해서 잃은 돈의 이자 빚을 갚았다. 사람들은 간혹 자신을 이러저러한 사람이라고 설명하는데, 그건 아주 어리석은 짓이 분명하다.

까페에서 나와 곧바로 근처 모텔로 향했다. 데스크에 앉아 있는 남자는 나보다 네댓살 정도 위로 보였다. 잠깐 쉬었다 가겠다고 말하자 그가 네, 사장님,이라고 대꾸했다. 테이블 위에 사 인치 미니 텔레비전이 있었는데 그는 내게 대답을 하면서도 화면에서 눈을 떼지 못한 채 킬킬거렸다. 웃음소리가 이상하게 거슬렸다. 남자가 ㄱ 텔레비선을 통해서 방금 찻집에서 당한 모욕을 지켜봤고 그 때문에 나를 비웃고 있는 것이라는 생각이 들었다. 얼굴에 확 열이 올랐다. 그러나 그 열기는 내가 상황을 객관적으로 보지 못하고 있다는 경고일 뿐이었다. 엘리베이터 안에서 나는 여자에게 키스를 할까 망설이다가 천장에 씨씨티브이가 있을지도 모르고 사내가 지켜볼 수도 있다는 생각을 또 했다.

방이 좁아서 침대는 비정상적으로 커 보였다. 침대 위쪽에 작은 유리창이 나 있었는데 그 창을 통해서 화장실 내부를 볼 수 있었다. 또다시 데스크에 앉아 있던 남자가 떠올랐고 이 음흉하고 천박한 방 구조가 그의 머릿속에서 나온 생각일 거라는 확신이 들었다. 여자가 귀고리를 빼서 화장대 위에 올려놓고 원피스를 벗었다. 몹시 피곤하고 별생각이 없었는데도 정말 열심히, 벽지에 인쇄된 꽃무리가 아른거리며 봉오리를 열고 작고 여린 꽃잎을 피울 때까지 최선을 다해 섹스를 했다.

성탄절은 사촌과 함께 셋이 보내는 게 어떻겠냐고 하자 여자는 내켜하지 않았다. 여자에게 갈등을 회피하려는 성향이 있는지도 모르지만 그녀가 결혼에 대해 나만큼 간절하지 않다는 의심이 들었다. 나는 다시 부딪혀보겠다고 했고 여자는 어쩌면 사촌이 내게 모욕을 주고 쫓아낼 수도 있다고 말했다. 나는 그래도 자꾸 만나서 얼굴을 보여주는 수밖에 없다고 우겨서 마침내 허락을 얻어냈다.

장롱에서 가장 새것으로 보이는 정장을 꺼내 입고 백화점의 식품 코너로 갔다. 선물 세트를 구경하다가 익숙한 목소리를 들었다. 내 옆에서 선물을 고르던 여자는 두번째 직장에 다닐 때 같은 부서에 있던 동료였다. 그 여자는 키가 크고 앉으나 서나 허리가 꼿꼿하고 정신은 그보다 더 곧은 보기 드문 여자였다. 나는 그 여자와 술을 한번 마신 적이 있었다. 술자리는 여덟시에 시작했는데 그 여자는 정확하게 열시에 자리에서 일어났다. 내가 지독하게 남자로서 매력이 없었기 때문이 아니라면 그녀는 알코올의 부추김에도 불구하고 가정의 행복과 안녕을 위해 일시적인 욕망을 절제할 줄 아는 현명한 여자였다. 그러나 지금 그녀는 아늑하고 평화로운 집에서 음식을 준비하는 대신 턱없이 값이 부풀려진 선물 세트를 고르고 있었다. 남편도 손주도 데리고 있지 않았다. 정확한 사연을 알 수는 없지만 그녀가 인생의 후반부에 예상치 못한 좌절을 겪고 있다는 확신이 들었다. 벼랑 앞에 서 있는 건 나뿐만이 아니었다. 성실하게 생활을 꾸려가고 순간의 쾌락 대신 인내를 추구한 이들조차 이토록 고단하고 외로운 미래를 맞아야 한다는 것은 잔인한 일이었다.

아직 그녀의 이름을 기억하고 있었으니까 그 이름을 불러 나를 돌아보게 하고 어쩌면 근처 커피숍으로 자리를 옮겨 그간에 있었던 기구한 사연을 들어볼 수도 있었을 것이다. 하지만 그 순간 중요한 일을 앞둔 이들은 신이 준비한 시험대를 통과하고 난 뒤에야 무사히 목적지에 도달할 수 있다는 수많은 이야기들이 떠올랐고, 괜히 말을 섞었다가 내 미래가 걸려 있는 일을 그르치고 싶지 않다는 생각이 들어 그녀와 인사를 나누기가 꺼려졌다. 나는 내가 그동안 만났던 강박증 환자들, 그저 삐뚤어지고 괴이해 보이던 이들, 손바닥이 닿으면 운명이 전염된다는 생각 때문에 악수를 꺼렸던 직장 상사, 엘리베이터가 사층을 지날 때면 숨을 참고 있던 옆집 여자, 보도블록의 선을 밟지 않으려고 이상한 자세로 걷던 동네 꼬마, 그들의 유약하고 깨지기 쉬운 영혼을 이해할 수 있을 것 같았다. 먼지 하나가 자신의 인생을 송두리째 무너뜨릴 수도 있다고 그들은 믿었을 것이다.

그녀가 한과 세트를 사고 코너에서 황급히 사라졌을 때 나는 대낮에 옛 직장 동료와 인사를 나눈다고 해서 문제가 될 일은 아무것도 없는 상식의 세계로 돌아왔다. 그녀는 남편 회사의 거래처나 결혼을 앞둔 자제의 사돈댁에 보낼 선물 세트를 샀을 뿐인지도 모른다. 그럴 확률이 더 높았다. 나는 이십만원짜리 과일 세트를 샀다. 이제 통장의 잔고는 여섯자리로 줄어들었다.

6개월간의 교제 끝에 드디어 여자의 집에 발을 들이는 날이었다. 오늘은 반드시 사촌의 마음을 열어야 한다. 이번 달까지는 어찌어찌 생활을 꾸려나갈 수 있을지 모르지만 다음 달부터는 하다못해 아파트 관리인으로라도 뛰어야 할 상황이었다. 씽크대가 막히고 수도꼭지에서 온수가 나오지 않고 윗집 아이가 하루 종일 쿵쿵댄다는 이유로 인터폰이 울리면 감색 모자를 눌러쓰고 온갖 시시껄렁한 문제들의 해결사 노릇을 해야 한다는 건 끔찍한 일이었다. 나는 감색 점퍼나 바지는 입지도 않았고 물건을 살 때도 파란색 계열은 되도록 피했다.

집은 혼자 살기에 지나치다 싶을 만큼 넓었다. 한쪽 벽에는 여러 가지 모양의 수석들이 목재 장식장 안에 전시되어 있었다. 내가 보기에는 강가에 나뒹구는 것들과 아무런 차이가 없는 것 같았지만 그게 돈이 된다는 생각을 하니—돈을 주고 돌멩이를 사들이는 사람들이 있다는 얘기를 들은 적이 있었다—제법 그럴듯해 보이기도 했다. 장식장을 대충 둘러본 후에 소파에 앉았다. 여자는 내게 잡지라도 들추어보라고 권한 뒤에 주방으로 갔다. 곡물이 익어가는 고소한 냄새와 후각을 자극하는 매콤한 국물 냄새가 풍겨왔다. 수도에서 물줄기가 쏟아지는 소리, 야채와 과일 씻는 소리를 들으니 기분까지 상쾌해졌다. 나는 일어서서 거실의 책장을 좀 구경했다. 두꺼운 하드커버의 책들이 꽂혀 있었는데 제목이 한문으로 쓰여 있어서 읽을 수조차 없었다. 옷걸이 옆에 있는 작은 유리장 안에는 메달이 수십개나 걸려 있었다. 마라톤 대회에서 완주한 이들에게 주어지는 부상인 모양이었다. 나는 이 모든 것들이 전남편의 흔적임을 알았다. 이미 세상을 떠난, 모래 수반에 담긴 돌멩이와 먼지 쌓인 두꺼운 학술서적과 가짜 금으로 만든 마라톤 기념품을 남겨두고 이 집을 떠난 어떤 남자의 기운에 눌리지 않기 위해, 자신에게 지나치게 엄격한 사람들은 타인에게도 관대하지 못할 거라는 생각을 해야 했다.

소파에 길게 드러누워 텔레비전이나 좀 보고 싶었다. 상영이 끝난 영화(映畫)를 볼 수도 있을 것이고, 가수들의 노래 내기가 있을지도 모른다. 하지만 리모컨은 쳐다보지도 않았다. 사람이란 상황이 바뀌면 자기가 뭘 해야 하는지, 뭘 해야 살아남을 수 있는지를 정확하게 깨닫는 법이다. 하지 말아야 할 것과 해도 되는 일을 본능적으로 구분하는 것이 나의 장점이기도 했다. 그 점을 믿고 의지하며 무사히 목적지에 도달한 것 같았다.

지루하다 싶을 때쯤에 여자가 주방에서 나와 화장실로 들어갔다. 나는 베란다를 구경하러 갔다. 그곳은 작은 화원이었다. 커다란 알로에도 있었고 손톱보다도 작은 꽃잎을 단 들꽃들이 앙증맞은 화분에 담겨 있었다. 선반에 놓인 물뿌리개를 집어 들고 화분마다 충분히 물을 주었다. 여자가 나를 불렀을 때 칭찬을 받게 될 거라는 생각으로 천천히 뒤를 돌아보았다. 하지만 그녀의 표정에는 언짢은 기색이 역력했다. 나는 뭐가 잘못된 건지 알지 못했다.

"아침에 물을 주어서 지금은 안돼요."

민망해하면 분위기가 어색해질까봐서 은근한 웃음을 띠며 물뿌리개를 도로 선반 위에 올려놓았다. 그래도 여전히 여자의 얼굴에는 열기가 남아 있었다. 대단한 실수를 한 것도 아닌데 왜 이럴까. 그깟 화분에 물을 더 준 것이 뭐 그리 큰 잘못이라고. 나는 짜증을 감추기 위해 부드러운 목소리를 꾸며내어 준비는 잘돼가는지 물었다.

"잠시 화장실 참을 수 있겠어요? 창피하게도 변기가 막혔어요. 하필이면 이럴 때라니. 못 살아, 내가 못 살아."

여자는 목욕탕의 냉탕과 온탕을 오가듯 쉽게 천당과 지옥을 들락거리는 성격이었다. 나는 그녀가 손에 든 압축기를 뒤늦게 발견하고 얼른 받아들었다.

"내가 처리할게. 어서 가서 하던 일 해요."

"아, 아니에요. 손님한테 어떻게……"

여자는 풀이 죽어 있었고 바로 이때가 기회라는 것을 나는 본능적으로 알아챘다.

"이제 곧 내가 매일 해줄 일일 텐데, 뭐."

여자가 내 입술에 입을 맞췄다. 처음 있는 일이었다. 이렇게 말하면 어떻게 들릴지 모르겠지만, 뭔가 축축하고 물컹한 것이 내 얼굴을 누르는 느낌일 뿐 그 이상도 이하도 아니었다. 게다가 희미하게 입 냄새까지 났다. 충치가 있거나 위장이 안 좋은 게 틀림없었다. 나는 표정을 관리하기 위해서 숨을 쉬지 않는 편을 선택했다. 결혼을 하게 된다면 당장 병원에 데리고 가서 치과 문제인지 내과 문제인지 확인해봐야겠다는 생각뿐이었다.

압축기를 들고 화장실로 갔다. 변기만 달랑 있는 우리 집 화장실과는 달랐다. 문에 걸린 포푸리에서 장미향이 은은하게 풍겨나오고 바닥에는 검은색과 흰색의 타일이 격자무늬로 깔려 있었는데 물기 하나 없이 깔끔했다. 수도꼭지에 손을 대면 자동으로 물이 나왔고 침대만 한 욕조는 광택이 났다.

비데의 뚜껑이 내려져 있었다. 나는 망설이지 않고 뚜껑을 열었다. 오물과 휴지가 뒤범벅된 상태였다. 나는 조금 전 여자와 키스할 때처럼 숨을 참고 변기 구멍을 향해 압축기를 눌렀다가 뽑았다. 꾸르륵. 물이 내려가는 소리가 들렸다. 다시 한번 더. 꾸르륵. 성공한 것 같았다. 물을 내렸다. 오물이 눈앞에서 소용돌이치며 사라졌다.

내가 생각한 노년은 좀더 현명하고 이성적이며 타인을 배려하는 넉넉한 마음을 지닌 상태였다. 일선에서 물러난 자의 여유로움과 풍요로움을 상상했던 것이다. 하지만 지금 나는 과거의 어느 순간보다 곤두서 있고 약삭빠르면서도 쉽게 흔들렸다. 갑자기 아버지

가 생각났다. 어머니도 생각났다. 전처도 떠올랐고 아이들도 생각
났다. 하지만 그 드라마는 끝이 났다. 그들은 은퇴했거나 이제 다른
드라마에 출연 중이다. 나는 지금 내게 주어진 역할에 대해서만 생
각할 필요가 있었다.

밖에서 초인종 소리가 들렸다.

"이이는 변기를 수리하는 중이었어요, 언니."

여자가 자랑스러운 듯 떠벌리자 사촌의 얼굴에 살짝 미소가 스
쳐지나갔다. 적어도 오늘만은 하늘이 내 편이라는 생각이 들었다.
나는 영락없이 자상한 남편의 역할을 훌륭하게 소화해내고 있었
다. 셔츠의 소매를 둘둘 말아올리고 바짓단도 접은 채였다. 일부러
연출한 것은 아니지만 손에는 물기가 남아 있었고 이마에는 땀방
울이 맺혀 있었다. 나는 움츠러든 몸짓으로 사촌에게 다가가 인사
했다.

"오시느라 고생하셨어요."

사촌이 눈을 슬쩍 내리깔았다. 대답을 하진 않았지만 이전에 비
한다면 꽤나 너그러운 표정이었다. 아무래도 집안일을 돕고 있었
다는 점에서 점수를 딴 것 같았다. 사촌은 백을 소파 위에 올려놓
고 그 옆에 앉았다. 코트를 벗었고, 모자도 벗었다.

사촌이 나에 대한 경계심을 풀었다는 표시는 분명 모자였다. 모
자를 벗자 숱이 없는 머리카락 사이로 정수리 부분의 누런 살이 훤
히 비쳤던 것이다. 난 그전에 여자 대머리를 본 적이 없었다. 그리
고 여자는 선천적으로 대머리가 되지 않는다는 기사를 읽었기 때

문에 상상하지도 못했다. 하지만 세상에는 여자 대머리가 있었다. 숱이 없는 정수리가 아니라, 진짜 대머리 말이다.

여자가 과자와 커피를 내왔다. 사촌은 처음 만났을 때보다 마음을 열고 있었다. 심지어 나에 관한 질문까지 했다.

"젊었을 땐 무슨 일을 했어요?"

나는 사업을 했다고 말했다.

"구멍가게를 해도 사업은 사업이니까."

사촌이 비아냥거렸다. 하지만 대화를 나누게 되었다는 것은 관계의 진전을 뜻했다. 나는 내 마지막 사업, 사회생활과 가정과 교우관계를 완전히 끝장나게 만들었던 우레탄 메모리폼에 대해서 거짓말을 좀 보태서 떠들어댔다. 충분히 비극적인 소재였지만 어떤 부분은 좀 우스꽝스럽게 꾸며서 부담스럽지 않도록 적당히 수위를 조절했다.

때마침 국이 다 데워져 주방으로 자리를 옮겼다. 나는 사촌이 숟가락을 입으로 가져갈 때마다 대머리를 슬쩍 훔쳐보았다. 나를 인정한 것이 자신의 대머리를 받아들이는 것만큼이나 힘겨운 투쟁이었을 것이라고 생각했다. 정치인들의 최근 행보가 어떻고 한국의 자살률이 어떻고 하는 얘기들이 오갔지만 머릿속에는 온통 대머리 생각뿐이었다.

사촌이 밥을 우물거리며 화제를 바꿨다.

"이애랑 난 어렸을 때부터 한동네에 살았어요. 우리 살던 아파트에 애보다 한살 많은 약간 덜떨어진 아이가 있었는데 얘랑 걔는 유치원에 같이 다녔고 거기다 둘은 짝꿍이라서 매번 같이 사진을 찍었죠."

"경진이 얘기는 갑자기 왜?"

사촌은 여자에게 대꾸하는 대신 나를 바라봤다. 그 눈빛은 조금 기묘했는데, 내 해석을 곁들여도 좋다면 거기에는 내 안의 뭔가를 들여다볼 수 있다는 자신만만함이 깃들어 있었다고 설명하겠다. 나는 슬그머니 팔짱을 끼었다. 사촌의 눈빛이 반짝이자 나는 더 불안해져서 카디건의 단추까지 채웠다.

"우리 모두는 그 둘이 우연히 짝이 되었다고 생각했지만 나중에 경진이 엄마가 학용품 선물 세트를 사들고 집에 찾아와서 하는 말이, 얘가 자진해서 그 덜떨어진 녀석의 짝을 하겠다고 나섰다는 거예요."

여자는 기분이 조금 상한 듯 보였지만 자신의 고매한 인격에 손상이 가는 것을 싫어했기 때문에 언제나처럼 나긋나긋하고 다정한 목소리로 답했다.

"언니, 다시 말하지만 난 경진이가 덜떨어졌다고 생각 안해. 걘 단지 혀가 좀 짧았고, 축농증이 있었고, 남들 시선보다 자기가 느끼는 것에 더 관심이 많은 애였을 뿐이야. 걘 감수성이 보통 사람보다 뛰어났고, 어쩌면 그런 면에서는 천재였다고도 나는 생각해."

'천재'라고 말하기 전에 여자는 잠시 망설였으나 그 단어를 끄집어내고 난 뒤에는 눈에 힘을 주며 입술을 뾰로통하게 모았다. 그건 그 코흘리개 짝꿍이 천재라는 점을 확신한다는 표현으로 보였다.

"혀가 짧다는 이유로 특수학교에 진학한다는 얘기는 육십 평생 처음 듣는구나."

사촌이 재미있는 농담이라도 들었다는 듯이 깔깔거렸다.

"세상에, 그 유치원엔 부잣집 도련님들이 넘쳐났다고요. 잘생기고 귀염성 있고 활기찬 그 많은 사내아이들을 마다하고, 콧물 흘리고 말 더듬고 발표회 때 사람들이 다 자기를 쳐다보는 건 싫다며 무대에서 울음보를 터뜨리는 그런 녀석이랑 좋다고 손을 붙잡고 다니다니."

사촌은 물을 마셨다. 그리고 또다시 나를 봤다. 나는 사촌의 눈빛에서 또 이상한 기운을 느꼈고 이번에는 그 경진이라는 아이가 자라 어른이 되어 돌아왔다는 듯 나를 바라보고 있다는 생각이 들었다. 나는 그 경진이라는 아이와 관련이 없으며 덜떨어지지 않았다는 것을 증명하기 위해 식탁을 앞에 두고 무얼 할 수 있을지 머리를 굴려보았다.

더 얘기하고 싶지 않다는 듯 여자는 대꾸하지 않았지만 사촌은 그만둘 생각이 없는 것 같았다.

"초등학교에 들어가서 첫 생일파티를 했을 때도 얘가 데리고 온 친구들은 다 그 모양이었어요."

"내 친구들을 모욕하지 마. 그애들은 지극히 정상이었어."

여자의 말투가 조금 강경해졌다.

"왜? 이번엔 천재는 아니고?"

사촌이 고개를 흔들었다.

"마치 따돌림받는 애들을 다 모아놓은 것 같았지. 특별반을 만들었어도 됐을 거야."

사촌이 다시 나를 바라봤다. 나는 난생처음으로 생일파티에 초대받은 그 초등학생의 손에는 아무것도 들려 있지 않았고, 친구의 집에 도착하자 그애의 엄마가 실망을 하고 사촌은 넌더리를 내었으며 아버지도 할머니도 그 누구도 들어와도 좋다는 말을 하지 않았을 거라는 생각을 했다. 동시에 내가 이 집에 들어올 때 번듯한 과일 세트를 사왔다는 사실을 떠올렸다. 그러나 불행히도 현관문을 열어준 건 여자였고, 사촌은 내가 뭘 사왔는지도 모른다는 사실을 이내 깨달았다. 나는 목이 뻣뻣해지고 어깨가 아프고 갈증이 났다.

"첫 연애 상대는 사회성이 부족했죠. 아주 심각하게 말이에요. 그다음에는 돈 벌 생각이라고는 없는 기타리스트를 만났고, 결혼을 하겠다고 데려온 남자는 먹여 살려야 할 동생들이 줄줄이 다섯씩이나 기다리고 있었답니다."

상황은 명확했다. 사촌이 여자의 과거를 줄줄이 읊어대는 건 다름 아니라 여자가 나이팅게일의 환생이며, 내가 그녀가 돌볼 마지막 환자, 가망 없는 인생의 대표자라는 사실을 알려주기 위해서였다.

여자를 만날 때마다 나는 꽃을 선물해왔다. 이름도 모르는 색색의 꽃들이 만개한 꽃다발을 건네면서 이런 걸 여자한테 주는 건 처음 있는 일이라고 쑥스러운 듯 머리를 긁적였다. 커피나 식사 비용을 여자가 낼 때는 있어도 꽃은 빼놓지 않았다. 소국을 살 돈도 없는 날에는 핑계를 대고 데이트를 미뤘다. 감성을 잃지 않은 로맨티

스트라는 것이 나의 전략이었던 것이다.

나는 내가 선택받은 이유가 그녀가 잊었던 낭만적 사랑을 되살려주었기 때문이라고 생각했는데 사촌의 증언에 따르면 나는 단지 실패한 인생이기 때문에 간택되었다는 얘기였다. 여자에게 나의 과거를 각색하지 않았다면—술에 빠져서 지냈던 시간이나 나도 모르는 폭력성 때문에 식구들을 괴롭혔던 일, 최근에 첫째 아들과 다투는 바람에 그나마 받던 용돈도 끊겼다는 얘기들을 털어놓았다면—그녀의 사랑에는 더욱 불이 붙었을지도 모를 일이다.

사촌은 입가에 희미한 미소를 띠고 있었다.

"이제 다 끝났다고 생각했을 때쯤 또 어디서 사랑과 돈에 굶주려 헤매는 영혼 하나를 물색해내셨어. 대단하다, 대단해. 이것도 정말 대단한 능력이지 싶어."

나는 내 문제를 '사랑과 돈에 굶주렸다'는 단 한문장으로 정리할 수 있다는 사실이 놀라웠다. 모든 상황이 명확해 보이는 대신 나는 완전히 입맛을 잃었다.

사촌이 나를 보며 미소를 지었다.

"술 한잔하시겠어?"

그녀는 아마 승리의 축배를 들고 싶었으리라.

여자의 표정은 좋지 않았다. 술 마시는 것을 싫어하는 것 같았다. 그러나 나는 여자의 마음을 거스르고 싶었다. 나를 모욕한 것은 분명 사촌이었으나 나를 따뜻한 눈빛으로 쳐다보고 있는 여자가 더 견딜 수 없었다. 그 따뜻함의 정체가 동정이었다니. 나는 내가 외모로 여자를 후리고 과거를 그럴듯하게 속인 파렴치한이라고 생각하는 쪽이 훨씬 위안이 되었다.

"술 좋죠."

나는 고개를 끄덕였다. 썩 내키지는 않았지만 사촌의 첫 제안을 거절할 수도 없는 일이었다. 술 때문에 얼마나 많은 것을 잃었나를 생각했지만 긴장을 유지한 채 조금만 맛을 보는 정도는 괜찮을 것 같았다.

"기분 좋게 맛만 보는 것은 나쁘지 않죠. 적당히. 모든 건 적당히."

그렇게 말했지만 술자리는 두시간이 넘도록 지속되었다.

술이 들어가니 긴장이 풀리기 시작했다. 현실감각이 사라지기 시작한 걸까. 생활의 압박과 그 압박에서 나를 벗어나게 해줄 이 사랑스러운 여자에 대한 감사함의 농도가 흐려지기 시작했다. 다리를 꼬고 앉아 담배를 꺼냈다.

"재떨이 할 만한 게 있나?"

"담배를 피우려고요?"

여자가 당혹스러워하며 사촌의 눈치를 보았다. 나는 순간 무리수를 둔 것은 아닌가 하고 조바심이 났다. 그때 사촌이 혀가 꼬부라진 목소리로 "피워. 그게 무슨 범죄라도 돼?"라고 말했다. 나는 작은 접시를 받아들고 베란다로 나가서 담배를 한대 피웠다. 피우는 내내 밖에 나가서 피우고 올 걸 그랬다는 생각이 들었다. 왜 항상 깨달음은 뒤늦게 오는 것일까? 아무래도 술 때문에 긴장이 풀렸

나보다. 지금은 굉장히 중요한 시점이다. 방심해서는 안된다. 적어도 사촌이 결혼을 허락할 때까지는. 아니, 결혼식을 올릴 때까지는. 아니, 어쩌면 이 여자와 사는 동안은 내내.

　원래 나는 아내가 임신했을 때조차도 안방에서 담배를 뻑뻑 피우던 사람이었다. 순간 전처에게 미안한 생각이 들었다. 전처에게 프러포즈를 했던 순간도 떠올랐다. 그때는 그 여자만 내 곁에 있으면 세상이 다 내 것이 될 줄 알았다. 그러나 시간이 지나자 서로의 얼굴을 보고 있는 것이 끔찍해졌다. 해서는 안될 말들이 오갔고 천적을 잡아먹으려는 짐승처럼 으르렁거리기도 했다. 내게 악다구니를 퍼붓던 전처의 얼굴이 떠오르자, 어이없게도 그 얼굴이 너무 어리다는 생각이 들었다.

　여자가 내 쪽으로 걸어왔다. 긴치마가 발목 부근에서 흔들리고 있었고 흰 양말은 단정하게 접어 신은 채였다. 여자는 유혹이니 호기심이니 하는 단어와는 별개의 존재였다. 하지만 내게 꼭 필요한 것을 갖고 있었다.

　"언니가 너무 많이 마신 것 같아요."

　여자의 얼굴도 붉게 달아올라 있었다. 나는 여자의 얼굴을 찬찬히 들여다보았다. 사실을 말하자면 분명 미인과는 거리가 먼 얼굴이다. 콧구멍이 크고 코끝이 살짝 위로 올라가 있고, 입술 끝은 내려앉아서 어딘가 모르게 심술궂어 보였다. 두 눈은 아주 크고 쌍꺼풀이 진하게 졌는데 그마저도 이제 점점 처지기 시작했다. 속눈썹은 듬성듬성 빠진데다가 노란빛을 띠는 흰자위에, 검은 동공은 빛을 잃었다. 이제 보니 아주 못생긴 얼굴이다. 그동안 만나온 여자 중에 가장 박색이다. 그래서 남자가 따르지 않았는지도 모른다. 나름의 경쟁률을 뚫고 이 자리에 있다고 생각해왔는데 이젠 내가 여자에게 접근한 유일한 남자인지도 모른다는 생각이 들었다.

나는 내 나이 또래의 여자들에게 인기가 좋은 편에 속했다. 키가 크고 마른 체격에 검은 안경이라도 쓰면 꽤나 지적으로 보였다. 말주변이 없는 것은 정중함으로, 타인에 대한 무관심은 점잖음으로 인식되는 것도 외모 탓일 것이다. 나이 든 남자치고는 함께 다니기에 나쁘지 않은 축에 속했다. 손해 보는 결정을 한 것처럼 괜히 시큰둥한 기분이 되었다.

여자가 옆자리에 붙어 앉자 팔이 닿았다. 땀에 끈적거리는 피부가 영 기분 나빴다.

"언니는 어쩌고?"

나는 잠시 혼자 있고 싶었기 때문에 핑계를 댔다.

"화장실에 갔어요. 언니는 한번 화장실에 가면 십분도 넘게 걸리니까."

여자가 엉덩이를 내 쪽으로 들이댔다. 나는 취했기 때문인지 자기 연민에 살짝 빠져 있었고 모든 것이 피곤하게 느껴졌다. 여자의 몸에서 전해지는 체온조차 갑갑했다. 갑자기 자신이 없어졌다. 남은 평생을 이 여자와 함께해도 되는 걸까? 사랑하지도 않는 여자와. 사랑이라고? 내가 지금 사랑이라고 말했나? 피식 웃음이 새어

나오고 말았다. 여자는 내가 기분이 좋아서 웃는 줄 알았는지 팔짱을 끼고 어깨에 머리를 기댔다.

"신혼여행은 어디로 갈지 생각해봤어요?"

"당신이 그때 가보고 싶다던……"

"보카라이."

여자는 보라카이를 보카라이라고 말했다. 그런 종류의 실수가 잦았는데, 특히 외래어에 약한 것 같았다. 나는 전에 그 점에 대해서 한번도 지적한 일이 없었다. 실수는 감췄고 장점은 더 드러나도록 했다. 철저히 여자의 기분에 맞게 행동했다. 여자를 만나면서 내가 알게 된 것은 내가 어쩔 수 없었기 때문이 아니라 그래도 되었기 때문에 어떤 짓들을 저질렀다는 사실이다. 이 결혼을 파기할 것이 아니라면 돼먹지 못한 행동을 반복해서는 안된다는 것을 알고 있었다.

그러나 취했기 때문인지, 나도 모르게 보카라이가 뭐야, 보라카이지,라고 핀잔을 주고 말았다. 여자는 멋쩍게 웃었지만 기분이 좀 언짢아진 것 같았다. 화제를 빨리 돌리는 것이 상책이라는 생각이 들었다.

여기서 포기할 순 없었다. 내게 다른 선택지는 없었으니까. 인생이란 언제나 원하지 않는 것 중에 하나를 택해야 하는 인형뽑기 기계다. 시간은 제한되어 있고, 집게는 헐거우며, 인형은 모두 하나같이 조악하다. 나는 오백원짜리 동전을 쥐고 있다. 가장 작고 가벼운 인형이 뽑힐 확률이 가장 높다는 사실도 잘 알고 있었다. 그렇다면 동전을 넣지 않을 이유가 무어란 말이냐. 타협이란 얼마나 아름다운 단어인가.

나는 여자의 얼굴에 손바닥을 댔다.

"당신도 많이 마신 것 같은데, 속은 좀 괜찮아?"

여자가 수줍게 미소를 지었다. 웃을 때 얼굴에 주름이 지며 못생긴 얼굴이 더 흉해 보였다. 더 취하면 나도 모르게 무슨 말인가가 튀어나올 것 같아 불안해졌다. 여자에 대해서거나 아니면 내 진심에 대해서 무엇을 발설해버리고 말지 모를 일이었다. 아무래도 오늘은 그만 마시는 게 좋겠다고 판단했다.

그만 돌아가겠다고 인사를 하는데, 사촌이 한사코 붙들었다. 술기운이 슬슬 돌기 시작해서 그만 일어나는 게 아무래도 좋을 것 같은데, 사촌은 취해서 내 셔츠를 붙들고 놓지 않았다. 나는 여자의 표정을 살폈다. 내가 그만 일어나주기를 바라면서도 사촌의 만류를 뿌리치지는 않았으면, 하는 두가지 선택지에 모두 기대고 있는 얼굴이었다. 결국 다시 자리에 앉았다.

사촌이 잔을 채워달라고 내밀었으나 테이블 위에는 빈 병밖에 없었다. 여자는 주방의 냉장고를 열어보더니 술이 다 떨어졌다고 말했다. 사촌이 여자에게 술을 더 사오라고 말했다. 얼른 자리에서 일어나 지갑을 챙겨들어야 한다는 생각을 하면서도 선뜻 엉덩이가 움직이지 않았다. 취기가 올라 밖에 나가기가 귀찮았던 것이다. 하지만 여자를 내보내서는 안된다는 것은 알고 있었다. 긴장을 놓쳐서는 안되었다. 술도 깰 겸 바깥바람을 쐴 좋은 기회라고 생각하며 자리에서 일어섰다.

누군가는 내가 너무 쉽게 과거의 불행을 잊었다고 생각할지도 모르지만 우리의 인생에서 더 낫거나 덜한 것이 있을까. 그때 원했던 것과 지금 원하는 것, 그때 충족되지 못했던 것과 지금 충족되지 못한 것이 있을 뿐이다. 평수는 작더라도 내 집 한칸 마련한다면 바랄 게 없을 것 같던 시절이 있었고, 아이가 병치레를 할 때는 그저 아무 탈 없이 완쾌하는 것이 유일한 소망인 때도 있었다. 하지만 이층짜리 주택에 살면서 아들 녀석의 성적이 기대에 못 미쳐 못마땅해할 때, 건강하게만 자라달라고 되뇌던 간절한 바람은 대체 어디로 사라져버리는 걸까. 술에 취한 상태에서 별거 중인 전처에게 전화를 걸 때면 나는 통화 버튼을 백번도 넘게 눌렀다. 그때는 그녀가 전화를 받지 않는 것이 내가 세상에서 완벽하게 실패했다는 증거였다.

소주가 담긴 비닐봉지를 들고 터덜터덜 걸으며 아파트 주차장을 가로질렀다. 주위는 어둑해서 드문드문 켜진 가로등 불빛이 나에게 길 길을 인도하는 것처럼 보였다. 선봇내에 붙어 있는 과외 노집 전단이 덜렁거렸다. 바람이 찼다. 손에 뭔가 묵직한 것이 들려 있고 어디론가 갈 데가 있다는 사실이 감사하게 느껴졌다.

너무 많이 마시고 있었다. 여자는 나보다 두살이 위였고, 사촌은 여자보다 세살이 더 많았다. 술이 더 들어가자 나는 두 숙녀에 대한 조심성을 잃어갔다. 사촌과 나는 어느새 서로에게 반말을 쓰고 있었다. 여자는 좀 못마땅한 표정이었으나 사촌은 상황을 충분히 즐기고 있었다. 나에 대한 경계심을 푼 것은 물론이요, 심지어는 호감까지 느끼는 것 같았다. 나는 완전히 마음을 놓아버렸다.

사촌이 잔을 들어올렸다.

"내 잔 빈 거 안 보여?"

"한잔 더 하려고, 대머리?"

나는 그만 사촌에게 '대머리'라고 부르고 말았다. 사촌은 얼굴이 붉으락푸르락해지더니 떨리는 손으로 내게서 술병을 빼앗아들었다. 그녀는 연거푸 석잔을 마셨다. 그러고는 식탁 의자에서 비틀거리며 일어났다. 여자는 자리에서 엉거주춤 일어나 사촌 쪽으로 팔을 뻗었다. 사촌은 아직 몸을 가누지 못할 정도는 아니었으나, 술을 마셔본 게 꽤 오래전의 일 같았다. 그러니까 여기서 더 마시면 어떻게 되는지 자기 자신도 다른 사람도 모르는 것이다. 나는 사촌이 집으로 돌아가려는 것인 줄 알았다.

"이런 기회도 흔치 않은데 우리 좀더 마시자고!"

침을 꼴깍 삼키고 나서 나는 무슨 생각에서인지 다시 "대머리" 하고 덧붙였다. 그리고 무슨 대단한 코미디라도 본 것처럼 배가 아프도록 오래 웃어댔다. 재미있었다. 어떤 여자와의 데이트도 이렇게 재미있진 않았다. 웃음을 참을 수가 없었다.

두번째 대머리 발언에 여자는 손바닥으로 내 어깨를 찰싹 때렸다. 여자의 얼굴은 붉게 달아올라 있었다. 여자 또한 취했다고 생각했는데, 지금 생각해보면 얼굴의 홍조는 내 행동에 대한 수치심 때문이었을지도 모른다. 여자의 얼굴을 보자 나는 이렇게 웃을 때가 아니라는 생각이 들었다. 그러나 어디선가 또다시 웃음이 솟아올라 배 근육이 당기는 것을 참으면서 허리를 숙였다.

"언니, 안돼!"

여자의 비명에 나는 고개를 들었다. 소파에 앉아 부스럭거리다가 다시 주방으로 돌아온 사촌의 손에는 주사기가 들려 있었다. 여자는 자리에서 벌떡 일어나더니 사촌의 손목을 두 손으로 잡았다.

"당신, 어서 침실로 들어가요!"

여자가 주사기를 빼앗으려 했지만 사촌은 막무가내였다. 여자는 두 팔을 벌려 사촌을 꼭 끌어안았다.

"난 언니를 엄마처럼 생각하고 살아왔어. 그런 언니를 살인자로 만들게 할 셈이야?"

상황을 좀더 지켜보고 싶었지만 여자의 말대로 침실로 향했다. 침실은 거실과는 또다른 아늑한 분위기였다. 커튼도 침대보도 모두 새로 빨아 빳빳하고 깨끗했다. 화장대 부근에서 은은한 향수 냄새가 났다. 나는 방문을 닫고 침대 위에 누웠다. 술기운 때문에 졸음이 쏟아졌지만 바깥 상황이 궁금해 귀를 쫑긋 세우고 있었다. 사촌이 소리 높여 신세 한탄을 하고 나면 여자가 한참 동안 사촌을 위로했다. 그러면 잠시 잠잠해졌다가 다시 사촌이 훌쩍거리는 소리가 들려왔다. 술을 너무 많이 마신 걸까. 그 상황에서도 나는 갑자기 사촌의 누런 대머리가 떠올라서 배를 쥐고 입을 틀어막아야 했다. 오분마다 그 여자 대머리가 생각났고 그때마다 침대에 엎드

려 낄낄거렸다. 온몸에 기운이 빠질 때쯤이면 그제야 웃음이 멈추
었다. 팔다리를 대자로 뻗고 잠시 천장을 바라보았다. 그러면 다시
배 속에서 한줄기 웃음이 기어나왔다. 나는 계속해서 낄낄거렸다.
아무 생각도 나지 않았다. 배가 아프도록 자꾸만 웃음이 나왔다. 나
는 그렇게 이불을 뒤집어쓰고 내 인생에서 가장 오래 웃었다.

파 란 책

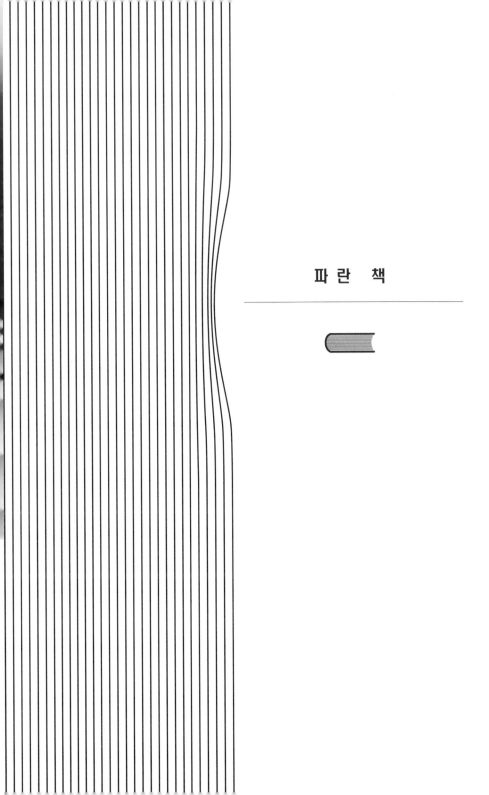

그녀는 새집으로 이사한 뒤 인테리어에 한창 열을 올렸다. 그녀는 『월간 인테르니』『메종 드 다이애너』『인테리어 앤드 데코』『레모닉 하우스』 같은 인테리어 잡지들을 정기구독했고 잡지가 도착한 그날 저녁에 처음부터 끝까지 정독하는 열정을 보였다. 그녀는 편집인의 말부터 광고 하나하나까지 놓치지 않았고 형광펜으로 밑줄을 긋고 색테이프를 붙여가며 기억해야 할 페이지를 표시했다. 누군가 이 모습을 봤다면 고시를 앞두고 법전이라도 읽고 있는 줄 알았을 것이다. 그녀는 종종 눈을 깜빡이는 것도 잊고 흰자위가 빨개질 때까지 모던한 가구들이 배치된 거실 사진을 들여다봤다.

다른 모든 영역과 마찬가지로 인테리어의 왕도 역시 따로 있는 게 아니다. 그녀가 감각을 키워나간 방법은 연습, 또 연습이었다.

그녀는 잡지에 실린 많은 사진을 보았고 이를 자신의 거실에, 안방에, 주방에 적용했다. 뭐든 쉽게 물리는 성격이었기에 공간 배치는 한달도 못 가 바뀌었지만 새로 소품을 사들이는 대신 이 공간에 있는 것을 저 공간으로 옮기고 세워놓던 것을 눕혀놓는 방식으로 변화를 추구하며 지나친 낭비를 줄였다. 인테리어에 대해 남편은 별로 상관하지 않았다. 그에게는 어떤 환경에도 적용하는 융통성이 있었다. 그는 웃음소리가 천장에 닿을 정도로 크고 유쾌한 인물이었다. 그런 그가 단 한번 당혹스러워했던 적이 있었는데 그건 자신이 아끼던 넥타이가 세동강 난 채로 테이블 유리 밑에 오려져 있는 것을 보았을 때였다. 그때도 그는 고개를 젖히고 껄껄댔지만 얼굴이 시뻘게져 있다는 것을 본인은 모르고 있는 것 같았다.

올봄에 딸이 초등학교에 입학하면서 할아버지에게서 책상을 선물받았다. 그녀는 딸이 사용하던 좌식 책상을 뒤집어 간이책장을 만들었다. 책상은 누드베이지색이고 단단한 소나무 재질이었다. 그녀는 거실의 티브이 왼쪽에 책장을 설치하고 책을 몇권 꽂았다. 마치 데이트를 앞두고 옷장 속의 옷이 마음에 안 들어 계속해서 옷을 갈아입는 여인처럼 책을 꽂았다가 다시 제자리에 갖다놓기를 반복했다.

그녀가 보기에 문제는 책의 두께였다. 그녀는 책들이 너무 얇다고 느꼈다. 집에는 엄지손가락 굵기 정도의 책 밖에 없었다. 새 책장 안에는 적어도 5센티미터 정도는 되는 묵직한 책이 놓여야 마땅했다. 그녀는 집 안에 새로운 소품을 들일 때가 온 것이라고 확신했다.

서점에 갔을 때 그녀가 좀 당황했던 것은 사실이다. 책의 제목이나 저자, 출판사의 이름 대신 그녀는 책의 두께를 알고 있었다. 오십대의 깡마른 서점 주인이 안경 너머로 그녀의 얼굴을 들여다보며 "무슨 책을 찾으시죠?"라고 물었을 때 그녀는 계산대 위에 올린 손가락을 두들기며 잠시 머뭇거려야 했다.

"책 제목을 잃어버렸어요."

"잊어버렸다, 가 맞는 표현입니다."

주인은 무표정한 얼굴로 대꾸했다.

"그래요, 제목을 잊었어요."

"그럼 지은이는 알고 계십니까?"

"아뇨. 제가 기억하는 건……"

그녀는 엄지손가락과 집게손가락 사이를 5센티미터 정도 벌려 서점 주인의 앞에 가까이 가져갔다.

"책의 두께가 이 정도 된다는 거예요."

"흠."

주인은 수수께끼라도 들었다는 듯, 그러나 정답을 맞출 생각도 없으면서 시간을 끌었다.

"그 정도 두께가 되는 책은 저희 서점에 차고 넘치는데…… 혹시 그 책에 대한 다른 정보를 더 생각해내실 수 있을까요? 어떤 분야의 책이라든가, 뭐 그런 거 말입니다. 그렇다면 제가 도와드릴 수 있을지도 모르겠는데."

"색깔이라면 알 수 있을 것 같아요."

"색깔이라?"

"네. 전 그 책이 파란색이었으면 해요."

"파란색인 겁니까, 파란색이었으면 한다는 겁니까?"

"아, 그래요. 그 책은 파란색이에요."

"이런, 표지 색깔은 도서정보에 포함되어 있지 않습니다. 미안하지만 손님을 도울 수 없을 거 같군요. 5센티미터 이상 되는 파란색 책이라…… 그런 책들은 철학 코너에서 두셋에 한권 꼴로 발견할 수 있을 것 같습니다만."

그녀는 서점 주인의 충고를 흘려듣지 않고 곧장 철학 코너로 향했다. 주인장의 말마따나 거기에는 그녀가 원하던 5센티미터 두께의 책들이 색색깔로 꽂혀 있었다. 그녀는 서가 제일 꼭대기에 꽂혀 있는 파란색을 원했고 거기까지 손이 닿지 않아 점원에게 부탁해야 했다. 사다리를 타고 올라간 점원이 파란 책을 뽑아 들자 부옇게 먼지가 피어올랐다. 그녀는 점원에게서 책을 건네받자마자 계산대로 가 책값을 지불했다. 영수증을 건네며 서섬 주인이 물었다.

"아까 말씀하셨던 책이 이거 맞나요?"

"네, 파란색에 5센티미터. 맞잖아요."

"진작에 하이데거라고 했으면 대번에 찾을 수 있었을 텐데요."

"하, 뭐라고요?"

"하이데거. 이 책을 쓴 철학자요. 포장해드릴까?"

"아니요, 그냥 종이봉투에 넣어주세요."

그녀는 뒤집어진 책상에 그 파란 책을 꽂는 상상을 하며 서둘러 집으로 돌아왔다.

이 아이템의 구매는 대성공이었다. 사람들은 책장이 사실은 뒤집힌 유아용 책상이었다는 사실에 한번 놀랐고 원목 위에 페인트를 입힌 그녀의 정교한 솜씨에 한번 더 놀랐다. 그리고 마지막으로, 옅은 베이지색과 어우러지는 파란 책의 깔끔한 조화에 대해 칭찬했다. 그러나 문제는 그 파란 책을 사람들이 한번씩 꺼내 책장을 넘겨보는 순간 발생했다.

사람들은 그녀가 그 책을 당연히 읽었을 거라고 생각했다. 그들은 그녀의 지성과 교양에 감탄하면서 책장을 한두장 넘기다가 뾰로통한 얼굴이 되어 책을 덮곤 했다. 사실 그녀는 책을 펼쳐보기조차 하지 않았기 때문에 그들이 왜 그런 표정을 짓는 건지 의아했다. 그저 몇장만 읽어볼 요량으로 책을 집어 들었을 때, 그녀는 '시간을 모든 개개 존재이해 일반의 가능한 지평으로 해석한다'라는 문장을 제외하면 서문을 그럭저럭 이해할 수 있었다. 그러나 다음 장부터 시작되는 서론은 '존재의 의미에 대한 물음의 설명'이란 제목부터가 마음에 와닿지 않았고, 꼼꼼히 읽어내려갔지만 마지막 단어에 이르렀을 때 머릿속에 남는 것은 '존재'라는 두 글자 외에 아무것도 없었다. 그녀는 이게 어찌 된 일일까 생각하며 그다음 장에 도전했지만 일이분도 채 지나지 않아 책을 덮고는 자신이 고안한 새 책장에 얌전히 꽂아두었다.

"존재는 뭐고 존재자는 또 뭐야."

그녀는 주방으로 걸어가면서 그렇게 중얼거린 뒤, 달걀을 삶기 위해 냄비에 물을 붓고 가스렌지 위에 올렸다. 그녀가 파란 책을 집어 들 일은 다시는 없어 보였다.

그다음 주에 남편의 회사 동료들을 초대해 집들이를 했다. 공교롭게도 그들 중 한명이 철학 전공자여서, 이번에도 역시 그 책을 집어 들었다.

"신기하네요."

그가 놀랍다는 듯 눈을 크게 뜨며 존경스런 눈빛으로 여자를 바라보았다.

"『존재와 시간』을 밑줄 하나 없이 읽어냈다는 게요."

그녀는 그 정도는 아무것도 아니라는 듯 겸손한 미소를 지어 보였다.

"우리 과에도 그런 녀석이 하나 있었거든요. 다른 애들은 쩔쩔매는 책을 무슨 패션잡지 읽듯 술술 넘겨버리는 거예요. 집게손가락에 침까지 묻혀가면서 말이에요."

그는 고개를 절레절레 저었다.

"나 같은 애들은 절대 따라갈 수 없었죠. 전 이해되지 않는 문장에 색연필로 밑줄을 치면서 읽는 버릇이 있었는데, 이 책은 밑줄을 치지 않은 문장을 찾는 게 더 쉬울 정도였으니까요. 근데 혹시 전공이 서양철학이신가요?"

그녀는 여상을 졸업했기 때문에 조금 당황했다. 하지만 그녀가 읽은 수많은 인테리어 잡지들이 머릿속에 스쳐지나갔고 곧 침착함을 되찾을 수 있었다.

"디자인을 전공했어요. 실내건축 쪽으로요."

전공이 아닌데도 그 책을 읽었다는 것을 알게 되자 그는 그녀를 더욱 존경하는 눈치였다. 그러나 그녀는 얘기가 진행될수록 심기가 더 불편해졌다.

"상그리아를 만들어놨는데, 다른 분들이 소주가 좋다고 하셔서 내놓지 않았어요. 맛 좀 보시겠어요?"

"좋죠."

그는 비틀거리며 주방으로 그녀의 뒤를 따라왔다. 그녀는 냉장고에서 상그리아가 담긴 주스병을 꺼내 와인잔에 붉은 액체를 그득 따랐다. 그녀는 대화의 소재를 바꿀 타이밍을 노렸지만 그는 모처럼 되살린 옛 추억에서 벗어날 생각이 없는 것 같았다.

"그런데 현존재란 말 처음 들었을 때, 전 참 낯설었거든요."

"현준재?"

현준재가 뭐지, 하고 그녀는 잠시 생각에 잠겼다. 그는 지금 현준재라는 말을 들었을 때 낯설었다고 말했다. 누군가 그에게 현준재라고 불렀다는 뜻인가? 그렇다면 그건 그의 이름일까? 현, 준재?

"희성이시네요."

"네?"

"이름이 현준재라고 하시지 않았나요?"

그는 고개를 숙이고 오랫동안 낄낄댔다.

"다자인(Dasein) 말이에요."

현준재는 누구이고 다자인은 또 무엇이란 말인가. 그녀는 뭐가 잘못된 건지 몰라 불안해지기 시작했다. 그가 고개를 들고 그녀의 팔을 잡았다.

"첫눈에 알아봤어요. 당신이 주말 드라마에나 목을 매는 다른 여자들하곤 다르다는 걸."

"이제 술을 그만 드시는 게 좋겠네요."

그녀는 어깨를 흔들어 그의 손을 뿌리친 뒤 황급히 주방에서 나와버렸다. 하지만 남편 옆에 앉은 그녀는 방금 전에 남자가 잡았던 팔 위에 자기 손을 얹고 무슨 생각인가에 조용히 빠져들었다.

"당신 얼굴이 빨간데."

"상그리아를 너무 많이 마셨나봐."

사실 그녀는 와인잔을 손에 쥐고만 있었을 뿐 술은 한모금도 마시지 않았다. 남편은 웃으며 그녀의 허리에 팔을 둘렀다. 그녀는 남편이 그러는 게 이상하게 거슬렸다. 하지만 그대로 가만히 있었다. 식탁 위에 엎드려 있는 왕년의 철학도를 생각하자 가슴이 궁광거렸다.

밤이 늦어 남편의 동료들은 모두 집으로 돌아갔다. 그녀는 한참 동안이나 거실의 파란 책 앞에 서 있었다. 머릿속으로 그 남자가 한 말이 맴돌기 시작했다.

'당신은 다른 여자들하곤 달라.'

파란 책을 집으려고 내민 손끝이 아주 살짝 떨렸다.

다음 날은 토요일이었고 그녀는 식구들을 위해 저녁 메뉴로 야

채카레를 요리했다.

"준비 다 됐어. 다들 식탁으로 올래?"

남편이 딸의 손을 끌고 주방에 나타났다.

"웬일이야?"

"웬일이냐니, 지난주에도 카레였잖아. 재료를 너무 많이 사둬서 어쩔 수 없어. 다 먹어치울 때까지는 계속 카레야."

"아니, 카레 얘기가 아니고, 지금 여덟시야. 당신 좋아하는 드라마 할 시간이잖아. 우리 저녁은 늘 거실에서 먹지 않았나?"

"난 이제 드라마 안 봐."

"왜?"

"보고 싶지 않으니까."

그녀는 팔짱을 끼고 여유로운 미소를 지었다.

"자, 어서들 자리에 앉아."

"난 보고 싶어."

딸애였다.

"나도."

남편도.

"안돼, 우리 집에선 이제 주말 저녁에 드라마 같은 거 안 봐."

그녀는 그렇게 선언하고 자리에 앉아 국자로 카레를 떠서 밥 위에 얹었다. 남편과 딸은 서로 마주 보고 어깨를 으쓱한 뒤 어쩔 수 없다는 듯 수저를 들었다.

"카레는 아무리 먹어도 질리지 않아."

남편의 긍정적인 성격을 그녀는 사랑했다. 하지만 오늘은 그가 왜 한번도 자기주장을 끝까지 내세우지 않고 모든 걸 수용하려고만 드는지가 불만스러웠다. 그가 밥을 카레에 비벼 두그릇째 비웠을 때 그녀는 마치 식충이를 보듯 그를 힐끔 쳐다보며 말했다.

"그만 먹어."

"아, 일년 내내 카레만 먹으래도 먹을 수 있을 것 같아."

남편은 자리에서 일어나 뉴스를 보려고 소파에 누웠다.

"너도 다 먹었으면 이제 방에 가서 숙제해."

"난 다 안 먹었어. 그리고 숙제는 아까 했잖아."

딸은 불룩 튀어나온 입을 오물거리며 대꾸했다.

"그럼 천천히 마저 먹고 예습해."

"엄마 요새 이상해."

딸이 고개를 숙이더니 엄지와 집게손가락을 입속으로 넣어 당근을 끄집어냈다.

"그거 도로 넣지 못해?"

"독재자!"

당근을 다시 입에 넣은 딸은 남은 밥을 긁어모아 한꺼번에 털어넣고 자리에서 일어섰다. 딸이 제 방으로 들어가려 하자 그녀는 딸을 불러 세우고는 씽크대를 가리켰다.

"네가 당번이잖아."

딸은 소매를 걷어붙이면서 그녀를 향해 눈을 흘겼다. 그녀는 개의치 않고 천천히 식사를 마친 뒤 거실 책장에서 파란 책을 뽑아

들고 남편의 서재로 들어갔다.

며칠 전에 읽었던 내용이 아무것도 기억나지 않아서 다시 처음으로 돌아가야 했다. 그녀는 이번에도 똑같이 '시간을 모든 개개 존재이해 일반의 가능한 지평으로 해석한다'는 것이 뭔지 몰랐으며 존재와 존재자를 구별할 수 없었다. 하지만 '다른 여자들과는 다른' 인내심을 발휘하여 꾹 참고 몇장을 더 읽어내려갔고, 22페이지에서 마침내 '현존재'를 만나게 되었다. 그녀는 그 단어를 발견한 순간 너무 부끄러운 나머지 얼굴에 열이 확 끼쳤다. 올이 나간 스타킹을 신고 서울 시내를 활보한 뒤 집에 와서 그 사실을 알게되었을 때랑 비슷한 기분이었다. 이미 저질러진 일이었다. 그녀는 마음을 가다듬고 형광펜을 들었다.

현-존재 : 존재 자체의 무(無) 안에 들어서 머물러 있으면서 관계로서 머물고 있다.

무슨 소리인지 모를 일이지만 어쨌거나 현존재가 사람 이름이 아닌 것은 분명했다. 그녀는 도리질해보았지만 자꾸만 자기가 한 말이 떠올랐다.

'희성이시네요.'

그녀는 고개를 젓고 또 저었다.

"엄마, 뭐 해?"

언제 들어왔는지 딸애가 방문을 열고 문틈으로 얼굴을 들이밀고 있다.

"뭐 먹어?"

"먹긴 뭘 또 먹어? 엄마 공부해. 설거지 다 했으면 너도 얼른 가서 공부해."

그녀는 딸에게 괜히 신경질을 부리고 다시 책장 위로 시선을 떨구었다. 책장만 들여다보면 숨이 안 쉬어지는 것 같았다. 글자들이 빼곡하게 들어찬 이 철학책은 한문장 한문장이 다 난관이었다. 그녀는 이해를 포기하고 무작정 읽어내려가기로 했다. 예닐곱장쯤 넘겼을 때 허리가 아프기 시작했다. 책을 모로 세운 뒤 책상 위에 엎드렸다. 그녀의 손이 책장을 놓치고 바닥을 향해 떨어지기까지는 그로부터 몇분이 걸리지 않았다.

다음 주 월요일, 그녀는 홍대 앞에 있는 어느 까페에 대여섯명의 사람들과 함께 둘러앉아 있었다. 멀리서 봤을 때 그들은 공통점이라곤 없어 보였고 격식을 갖추며 서로를 대하는 모습으로 미루어볼 때 종교모임 정도로 비춰졌다. 그러나 테이블을 유심히 살핀다면 그들이 모두 똑같은 '파란 책'을 자기 앞에 펼쳐놓고 있다는 것을 발견할 수 있었을 것이다.

여자는 인터넷 검색을 통해서 집에서 두세 정거장 떨어진 곳에서 매주 하이데거 세미나가 열린다는 정보를 알아냈다. 모임은 시작된 지 두달여 정도가 지났고 그동안 하이데거에 관한 개론서를 한권 읽었으며 『존재와 시간』에 관한 세미나는 오늘이 세번째 시간이라고 했다. 게시판에 적힌 전화번호를 눌렀을 때 그녀는 앳된 청년의 목소리에 잠깐 멈칫했다. 청년은 아주 싹싹하고 명랑한 말투로 이번 주부터 당장 세미나에 참여하라고 권했다. 자기는 국문학과 전공인데 대학원을 휴학한 상태이고 세미나의 반장을 맡고 있다고 했다. 그 청년이 지금 그녀의 옆자리에 앉아 있었고, 청년의 옆자리에는 그녀와 비슷한 연배로 보이는 여자가 안경알을 닦고 있었다.

"오늘부터 새로운 분이 함께하게 되었으니 자기소개를 하고 시작하죠. 먼저 저는 제제, 아, 새로 오신 분께 말씀을 아직 안 드렸는데 이 모임에서는 닉네임을 사용합니다. 신분에 관한 질문을 싫어하시는 분들이 있으니까 그 점 신경 써주시고요. 일단 저는 이 모임의 반장을 맡고 있는 제제입니다. 석사 논문에서 하이데거를 인용하게 되면서 관심을 갖기 시작했어요."

사람들이 손바닥을 천천히 부딪쳐 소리가 나지 않게 박수를 쳤다.

"그럼 새 멤버부터 시작해서 왼쪽으로 돌아가며 소개를 하죠."

여자는 누가 시키지도 않았는데 자리에서 일어섰다. 아마도 자기소개는 일어서서 하는 것이라는 강박이 있었던 것 같다. 그녀는 목소리가 떨려서 중간에 기침이 나는 척 목소리를 가다듬으면서 무난히 자기소개를 마칠 수 있었다.

"짐 정리를 하다가 우연히 옛날에 사두고 읽지 않은 이 책을 발견했어요. 학창 시절에는 사색을 즐겼고 감수성이 남달랐어요. 시를 좀 썼죠."

그녀는 실제로 고등학교 때 문예반이었다. 시는 축제가 열릴 때마다 한편씩 겨우 써내는 정도였지만 전시회에 출품한 시화를 보고 남학생이 대화를 요청해온 적도 있었다. 소개를 마친 여자가 자리에 앉으려 하자 제제가 질문했다.

"이름을 어떻게 불러드리면 될까요?"

여자는 다시 주섬주섬 자리에서 일어났다.

"아, 닉네임요?"

그녀는 잠깐 망설였다.

"현존재라고 불러주세요."

안경을 낀 여자가 피식 웃었다. 여자는 자기가 소개한 내용 중 어디가 우스운 부분인지 전혀 알 수 없었다. 반장은 해맑은 얼굴로 박수를 치며 여자의 옆자리에 앉은 사내에게 소개를 시작하라는 눈짓을 보냈다. 사내는 나직한 목소리로 종교 쪽에 몸담고 있다고 했는데 그가 그렇게 말하는 순간 그가 더욱 선량해 보였다. 오십이 훌쩍 넘었는데 긴 머리를 풀어헤치고 나온 여자는 자기를 운몽이라고 불러달라고 했다. 그녀는 자신의 닉네임만 한 게 없다는 생각이 들어 우쭐했다. 마지막으로 반장의 옆자리에 앉은 안경 낀 여자 차례였다. 그녀는 하이데거에 관한 강의라면 쫓아다니면서 죄다 들었고 하이데거를 공부하는 다른 세미나 모임에도 참여하고 있다고 말했다.

"사실 요즘 이런 세미나에 참여하는 것에 조금씩 회의가 들어요. 놀이터에 쪼그리고 앉아 옆집 아줌마랑 텔레비전 얘기나 하면서 그냥 그렇게 사는 게 어떨까 싶네요. 어쨌거나 만나서 반갑습니다."

사람들이 모두 3장을 폈고, 현존재의 가장 고유한 가능성인 죽음에 대한 이야기가 시작되었다. 그녀는 그 부분을 미리 읽어보려고 했지만 첫 장을 반 정도 읽고는 더 진도를 나가지 못했다. 옆자리에 앉은 머리가 긴 여자가 그녀의 책을 흘끗 쳐다보았다. 그녀는 손바닥을 내려놓는 척하며 책을 가렸다.

반장은 죽음에 대한 에피쿠로스학파의 죽음에 대한 태도와 비교해볼 필요가 있다고 했다.

"에피쿠로스학파는 인간이 존재할 때는 죽음이 현존하지 않고 죽음이 현존할 때는 인간이 존재하지 않기 때문에 죽음이 인간에게 아무것도 아니라고 했죠. 그런데 죽음은 살아 있는 동안 현존하지 않을까요? 하이데거 말은 그 가능성으로 현존한다는 거죠."

그녀는 머릿속으로 인간이 살아 있을 때는 죽음이 발생하기 전이고 죽음이 닥쳤을 때는 이미 인간에게 생명이 없다는 것을 되뇌어봤다. 그녀는 이 문장이 마음에 들었고 이해할 수도 있었기 때문에 조금 들떴다. 그녀는 책장 귀퉁이에 '존재 ○ 죽음 ×, 죽음 ○ 존재 ×'라고 적었다. 그러나 '가능성으로 현존한다'는 것이 뭔지 몰랐기 때문에 다른 사람들의 이야기를 들으며 잠자코 있는 것이 좋겠다고 판단했다.

"우리가 지난달에 읽었던 개론서에서 마크 래톨이 아주 적절한 예를 들었던 게 기억나네요. 고속도로에서 차를 몰고 가는 경우를 보더라도 말이에요. 다른 차가 내 차를 들이받을 수 있다는 가능성, 그건 운전자에게 현존하죠. 내가 운전하는 데 어떤 작용을 하고 또 어떤 결정을 내리게 하면서. 그게 바로 가능성으로의 현존이고요. 죽음도 마찬가지잖아요."

세미나를 관두고 싶다던 여자였다. 그녀는 자기랑 다른 조건이 거의 비슷한 이 여자가 아주 박식한 데에 놀랐다. 그녀가 이제까지 만나온 다른 동갑내기들이랑은 달라 보였다.

"요새 우리 웰빙족들은 죽음의 원인을 제거하려고 할 뿐 죽음에 대해서는 생각하지 못하는 게 아닐까요?"

이번엔 종교인 사내가 모나미 볼펜을 뱅글뱅글 돌리며 말했다. 그녀는 그걸 쳐다보면서 머릿속으로 재빨리 도표를 만들어 첫째 칸에는 죽음의 원인, 둘째 칸에는 진짜 죽음의 의미라고 채워넣었다.

"가사성이 현존재를 개인인 현존재로 요구해야 하는데 이 사람들의 경우는 죽음을 어떻게 하면 뒤로 미룰까, 아니 죽음을 망각할까, 온통 이 생각뿐인 것 같아요. 삶 속에서 죽음을 몰아내는 데 혈안이 되었다고 할까?"

'삶 속에서 죽음을 몰아내는 데 혈안이 되다'라는 말이 그녀의 마음을 사로잡았다. 그녀는 다시 문예반의 고등학생으로 돌아간 기분이었다. 그건 시에 적합한 문장이지 이렇게 테이블 위를 떠돌다가 사라져버릴 얘기가 아니었다. 그녀는 에피쿠로스학파의 죽음에 대한 설명 아래에다 그 문장을 또박또박 받아 적었다.

그녀와 동갑내기인 주부가 머리를 싸쥐었다.

"나 사실, 죽음의 몰교섭성에 관한 부분 읽으면서 깜짝 놀랐지 뭐예요. 내가 요새 느끼는 게 딱 이런 거야. 우린 쉽게 우리라고 말하지만 내가 결국 내 주변의 타인들에 의존하지 않고 있다는 거. 타인들에 대한 나의 관계가 끊겨 있다는 거. 그러니까 내가 공부하는 게 이제 자꾸 회의가 드는 거거든요."

그녀는 남편과 아이에 대한 자신의 태도가 최근 달라지고 있었음을 기억했다. 어쩌면 그것은 죽음의 몰교섭성이 작용한 때문인지도 모른다. 그녀는 자신이 책을 이해하지 못했다고 생각했지만 실은 이해한 것을 깨닫지 못했을 뿐인지도 모른다는 생각을 했다. 그녀는 자기가 저 여자, 많은 책을 읽고 지식과 깨달음을 삶의 기쁨과 맞바꾼 여자와 비슷하다는 생각이 들었다. 이때 반장이 끼어들었다.

"죽음이 그렇게 부정적인 의미로 쓰인 것은 아니에요. 358페이지 보시면, 죽음에 직면할 때의 불안이 삶과 충돌하는 게 아니라 확고한 기쁨을 가져다준다고 했거든요. 타인들의 기대를 충족시킬 필요 없이 고유한 삶을 자유롭게 펼칠 수 있으니까요."

저녁식사를 차려야 했기 때문에 그녀는 뒤풀이에는 참석하지 않았고 커피숍에서 사람들과 악수를 나눈 뒤 헤어졌다. 버스를 탔을 때 그녀는 운전기사를 유심히 살폈다. 그는 망설임 없이 차선을 바꾸고 급브레이크를 밟아 정차했다. 운전이 완전히 몸에 익어 다른 차와 충돌할지도 모른다는 가능성을 잊은 것 같았다.

그날 저녁 딸은 다이어트를 한답시고 식사를 걸렀다. 남편과 마주 앉은 그녀는 묵묵히 밥을 떠 입안에 넣었다. 그날 역시 식단은 카레였다. 남편은 카레는 역시 아무리 먹어도 질리지 않는다고 반복해서 말하며 입맛을 다셨다.

"당신은 밥 먹을 때 맛있다는 얘기밖에는 할 얘기가 없어?"

그녀가 젓가락으로 밥알을 휘휘 저으며 시무룩한 표정으로 말했다. 남편은 숟가락을 입안에 넣다가 사레가 들려 기침을 했다.

"밥 먹을 때 밥 얘기 말고 무슨 얘길 해야 되는데?"

그녀의 양어깨에 힘이 빠졌다. 그녀는 천천히 고개를 들어 남편의 두 눈을 도전적으로 바라보았다.

"당신은 죽음에 대해 생각해본 적이 없지?"

그녀가 젓가락으로 김치를 집다가 도로 내려놓으며 말했다.

"이렇게 잘 살아 있는데 왜 군이 죽는 생각을 해야 한다는 거야? 내가 뭐 암이라도 걸렸어? 기분 좋게 살아도 짧은 인생인데 군이 왜 부정적으로만 세상을 보려고 그래?"

그는 숟가락을 내려놨다.

"진짜 이젠 별걸 다 갖고 시비야."

늘 좋게 좋게 넘어가던 남편이 기분 상한 티를 냈다. 그는 컵에 물을 따르고 단숨에 들이켰다. 그리고 다시 숟가락을 집는 대신 손가락 끝으로 식탁을 툭툭 쳤다.

"내가 언제 당신이 암에 걸렸대? 죽음의 원인이랑 본질을 혼동하지 마."

그녀 역시 젓가락을 놓고 팔짱을 꼈다.

"죽음을 생각한다는 게 왜 부정적인 거라고 생각해? 죽음을 생각할 때야 말로 진짜 삶이 뭔지 깨닫게 되고,"

그녀는 아까 반장이 한 말을 기억해내려 애썼다.

"그때 비로소 온전한 쾌락을 느낄 수 있는 거라고."

그녀는 '확연한 기쁨' 대신 '온전한 쾌락'이라고 했고, '고유한 삶'은 도통 기억나지가 않아 '진짜' 삶이라고 표현해야 했다. 그러나 그녀는 당당했다.

남편은 더 대꾸할 필요를 느끼지 못한다는 듯 식탁에서 일어나 거실의 티브이를 켰다. 그릇에는 카레에 비빈 쌀밥이 아직 반이나 남아 있었다. 그녀는 멍하니 밥그릇을 바라보다가 고개를 젓고 식탁 위를 정리하기 시작했다.

"오늘 설거지 당번은 당신이야."

"알고 있어."

"얼른 치우라니까."

"이것 좀 보고 나서."

남편이 주방 쪽을 바라보며 중얼거렸다.

"당신이 죽음에 대해서 생각하면서 쾌락을 느끼는 만큼 나도 티브이를 보면서 쾌락을 느낀다는 걸 알아둬."

그녀는 동갑내기 여자의 말을 이해할 것 같았다. 공부를 시작한 지 얼마 되지 않았지만 자신이 이미 하나의 강을 건너버렸다는 것을 알 수 있었다. 그녀는 남편과 다른 땅을 딛고 서 있었다. 그녀가 아무리 소리쳐봤자 그에게는 입만 벙긋거리는 걸로밖에는 보이지 않는 것이다. 그녀는 식탁 의자에 걸어둔 핸드백에서 파란 책을 꺼냈다. 그리고 남편의 서재로 들어가 조용히 문을 닫았다.

집이 넓어지고 있어

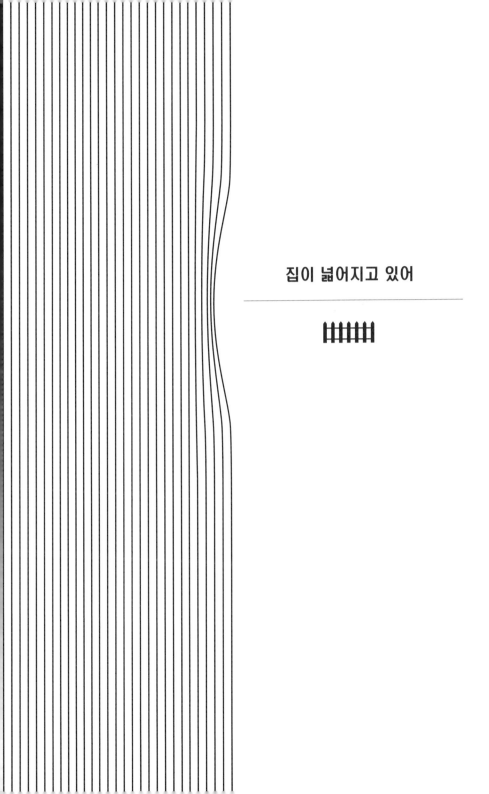

집이 넓어지고 있다.

아마 아무도 안 믿을 것이다. 하지만 분명히 넓어지고 있다. 누구
에게 말해야 좋을까? 누구에게 말하면 믿어줄까? 내 집이 넓어지
고 있다는 걸. 집이 넓어질 수도 있다는 걸. 삼일 낮 삼일 밤을 잠도
자지 않고 고민한 끝에, 나는 이전에 이 집에 살던 그녀가 적당하
다는 결론을 내렸다.

정확하게 말하면 그녀도 나도 이 집의 주인은 아니다. 얼마 안되
는 — 집 주인의 말에 따르면 그랬다 — 보증금을 맡기고 매달 월
세를 내며 집을 빌린 세입자일 뿐이다. 그러고 보니 '내 집이 넓어
지고 있다'는 표현은 정확한 것이 아니다. '내 집'이 아닌 것이다.

가만가만, 그렇다면 이거 내 집도 아닌데 과연 마음대로 넓어져도 되는 걸까? 어째 갑자기 좀 걱정이 되는군. 하지만 그렇다고 집이 넓어지는 걸 내가 원한 건 아니지 않은가.

그런데 정말 내가 원하진 않은 걸까? 그래, 물론 집이 좀 넓어졌으면 하고 생각한 적이 있긴 하다. 생각했었다. 좀더 솔직하게? 원했다. 바랐다. 하지만 그렇다고 진짜 집이 넓어질 줄은 몰랐단 말이다.

'미워하는 것만으로도 살인, 이웃의 여인을 마음에 품은 것만으로도 이미 범죄'라는 말이 떠올랐다. 그러니까 약간의 죄책감이 들긴 한다. 하지만 집이 좁아진 것도 아니고 넓어진 것인데 만약 주인이 알게 된다 하더라도 그렇게 싫어하지는 않을 것이다. 오히려 이득이 아닌가. 기뻐할지도 모른다. 탐탁지 않게 여긴다 해도 최소한 쫓아내지는 않을 테지.

일단 법적으로 이 문제가 어떻게 다루어질지에 대해서 알아봐야겠다. 이럴 때일수록 현실적으로 문제를 바라볼 필요가 있다. 입주할 때 서명한 부동산 임대계약서를 찾아보자. 집이 넓어질 경우 어떻게 대저해야 하는시 쓰여 있을지도 모르니까. 여기 비슷한 조항이 있다.

제3조 임차인은 임대인의 동의 없이 위 부동산의 용도나 *구조를 변경*하거나 전대 또는 담보하지 못하며 임대차 목적 이외의 용도로 사용할 수 없다.

제5조   임대차 계약이 종료한 경우 임차인은 위 부동산을 *원상으로 회/복*하여 임대인에게 반환하며, 임대인은 보증금을 임차인에게 반환한다.

특약사항 3.   527호 내 시설물 *파손 및 고장* 시 임차인이 원상 복구한다.

계약서 내용의 핵심은 문제가 생길 경우 주인이 알 바 아니니 세입자가 알아서 해결하고, 떠날 때는 원상 복구를 하라는 거였다. 세입자 측에 유리한 항목은 찾을 수 없었지만 그다지 불리하지만은 않다. 임대 중 집의 상태에 대해서는 전혀 언급되어 있지 않고, 이러다 다시 집이 좁아질 수도 있는 문제이니 괜히 떠벌려서 좋을 게 없다. 계약 만기일인 내년 7월 11일이 되기 전까지는 일단 주인에게는 비밀로 하겠다. 그런데, 집에 문제가 생길 경우 그것이 모두 세입자의 책임이라면, 집이 넓어질 경우 얻게 되는 이익 역시 순수하게 세입자의 몫이 되는 건가?

이런저런 잡다한 생각들이 삽시간에 머릿속을 뒤덮는 동안에도 집은 조금씩, 계속해서 넓어지고 있다.

처음에는 긴가민가할 만큼 미미한 변화였는데 이제 확실히 눈에 띌 정도가 되었다.

기미가 보이기 시작한 건 화장실에서부터였다. 비좁은 공간에 어울리지 않는 커다란 좌식 양변기가 덩그러니 놓여 있고 그 오른쪽 아랫부분에 수도꼭지가 하나 달려 있을 뿐인 공간이었다. 화장실에 들어가서 변기 위에 앉으면 대학생 덩치로 유치원 꼬마용 놀이기구에 탑승한 기분이 들었다. 대야에 물을 받아놓고 엎드려 머리를 감을 때마다 어김없이 엉덩이가 변기에 닿곤 했다.

그런데 웬일인지 그날은 그런 일이 없었다. 화장실 안이 그렇게 좁다는 생각이 들지가 않았다. 내 자세가 좀 달라졌나 싶었다. 그때 살짝 열린 화장실 문틈으로 뭔가가 쭉 늘어나는 것이 보였다. 나는 더위를 먹어 헛것을 보았다고 여겼다. 찬물을 몸에 여러번 끼얹었다. 전에는 팔을 움직이거나 몸의 방향을 바꿀 때마다 어딘가에 부딪치곤 했는데 역시 마찬가지로 아무 데에도 닿지 않았다. 좁은 공간에서 샤워하는 요령이 몸에 밴 걸까. 사람이란 무엇이든 익숙해지기 마련이군, 거참 편리하고도 무서운 일이다, 하고 생각했을 때쯤 다시 한번, 이번에는 정확하게 주방 벽이 옆으로 길어졌다가 다시 오므라드는 걸 똑똑히 보았다.

나는 서둘러 주방으로 나섰다. 주방이라기보다는 화장실 맞은편에 위치한, 가스레인지가 있는 통로쯤이 정확한 표현일 것이다. 성인 한사람이 겨우 지나갈 수 있는 폭이어서 나는 그곳에 서서 벽에 등을 기댄 채로 식사를 준비하곤 했다. 처음에는 그냥 지나가는 통로로 여기던 공간이었으나 차차 다양한 기능을 부여해, 등을 벽에 대고 요리하는 주 기능 외에 후드를 틀어놓고 쪼그리고 앉아 담배를 피우기도 하고, 관 속이라고 생각하고 드러누워 명상에 잠기기도 하는 등 다용도로 사용했다. 처음에는 그저 통로에 불과하겠거니 했는데 좁으면 좁은 대로 쓸 만한 공간이었다. 나는 그곳을 지나가보았다. 좌향좌 자세에서 앞으로나란히가 가능했다. 놀라웠다. 그리고 일주일 후에는 정면으로 서서 양팔을 벌릴 수도 있게 되었다. 주방을 시작으로, 집 안 곳곳이 서서히 넓어지고 있었다.

씽글 패드를 끼우면 천이 남아도는 간이침대는 퀸 싸이즈가 되었다. 침대에 누운 채로는 상체 따로 하체 따로 나누어서 기지개를 켜야만 했는데, 이게 웬걸, 이젠 두 팔을 높이 쳐올리고 마음껏 다리를 뻗고 좌우로 뒹굴어도 바닥으로 떨어지지 않았다.

침대와 옷장 사이에도 틈이 생겼다. 원래는 침대와 옷장이 붙어 있어서 옷장 아래쪽 서랍 두칸은 사용할 수 없었는데 이젠 넉넉한 공간이 생겨 서랍을 열고 닫는 데 불편함이 없다. 책상 의자에 앉은 채 뒤로 돌다가 침대 모서리에 부딪혀 멍이 들 일도 이제는 없다. 심지어 방 한가운데 티테이블을 놓아도 될 만큼 공간이 넓어졌다. 누우면 좌로는 책상, 우로는 옷장, 아래서는 침대, 위에서는 냉장고가 나를 위협했는데, 이젠 바닥에 누워서 대자로 뻗고 낮잠을 즐기는 평화가 찾아오고야 말았다.

물론 무엇보다 신나는 건 빨래 널 데가 없어서 바닥이며 냉장고 손잡이며 할 것 없이 젖은 옷과 수건, 팬티를 더이상 늘어놓지 않아도 된다는 점이었다.

집이 넓어지고 있는 이 사건에 대해, 누군가와 상의하고 싶어져서 나는 이전 세입자인 그녀를 떠올렸던 거다. 그녀가 이 집에 살던 때에도 혹시 이런 일이 일어났을지 모르니까. 대개 집의 장점에 대해서는 있는 것 없는 것 잔뜩 부풀려 말들 하지만 단점은 숨기려고 드는 게 집을 넘기는 이들의 어쩔 수 없는 속성 아니겠는가. 더군다나 그녀는 사정이 매우 딱하게 되어, 밀린 월급을 몇개월간 받지 못한 상황이라고 했다. 이십만원의 월세를 낼 형편도 되지 않는다고 했다.

나는 그녀의 딱한 사정을 듣고 바로 계약을 결정했다.

"집이 좀 좁죠?"

"좀."

"하지만,"

"네?"

그녀는 한참을 망설이더니

"창으로 시청 앞 공원이 내다보여서, 멋진 분수 쇼를 볼 수 있을 거예요."

"아, 예."

그녀와 헤어지고, 친구에게 전화를 걸어 집 문제를 상의했다.

"몇평인데?"

"어라, 그러고 보니 그걸 안 물어봤네. 그냥 무척 작아."

"그래도 집인데 내 방보다는 넓겠지?"

"아니야, 그보다 작아."

"파일 좀 보내봐."

방 구하기 까페의 게시판에 올라온 방 사진을 메일로 보내 보라는 거였다. 사진을 받아본 친구는 수화기 저편에서 깔깔 웃으며 파일을 좀 자세히 들여다보라고 했다.

"사진 상으로는 꽤 살 만해 보이지 않아? 근데 직접 가서 보는 건 또 다르더군."

"자세히 봤어?"

"꼼꼼히 봤지. 변기 물도 내려보고, 바닥에 곰팡이 슨 데는 없는지도 확인했고."

"아니, 사진 말이야."

친구 말로는 원본 파일을 가로 방향으로 늘린 파일이라고 했다.

어쩐지 좀 이상하다고 생각했다. 사진 속의 분위기가 참으로 묵직하고 차분하며 어딘지 모르게 괴이하다는 느낌이 들었던 것이다. 프레스기로 깡통을 찌그리듯 납작하게, 공간을 눌러버린 것이다. 옆으로 늘어났으니 확실히 넓어 보이기는 했다. 아니, 최소한 그렇게 좁아 보이지는 않았다. 한데 그녀가, 그녀는 정직하고 선한 사람임에 분명한데, 왜 그런 짓을 했는지, 그것 참 이상한 일이었다.

이사 오고 난 뒤에도 그 점이 영 이해가 가지 않았다. 하지만 이제는 알 수 있었다. 그렇다. 나는 이제야 알았다. 사진을 확대한 것이 아니라 집이 넓어진 상태에서 사진을 찍은 것뿐이었다. 나는 잠시나마 그녀를 의심했던 내가 미워서 스스로 볼을 꼬집었다. 꼬집고 또 꼬집었다. 양 볼에 빨간 손자국이 사라질 때까지 죄책감은 사라지지 않았다.

그래, 사진이 이렇게 증명해주고 있지 않은가. 그녀가 사는 동안에도 집이 넓어졌던 것이 분명하다. 그녀가 게시물에 평수를 적지 않은 이유를 이제 알았다. 너무 좁았기 때문이 아니다. 집이 넓어졌기 때문이다. 여섯평이라고 쓴다면 거짓말이 되고, 그렇다고 여섯평이지만 집이 넓어질 테니 평수는 중요하지 않다고 쓴다면 모두들 미친 사람 취급했을 것이다. 그녀와 상의할 필요가 없어졌다. 그녀처럼, 이 집에서 살다가 다른 세입자에게 집을 넘기면 되는 것이다. 나는 세입자일 뿐이니 계약 만기일까지 넓은 집을 즐기는 것이 처지에 맞는다.

집은 매일 넓어져만 갔고 나는 점차 넓은 집에 익숙해지고 있었다. 청소를 하는 데 시간이 더 걸린다는 점 말고 모든 것이 마음에 들었다. 나는 마음껏 빨래를 하고 건조대에 빨래를 널었다. 전처럼 옷장 손잡이와 세탁기 뚜껑, 침대 위에 옷을 늘어놓을 필요가 없었다. 세수를 하고 고개를 쳐들다가 욕실 선반에 뒤통수를 부딪히는 일도, 설거지를 하다가 책상 모서리에 옆구리를 찔리는 일도 디이상 없었다. 나는 혼자 "집이 넓어지고 있어, 넓어지고 있다고"라고 중얼거리며 실실댔다. 엘리베이터에서도, 마트에서 장을 보다가도 그 생각을 하면 웃음이 새어나왔다.

하지만 그녀를 생각하면 마음이 좀 안되었다. 월 이십만원에 이렇게 넓은 집을 사용할 수 있는데, 그것조차 낼 형편이 안된다는 것이 안타깝기만 했다. 그녀는 이사하는 날 내게 이런 문자를 보냈다.

'우리 꼭 성공해서 나중에 크고 아름다운 집에 살아요.'

문자를 생각하니 마음이 더 아파왔다. 그녀가 일자리는 구했는지, 새로운 직장에서 월급은 제대로 받고 있는지 걱정이 되었다. 피시방에 가서 천원을 내고 한시간 동안 자리를 차지하고 앉았다. 그녀에게 메일을 보내고 나니 마땅히 할 일이 없었다. 초조한 마음이 들어 네이버 고민상담 코너에서 이런저런 고민들을 클릭하고 재치는 있지만 성의가 없는 해결 방법들을 읽어내려갔다. 시선을 끄는 고민이 하나 눈에 들어왔다. 그건 애정, 금전, 학업, 기타 문제 등의 고민 유형 중 금전 코너에서 울고 있었다.

　Q. 집이 좁아서 사는 게 다 싫습니다

처음에는 절대 집이 좁다는 생각 같은 건 하지도 않았어요. 그를 사랑했으니까 집은 눈에 들어오지도 않았던 거죠. 우린 세번 만나고 결혼을 약속할 정도로 서로에게 급속도로 빠져들었습니다. 늘 여유로운 미소를 짓고 있어 몰랐지만 그의 가정형편은 그리 넉넉한 편이 아니었습니다. 하지만 우린 행복했어요. 학벌이고 재산이고 따질 것 없이 그냥 서로의 존재만으로도 세상을 살아갈 힘이 되어주었으니까요. 아이가 생겼고 더 생각할 것 없이 결혼하게 되었습니다. 신혼여행도, 결혼식도 없었지만 상관없었어요. 셋이 오붓하게 지낼 수 있는 공간이라고 생각하니 좁은 집도 오히려 재미있게 느껴지더군요.

지난달 갑자기 시어머니가 쓰러지셨습니다. 첫째 형이 모시고 있었는데, 결혼을 안했기 때문에 회사에 나가 있는 동안 어머니를 돌봐드릴 수가 없다고 했습니다. 어쩔 수 없어 저희가 모시기로 했습니다. 다른 건 다 참겠는데 그 이후로 갑자기 집이 좁아졌다고 느껴집니다. 숨이 안 쉬어지네요. 남편은 어머니를 모시는 문제로 내가 변했다고 생각해서 나에게 심한 말을 하기도 하고 부부관계도 더이상 예전 같지 않습니다.

어쩐지 죄책감이 들었다. 누군가는 이렇게 좁은 집 때문에 심지어 사랑하는 사람과의 관계까지 틀어지며 괴로워하고 있는데, 난 혼자 분에 넘치는 큰 집에서 비실비실 웃으며 큰 숨을 들이 마시며 살아가다니, 인간 말종이 아닐 수 없다. 나는 그녀의 고통을 깊이 공감했고 견딜 수 없이 마음이 아파왔다.

고민 상담글에는 진심이 담긴 충고나 현실적인 조언, 씨니컬하게 비꼬는 답변 등이 다양하게 덧달려 있었다. '힘내세요. 조금만 참으면 곧 좋은 날이 올 거예요.' '산후 우울증입니다. 아이는 잠깐 친정에 맡기고 상담치료 받으세요.' '그딴 정신으로 결혼해서 애 덜렁 낳아놓고 하는 소리가, 쯧쯧. 공부하세요!' 어쩌고저쩌고. 하나씩 읽어내려가는데 내 눈을 잡아끄는 문장 하나.

└→ 이사 가세요~ 넓은 집으로 이사 가면 되겠네요.

그 아래로는 또다시 덧글이 이어져 있었다.

⌐ 야, 누가 이사 갈 줄 몰라서 안 가냐? 너나 여기서 그만 죽치고 이
    사 가라.

⌐ 빵이 없으면 과자라도 먹으면 될 거 아니냐는 소리랑 다를 게 없군.
    생각을 좀 하고 살아. 대가리는 모자 쓰려고 달고 다니지?

나는 제일 밑에 덧글을 달았다.

⌐ 저희 집이랑 바꿔드릴게요.

입력을 할까 말까 망설였다. 그렇게 달았다간 키보드 워리어들
이 개떼처럼 달려들어 뼈도 못 추릴 게 분명했다. 내 덧글 밑에 달
릴 덧글들을 충분히 예상할 수 있었다. '님 집 나랑 바꿔요.' '주소
를 알려주세요. 저랑 한번 안하실래요?' '어절씨구~ 모자 디스플
레이용 대가리가 여기 하나 또 있네.' 이러쿵저러쿵. 함부로 덧글을
다는 건 위험한 짓이라고 느껴졌다. 엔터 키를 누르지 않았다.

집에 돌아와서도 그 사람과 집을 바꿀 수 있다면 좋겠다, 하고
틈만 나면 생각했다. 그러다가 또다시, 내가 세입자라는 사실을 깨
달았다. 나는 자주 내가 처한 상황을 잊곤 한다. 나는 세입자인 것
이다. 내 집이 내 집이 아니라는 사실을 망각해선 안된다. 만약 내
가 누군가의 집과 이 집을 바꾼다면 임차인으로서 내 행동이 법적
으로 문제가 되지 않는지를 먼저 확인하는 게 필요했다. 감방 신세

를 지고 싶지는 않다. 계약내용 3조가 역시 마음에 걸린다. '전대 또는 담보하지' 못한다고 쓰어 있다. 빌려주거나 바꾸는 것에 대해서는 역시 나와 있지 않았다.

그후론 어쩐지 이 넓은 집에 있어도 그저 신나지만은 않는다. 창밖을 내다보다가 '저 사람 분명 좁은 집에 살고 있을 거야' 하는 생각이 드는 사람이라도 지나가면 마음이 괴로웠다. 나 혼자만 행복해졌다고 이렇게 실실거리며, 꼼짝도 안하고 즐기려고만 들다니, 이처럼 이기적인 인간은 세상에 또 없을 것이다. 넓은 집이 이토록 마음을 불편하게 할 줄은 몰랐다.

그날은 근처 마트에서 간단히 장을 보고 엘리베이터를 기다리고 있었다. 일층 복도 앞에는 나 말고 한 가족이 엘리베이터를 기다리고 있었다. 할머니와 부부, 어린 사내아이와 갓난아기, 이렇게 모두 다섯 식구였다. 이 오피스텔에서 가족 단위의 이웃을 보는 게 흔한 일은 아니었다. 혼자이거나, 많으면 둘이었다. 친구나 친척으로 보이는 이들도 있었고 애인 사이로 보이는 이들노 있었나. 내개는 하나가 여기에 살고, 나머지는 놀러 온 것이다. 나는 할머니와 부부, 어린 사내아이와 갓난아기 중 이 오피스텔에 사는 하나가 누구일지 추리해보았다. 일단 아이 둘을 제외하고, 부부도 제외하고, 할머니도 제외하고 나니 아무도 남지 않았다. '올 오어 나싱, 나싱 오어 올!' 그렇다면 그들 모두가 여섯평짜리 집에?

벨 소리가 '땡' 하고 울리자 다섯 식구가 우르르 엘리베이터에서 내렸다. 413호였다. 아내로 보이는 여자가 열쇠로 문을 열었고 다섯 식구가 한꺼번에 우르르 집 안으로 들어갔다. 그건 마치 기네스쇼 같았다. 소형차에 얼마나 많은 사람이 들어갈 수 있는지 한계를 시험하는.

신기한 일이었다. 이 집의 내부에 대해서는 누구보다도 내가 잘 알고 있다. 다섯은 불가능하다. 혼자 살기에도, 처음에는 어쩐지 소화가 안되는 것 같을 정도였단 말이다. 일단 다섯이 들어가 사이좋게 작은 원 모양으로 둘러서서 서로를 껴안고 있다면 전원 입실이 가능하다. 하지만 평균 키 150센티미터의 그들이 눕는 경우는 도저히 상상할 수가 없었다. 부부는 바닥에, 노모는 씽크대에, 사내아이는 화장실에, 갓난아기는 신발장에. 그런 그림만이 떠오를 뿐이다. 아니면 맨 밑에 부부가 눕고, 엎드린 남편의 등 위에 노모가, 아내 배 위에 형이, 그 위에 갓난아기가 마치 줄줄이 등을 타고 앉은 거북이들처럼 잠을 자는 모습. 아니면 잠시 중력의 힘을 거스르고 두 부부는 바닥에, 노모는 천장에, 형과 갓난아기는 사이좋게 양쪽 벽에 붙어서 잠을 잔다는 거야? 그 어떤 경우에도, 식구들이 모두 편히 잠들기란 불가능하다는 결론이 나온다. 나는 나도 모르게 한숨을 내쉬고 있었다. 아무리 상상력을 동원해보아도 누군가 화장실에서 자거나 씽크대 위에 올라앉지 않는 한 다섯명이 살기는 힘든 평수이다. 여섯평. 한숨이 나오고, 눈물이 나오고, 방귀가 나오고, 급기야 헐떡헐떡 숨이 쉬어지지 않는 슬픈 한자리 숫자, 여섯 육.

방귀라고? 그래, 방귀. 문제는 방귀였다. 또다시 그 집 식구들 방귀 걱정에 나는 오늘 잠은 다 잤다. 다섯 식구들의 방귀를 정화시키기에 집 안의 공기는 턱없이 부족할 게 분명했다. 내가 뀐 방귀가 완전히 사라지는 데만도, 넓어지기 전의 집에서는 27초나 걸렸다. 축농증에 걸렸기에 망정이지 평범한 후각을 가지고 있는 보통 사람의 코에서 구린내가 사라지려면 넉넉잡아도 41초는 걸리지 않을까? 게다가 다섯 식구이니, 41×5=205, 205초다. 분으로 따지면, 205÷60. 어라, 꽤 난이도가 높은 나눗셈이군.

학교에 다닐 때에도 나는 수학에 늘 자신이 없었다. 특히 x를 구하는 방정식에 약했다. 예를 들어,

〈문제〉 $(3x+9) \div 2 = 15$

$x = ?$

이런 식의 문제에는 공감하기 힘들었다. 수학문제를 푸는데 무슨 공감이냐, 하고 묻는다면 문제를 풀 필요성이라고 해두자. 동기유발이라는 더 전문적인 용어도 있다. 그런 것이 없을 경우 아무것도 해결하지 못했다. 같은 문제라 해도,

〈문제〉 철수는 생일선물로 부모님께 연필을 받았습니다. 자기 혼자 갖는 것보다 친구들과 나누어 가지면 더 좋을 거라고 생각한 철수는 세명의 친구에게 선물하기 위해 연필을 포장하기 시작했습니다. 자기 몫으로 아홉자루의 연필을 남기고 나머지는 세 친구에게 똑같이 나눠

포장했습니다. 포장을 하면서 친구들이 기뻐할 생각을 하니 철수는 너무너무 행복해졌습니다. 그런데 그중 한명의 친구가 '난 연필이 싫다, 다른 걸 다오!' 하는 바람에 철수는 낙심해서 포장을 모두 풀었습니다. 철수는 나머지 두 친구의 얼굴을 살폈습니다. 두 친구는 연필을 받고 싶어하는 눈치였습니다. 이번에 철수는 자기 것을 하나도 남기지 않고 나머지 두 친구에게 모두 나누어주었습니다. 친구들이 기뻐하자 철수도 기분이 좋아졌습니다.

한 친구당 열다섯자루씩 선물을 받았다면, 처음에 철수가 연필을 포장했을 때는 몇자루씩 선물하려고 했을까요?

일곱자루!

이런 문제에는 강했다. 계산할 것도 없이 바로 답이 나왔다. 특히 지문의 내용에 진심으로 공감할 경우 오차는 제로에 가까웠다. 다른 친구들이 지문의 내용을 수식으로 바꾸어 방정식을 풀고 있을 때, 연필이 싫다고 외친 한 친구는 대체 연필로 인한 어떤 상처를 받았기에 선물을 거절했을까 안타까워하면서 그를 위해 무얼 선물하면 좋았을지를 고민했다.

'샤프일까?'

413호 가족의 고충을 이해할 수 있었다. 제대로 된 교육을 받지 못해 지식이 모자라고 일반상식은 고작 유치원생 수준이라 해도, 인간의 고통을 이해하는 것만은 태어날 때부터 남들보다 서너배쯤은 더 갖고 있었다. 그것만은 자신이 있다. 초특급 울트라 버전의 고통 공감 능력. 이 능력이 되레 나를 괴롭혀, 결국은 이 여섯평짜리 방에서 살게 하고 근경 500미터 이상으로는 움직일 수 없게 만드는 원인을 제공했음 역시 분명하지만, 누군가 '곰도 구르는 재주라는 것이 있다는데, 대체 너라는 인간은 뭘 갖고 있느냐'고 따져 묻는다면 자신있게 대답할 것이 나도 하나쯤은 있다는 말이다. 아마 난 대답 대신 질문을 한 그자를 향해 이렇게 묻고 있을지도 모른다.

'이봐, 너도 괴로운 거지?'

상대방은 따뜻한 내 눈빛에 오히려 마음이 흔들려 어느새 눈물을 줄줄 쏟으며 자신의 고난과 고통, 난관의 인생 역정을 풀어놓게 될 테지. 난 그에게 따뜻한 '내 영혼의 수프'를 대접하고, 그는 훌훌 수프를 마셔버리고는 제법 기분이 나아져서 집으로 돌아간다. 그러면 나는 철 지난 유행가를 한 옥타브 낮추어 허밍으로 부르며 눈물을 담았던 접시를 깨끗이 설거지한 후에 침대에 눕는다. 침대에 누워, 그의 고통을 되새기며 밤새 잠도 들지 못하고 훌쩍이는 것이다. 어찌 된 일인지 그랬다. 사람들이 나에게 자신의 고통을 털어놓으면 어떤 기운이 내 몸 전체를 감싸서 그 사람의 경험이 몸에 각인이 되는 것만 같다. 나도 누군가에게 그렇게 훌훌 털어놓고 가던 길을 계속 갈 수 있다면 좋으련만. 물론 이야기를 한 사람들이 내게 비밀을 꼭 지키라고 당부한 것은 아니지만, 그건 내 이야기가 아니니까 함부로 말할 수가 없다. 제삼자의 이야기는 가십이나 심심풀이 술안주가 되기 십상인 것이다. 말한다고 하더라도, 상황이 좀 우스워진다. 몹시 괴로우니 술 한잔 사달라고 한 뒤에 '인생은 너무 써. 고(苦)일세, 고!' 하며 이야기를 쏟아낼 수 있을지도 모른다. 하지만 그러고 나서 '그래, 이 문제가 바로 최근 K씨가 처한 상황이야. 아아, 나 괴로워서 잠에 들 수가 없어' 하고 말한다면 돌아올 대답은 뻔하다. '이 새끼 괜히 공짜 술 한잔 얻어 마시고 싶었던 게로군'이라거나, '제발 네 걱정이나 해, 응? 네 걱정이나 좀 하라고' 하는 핀잔을 들을 게 분명하다.

413호의 좁은 집 문제가 해결되고 나면 이제 절대 엘리베이터 같은 건 타지도 않겠다고 다짐하고 또 다짐했다. 누구의 고통도 더이상 보아선 안되었다. '이제 나도 지쳤다. 이 꼴 저 꼴 더이상 보고 싶지가 않다!'라는 선언이 아니라, 사람들이 털어놓은 고통이 서서히 내 숨통을 조르고 머리를 조여오기 때문이었다. 목숨이 위태로웠다. 이사하기 전날 나는 아주 가느다랗게 숨 쉬고 있었다. 여기서 딱 일인분의 고통만 더 공감한다고 해도 그대로 그만 죽어버리지 않을까 싶을 정도로 쇠약해져 있었다.

이사 오고 난 뒤 나는 가장 먼저 휴대전화를 해지하고, 인터넷을 끊었다. 전기와 수도, 날벌레 이외에는 집에 들이지 않을 작정이었다. 현관에 초인종이 없다는 사실이 몹시 흡족했다. 천장 구석에서 쥐들이 찍찍거리는 소리 외에는 아무 소리도 들리지 않았고, 소리가 들리더라도 인간의 말이 아니었으므로 안심이 되었다. 그 무엇도 나를 괴롭히지 않았다. 콘센트에 문제가 있는지, 간혹 전선을 만지다가 전기가 오른 적은 몇번 있었다. 하지만 그 고통은 사람들의 고통을 공감하는 괴로움에 비하면 고양이의 꼬리털로 발바닥을 간질이는 정도에 불과하다. 나는 그저 이렇게 고요하게 살다가 어느날 전기 콘센트에 감전사하는 작은 소망을 갖고 있었다. 그런데 그 바람조차 나를 가만두지 않았다.

쿵쿵쿵.

누군가 현관문을 두드렸다. 경찰이 찾아온 것일까? 나는 현관문 앞으로 살금살금 걸어가 유리 구멍 사이로 밖을 내다보았다. 남자, 사십대, 사각의 금테 안경, 베이지색 점퍼, 이마의 땀. 경찰 같았다. 나는 심호흡을 크게 했다. 전 정말 잘못한 거 없어요. 최대한 순진해 보이려고 애쓰며 대답하는 연습을 했다. 다리가 후들거렸다.

"파워콤에서 왔습니다. 인터넷 연결 안하셨죠?"

나는 다리에 힘이 완전히 풀려 현관문 앞에 그대로 주저앉고 말았다. 고개를 들고 겨우 소리를 내질렀다.

"인터넷 사용 안해요."

"지금 하시면 티브이 유선 연결해드리고 한달에 만삼천원밖에 안 받아요."

"안한다니까요. 안해요, 안해!"

"사은품으로 이만원 상당의 스피커도 드려요."

"제발 가세요. 가세요. 그냥 가시라고요."

나는 울부짖었다. 그의 발소리가 멀어지자 곧 진정이 되었지만 여전히 가슴이 쿵쾅거렸다. 유리 구멍을 통해 그가 엘리베이터를 타고 사라지는 것을 확인하고 나서야 안심할 수 있었다. 혹시 내 주소지가 그의 담당 구역인데 나 때문에 실적에 문제가 생긴 건 아닐까 잠시 걱정도 되었다. 하지만 너무 놀란 터라 그런 생각은 더 이상 진행이 되지 않았고 나는 구석에 쪼그리고 앉아 훌쩍이기 시작했다. 다음부터는 현관 밖에서 누가 말을 시켜도 안에 아무도 없는 척하고 말 거라고 굳게 다짐하며 하염없이 눈물을 닦았다.

'너는 살인자야.'

그래, 나는 살인자다. 하지만 아무리 내가 살인자라고 해도, 이렇게 사람을 놀라게 하는 건 나쁘다. 눈물이 도통 멈추지 않았다.

나는 감옥에 들어가기 싫어 도망 다니는 살인자다. 월세 계약서에 한 서명도 내 이름이 아니고, 주민등록증의 사진도 위조한 것이다. 나는 격격거리며 정신없이 울었고 그러다 지쳐 잠이 들었다.

꿈속에서 어떤 목소리가 내게 말했다. '따뜻한 수프의 설거지 접시'였다.

'너는 누구지?'

'따뜻한 수프의 설거지 접시.'

'어디에서 왔지?'

'당신에게서. 당신이 설거지한 접시의 수만큼 나는 당신 속에 있어.'

'설거지를 꽤나 많이 한 것 같은데.'

'당신이 정말 힘들 때마다 내가 하나씩 나와 당신을 위로해줄게.

기억해. 나는 따뜻한 수프의 설거지 접시.'

'그래, 너는 따뜻한 수프의 설거지 접시. 그런데 혹시 알아?'

'무얼?'

'이 얘기를 들으면 네가 날 무서워할지도 모르는데.'

'괜찮아, 말해봐.'

'난 살인을 했어. 사람을 죽였는데, 그래도 나와 함께 있어줄 거야?'

'다른 사람이 고통받는 것을 더는 보지 못하고 저지른 일이라는 걸 알아. 당신은 하나도 무서운 사람이 아니야.'

'내가 직접 받은 고통이 아니라서 정당방위도 되지 못한다고 했어.'

'법은 엉터리야. 아무것도 제대로 알지 못해.'

잠에서 깨자 나는 밥을 먹지 않았는데도 배가 전혀 고프지 않고, 몸에서 기운이 나는 것을 느꼈다. 마치 따뜻한 수프 한그릇을 먹은 것처럼.

이제 다시 하던 일을 계속 해야겠다.

내가 해결해야 할 것은 413호의 집 문제. 무엇보다 방귀 문제. 방귀 냄새가 사라지는 시간을 계산하다가 이 지경에 이르렀던 것이다. 나는 연습장을 한장 찢어 연필을 주워들고 결연한 자세로 책상 위에 앉았다. 그리고 종이 위에 썼다.

$$205 \div 60 =$$

너무 어려웠다. 그렇지, 복잡한 나눗셈의 경우는 이렇게 하라고 배웠다.

$$
\begin{array}{r}
3 \cdots 25 \\
60\overline{)205} \\
180 \\
\hline
25
\end{array}
$$

3분 25초였다. 햇반을 익히는 데도 전자렌지에 2분이면 되는 세상에 3분 이상 방귀 냄새 때문에 고통받을 다섯 식구들을 생각하자 마음이 몹시 아파왔다. 창문은 딱 하나였다. 가로 50센티미터 세로 50센티미터의 정사각형. 40도 각도로 열리는 이 작은 창문을 통해, 마치 감방에 콩밥을 넣어주는 식으로 꾸역꾸역 공기가 들어오는 것이다. 방귀 냄새에 시달릴 불쌍한 다섯 식구를 위해 무슨 행동이든 하지 않고는 배길 수 없을 것 같았다.

문제는 직접 부딪쳐 해결하자. 결심을 굳혔다.

이 집에 이사 오고 나서 처음으로, 누군가를 만나고자 하는 의지가 생겼다. 나는 먼저 이를 닦고, 면도를 하고, 세수를 했다. 잠깐 동안 망설이다가 머리까지 감았다. 인상이 깔끔할 경우 일이 좀더 원만히 해결될 거라고 생각했다. 집주인 아줌마에게 집이 넓어지고 있다고 말한다면 미친 사람 취급을 받을 것이 뻔하다. 거기에 행색까지 초라하다면 더더욱 내 말을 믿으려 들지 않을 것이다. 그럼 일단 와서 보라고 할까? 내가 이 집을 처음 보러 왔을 때처럼 갑자기 여섯평으로 되돌아가면 어떡하지? 처음 이사 왔을 때는 여섯평짜리였고, 몇주 지내다보니 넓어진 거니까 일단 집을 바꾸고 시간을 두고 보자. 살다보면 조금씩 집이 넓어질 테니 일단 내 말을 믿어달라고 설득해야 하는데, 쉽지 않은 문제다. 하지만 그 집 식구들이 일반적인 방법으로 돈을 모아 넓은 집으로 이사하게 되는 것보다는 이편이 훨씬 빠르다는 점만은 확실하다. 그들과 집을 바꾼다고 해도, 그 집도 이 집도 집주인이 같으니 크게 문제 삼지는 않을 것이다.

나는 현관문을 활짝 열고, 크게 심호흡을 한 뒤에 몹시도 후들거리는 한걸음을 내딛었다.

일단 아이와 친해지기로 했다. 전략 목표는 집 바꾸기였지만 일단 일시적 전술을 그렇게 정했다. 누군가와 친해진다는 게 좀 꺼림칙하긴 했지만 어른이 아니라 아이니 아무래도 나을 것 같았다. 나는 계단을 이용해 사층으로 내려갔다. 아이는 계단에서 뛰어내리기 놀이를 하고 있었다. 처음에는 두칸, 다음에는 세칸, 그다음에는 네칸. 다섯번째 칸에서 아이가 뛰어내리는 데 성공하자 나는 아이를 향해 박수를 쳐주었다.

"너 공부 잘하니?"

아이는 자신있게 고개를 끄덕였다.

"저걸 뭐라고 하는지 알아?"

나는 엘리베이터를 가리켰다.

"에스컬레이터."

"똑똑하구나, 맞아. 그럼 이건 뭐라고 하지?"

계단을 가리키며 아이를 바라보았다.

"충개."

나는 아이의 머리를 쓰다듬었다.

그다음 질문은 '사람들이 잠자는 곳은?'이었다.

"침대요."

어떤 질문도 문제없다는 듯 아이의 눈이 반짝였다.

"네가 잠자는 곳은?"

"방바닥요."

"할머니가 잠자는 곳은?"

"그것도 방바닥이잖아요. 너무 쉬워요. 다른 문제 내주세요."

"엄마, 아빠는?"

"방바닥."

"아기는?"

"왜 자꾸 똑같은 것만 물어요?"

"식구들이 다 같이 자니?"

"네, 다 같이 자요. 아저씨도 아시잖아요. 이 오피스텔은 화장실을 빼면 집 전체가 통째로 하나라는 걸 몰라요?"

현관문이 열리더니 자기 자식이 비리비리하게 생긴 웬 낯선 이와 이야기 나누는 게 못마땅하다는 눈빛으로 아이의 엄마가 이쪽을 쳐다보았다.

"들어와서 밥 먹어."

현관문이 쾅, 닫혔다. 아이는 양손을 배꼽에 대고 공손히 허리를 굽혀 인사를 하고는 집으로 돌아갔다. 집 바꾸기 전술을 생각하면 암담했지만 일단 전술 면에서는 성공이다. 나는 다시 후들거리는 걸음을 옮겨 집으로 돌아왔다. 너무 긴장한 탓에 딸꾹질이 날 정도였다. 마음을 가라앉히기 위해 창문을 열고 밖을 내다보았다. 시청 앞 공원에서 낙태 반대 피켓운동이 진행되고 있었다. 스피커를 통해 커다란 남자 목소리가 울려퍼졌다. 하루에도 수십만명의 태아가 어쩌고저쩌고 하며 흥분해서 떠들어댔다. 붉은 글씨로 '낙태는 살인입니다'라고 쓰여 있는 플래카드가 바람에 펄럭였다. '낙태는 죄악입니다'도 아니고 '낙태는 살인입니다'였다. 살인은 죄악이라는 것이 이미 전제되어 있는 말이었다. 창을 닫았다.

다음 날 나는 413호 아줌마를 직접 찾아갔다.

나를 경계하는 눈빛이 역력했다. 당연하다. 낯선 사내가 현관문을 두드려대고 다짜고짜 집을 바꾸자고 조른다는 게, 나라도 미심쩍고 불안할 것이다.

"이 아저씨가 무슨 말도 안되는 소리를 하는 거야, 정말. 자꾸 이러면 경비를 부르겠어요."

"후회하지 않으실 겁니다. 저도 다 생각이 있어서 하는 소리예요."

"아저씨가 후회하건 안하건 난 상관없는 일이니 이제 돌아가세요. 어머, 정말 별꼴이야, 진짜. 난 또 뭐라도 빌려달라고 하는 줄 알고 문 열어줬더니 집을 내놓으라네. 거기 서서 뭐해요? 얼른 돌아가세요."

저 정말 나쁜 사람 아니거든요,라는 말이 목구멍까지 나왔다가 도로 기어들어갔다. 나는 나쁜 사람일지도 모른다. 살인이 죄악이라면, 그 죄악을 저지르는 나는 분명 나쁜 사람이 맞으니까. 뒤돌아서 터덜터덜 걸었다. 그때 집 안에서 아이가 쪼르르 달려나와 엄마의 허리에 매달리더니 손가락으로 나를 가리키며 말했다.

"엄마, 저 아저씨 나쁜 사람 아니야."

나는 두 귀로 똑똑히 그 말을 들었다. 뒤를 돌아, 아이가 어제 내게 했던 인사처럼 배꼽 위로 두 손을 모으고 허리를 굽히고 싶었다. 감사합니다, 하고.

기운이 없어서 나는 엘리베이터를 타고 집으로 돌아왔다.

며칠 후 나는 413호 식구들의 비밀을 알게 되었다. 그건 이 집이 넓어지고 있다는 사실을 알았을 때보다 더 흥분되는 사실이었다. 아마 내 이야기를 들어도 아무도 믿어주지 않겠지만, 그런 일이 세상에서 분명히 일어나고 있는 것이다.

다섯 식구가 여섯평짜리 집에서 살고 있다. 그들이 그 좁은 집에 함께 살 수 있는 방법이 과연 무엇이겠는가? 단, 누군가 화장실에서 자지도 않고 씽크대 위에 올라앉지도 않는다면?

언젠가의 그날처럼 413호 식구들과 나, 이렇게 여섯이 엘리베이터를 타게 되었다. 아줌마는 얼굴을 찌푸리고 되도록이면 나랑 멀리 떨어져 서려고 했고, 아이는 엄마의 눈치를 보다가 그녀가 갓난아기를 어르는 틈을 타, 두 손을 배꼽 위에 올리고 고개를 살짝 끄덕여 내게 알은척했다. 엘리베이터는 금세 사층에 도착했다. 다섯 식구들이 내렸다. 아이가 가장 마지막으로 내리면서 마른 내 엉덩이를 툭, 하고 건드렸다. 나는 그 힘에 살짝 휘청거렸다.

이번에는 아버지 쪽이 현관문을 열었다. 먼저 노모가 쏙, 다음에 엄마가 쏙 들어갔다. 갓난아기를 안은 아버지까지 쏙 들어가고 나서, 이제 아이 차례였다. 아이는 현관문 앞에 서서 잠시 망설이더니, 엘리베이터의 열린 문 사이로 아직 자기를 쳐다보고 있는 나를 향해 뒤돌아섰다. 그리고 소리는 내지 않고 입술을 달싹였다.

'집. 이. 넓. 어. 지. 고. 있. 어. 요.'

정말이냐는 뜻으로 눈을 동그랗게 떠 보이자, 아이는 즐거워 죽겠다는 표정으로 여러번 고개를 끄덕였다. 정말이에요, 정말이라고요. 믿을 수 없겠지만 정말 집이 넓어지고 있어요. 그러니 이제 안심하고 더이상 우리 어머니를 찾아오지 말아요. 자꾸만 집을 바꾸자고 해서 어머니를 곤란하게 하지 말아요. 집이 넓어지고 있으니까, 곧 동생의 키가 나보다 커진다고 해도 더는 걱정하지 말아요. 이젠, 아무 걱정 말라고요.

아이의 눈빛은 내게 그렇게 말하고 있었다. 그리고 마지막으로 나를 향해 씩 한번 웃어주더니 할머니와 아빠, 엄마, 동생에 이어

줄줄이 비엔나소시지처럼 마지막으로 집 안으로 쏙 들어갔다. 엘리베이터의 문이 닫혔다.

그렇게 해서 나는 신기한 사실을 하나 더 알게 되었다. 아이의 집이 넓어지고 있다는 걸. 그 집도 넓어지고 있었다는 걸. 집이 넓어지는 것, 그건 내 집에서만 일어나고 있는 일이 아니라는 걸.

그러니 이제는 마음 놓고 행복해져도 될 것 같았다. 마음 편히 잠에 들 수 있을 것 같았다.

집들이, 넓어지고 있다.

프레임과 소실점
—『지극히 내성적인』의 윤리

강경석

1. 바닥으로 열린 결말

최정화(崔正和)의 단편들은 일종의 지진계를 닮았다. 한 인물의 내면이나 등장인물들 간의 관계에서 일어나는 균열과 파동을 예민하게 감지하고 집요하게 추적한다는 의미에서도 그렇지만 닥쳐올 파국을 미리 암시하고 경고해줄 뿐 사태의 해결에는 거의 개입하지 않는다는 점에서도 그렇다고 할 수 있다. 그런데 독점적으로 의미화하지 않으려는 태도를 말하는 이 '해결에 개입하지 않음'이란 흔히 '열린 결말(open ending)'이라 일컬어져온 것이기도 하다. 말하자면 '그래서 결국 어떻게 되었단 말인가'를 묻는 독자에게 '그러면 어떻게 되었을 것 같은가'라고 되묻는 방식인 셈이다. 표제를 제공하기도 한 작품 「지극히 내성적인 살인의 경우」는 그 뚜렷한 사례다.

새 작업실을 물색하던 소설가 오난영이 시골에서 홈스테이를 운영하는 미옥의 집에 머물기로 하면서 이야기는 시작된다. 소설은 이들 둘 사이에서 일어나는 미묘한 긴장과 관계 변화를 화자인 미옥의 관점에서 착실히 복기한다. 화자의 열띤 호기심에도 불구하고 둘 사이는 좀처럼 가까워지지 않는 듯했지만 파지를 몰래 주워 읽던 미옥과 마주친 일을 계기로 오난영이 마음을 연다. 그러나 오난영에 대한 선망과 친밀감, 집착과 열등의식이 엇섞인 미옥의 감정은 어느덧 위악적 도발로 치닫고 둘은 결국 멀어지고 만다. 원망과 자책 사이에서 갈팡질팡하던 미옥은 망설임 끝에 오난영의 출간 기념행사에 참석한다. 한 손에는 오난영이 두고 간 종이칼이, 다른 한 손엔 오난영의 새 책이 들려 있는 채로다.

이제 고개를 들어 나를 보세요. 당신의 얼굴이, 당신이 지은 표정이, 당신이 나를 보고 떠올리는 감정이, 그다음 장면을, 내가 할 행동을 결정할 것입니다. 내가 당신에게 책을 내밀게 될지 종이칼을 내밀게 될지는 오로지 당신에게 달려 있습니다.(160면)

이러한 결말이라면 화자가 어떤 선택을 하게 될지 장담하기 어려워진다. 종이칼을 휘두르거나 선선히 책을 내밀 수도 있지만 다 포기하고 돌아설 여지도 얼마든지 있기 때문이다. 그러나 어떤 경우라도 그것이 개심(改心)의 결과일 확률은 거의 없어 보인다. 어떤 깨달음이나 성숙을 전제로 하기 마련인 개심이 행동하는 주체의 윤리적 의지의 산물이라면, 앞으로 자신이 하게 될 행위의 심리적 동기나 결과에 따른 책임을 "당신"에게 모조리 떠넘기려는 듯한 화자의 태도가 거기에 해당하기는 어렵기 때문이다. 화자의 내면을 수시로 점령하는 심리적 소요 사태는 대부분 결과를 예측하기 힘든 방향으로 일어나는 충동의 소산이다. 당연히 그것은 불안의 원인이 되기도 하는데 최정화의 단편들은 여기서 보듯 이러한 불안이 최대로 팽창하는 지점에서 문득 멈추며 결말이 초래할 모든 가능성을 한껏 열어두는 쪽으로 기운다. 어떤 의미에서는 예의 열어둠 자체가 거꾸로 불안을 가중하는 원인이 되기도 할 것이다. 바꿔 말해 최정화의 소설은 거의 언제나 불확실성과 불안을 향해 열린다. 깨달음과 어떤 눈뜸으로 상승하기 마련인 '열린 결말'의 일반적 문법으로부터 그것은 정확히 반대방향으로 나아가는 길이다. 요컨대 최정화의 소설은 심연으로, 그러니까 바닥으로 열린다.

2. 몰윤리의 조형

'바닥으로의 열림'이라는 최정화식 결말의 특징은 때로 작품에 대한 투명한 이해에 걸림돌이 되기도 하는 듯하다. 소설은 오랫동안 타락한 세계에서 타락한 방법으로나마 진정한 가치를 추구하는, 말하자면 일종의 윤리적 양식으로 이해되어온 편이다. 물론 이때의 윤리가 기성 가치체계의 답습이 아닌 저마다의 고유한 발견으로 재구성된 윤리였다는 사실 또한 익히 알려진 대로다. 만약 최정화의 소설들이 익숙한 듯 익숙지 않다면 그것은 그의 소설이 '윤리적 발견'을 추구한다기보다 윤리적 지향 자체의 폐기를 촉진하거나 방조하는 것처럼 보이기 때문일 것이다. 거짓말의 세계에 눈뜨면서 "무겁고 거추장스러운 오십대의 허물을 마침내 벗어던진"(126면) 이른바 뮌히하우젠증후군(Münchhausen Syndrome)[1]의 가짜 아내(「홍로」)나 하이데거의 책에 몰두함으로써 허위로 가득 찬 삶을 벗어나 자신의 존재의미에 진정으로 눈떴다고 착각하는 인물의 이야기(「파란 책」)는 더 나은 삶의 가능성을 뒷받침해줄 새로운 윤리의 요청 자체를 기각하고서야 가능해졌음에 틀림없다. 이번 소설집에도 포함된 「오가닉 코튼 베이브」를 주목하는 자리에서 "서사의 끝에 다다른 후에도 독자가 그녀의 정체성을 재구성하기는 어렵다"거나 "그 '성공적인 실패'의 무수한 반복 속에서도 상상적 자아 정체성이 붕괴되는 순간들에 대한 불안이 쉬이 지워지지 않는다"[2]는 관찰이 설득력을 얻는 것도 이 몰(沒)윤리의 조형술이 가져온 어떤 고의적 불투명함 때문일 것이다.

이런 맥락에서 「타투」는 흥미로운 작품이다. 줄거리는 간단하

---

1) 타인의 주목을 유지하기 위해 병적으로 거짓말을 꾸며대며 자신이 한 거짓말을 사실로 믿는 증상.
2) 강지희 「일상의 미학화와 미니멀리즘」, 『문학동네』 2015년 여름호, 336면.

다. 대안학교에 다니는 열다섯살짜리 딸을 둔 홀아비 주인공이 딸의 갑작스러운 교통사고 소식을 듣고 허겁지겁 병원으로 달려간다. 그는 거기서 딸 지나가 임신 중이라는 사실을 통보받고 충격에 빠지는데 작품 분량의 대부분은 임신 사실을 지나가 자각하고 있는지, 아니라면 어떻게 전해야 할지, 아이 아빠가 누군지를 두고 노심초사하는 주인공의 초조하고 혼란스러운 심경을 전달하는 데 바쳐진다. 이처럼 진실과의 직접 대면을 망설이거나 회피하는 인물들은 소설집의 도처에 등장하거니와 딸의 임신 경위에 집착하는 주인공의 직업이 기자라는 사실은 하나의 역설일 것이다. 좀더 세심한 해명을 요구하는 대목은 역시 작품의 마지막 장면이다.

타투의 짙은 색깔 때문인지 피부는 창백할 정도로 하얗게 보였다. 진녹색의 뱀이 지나의 부드러운 피부 위에 찰싹 달라붙어 꿈틀거리고 있었다. 그는 딸의 허옇게 드러난 허리와 그 위에서 꿈틀거리는 뱀을 한동안 넋 놓고 바라보다가 갑자기 고개를 들었다. 잊고 있었던, 매우 중요한 뭔가가 떠올랐다는 듯. 그는 몇 걸음 뒤로 물러나 냉장고 위에 올려둔 카메라를 집어 들었다. (…) 렌즈에 눈을 갖다대자 직사각형 프레임 안에 뱀의 문양이 가득 찼다. 그는 또다시 숨을 들이마셨다. 그리고 버튼 위에 올려놓은 집게손가락에 힘을 주었다.(181~82면)

『창작과비평』 2013년 가을호에 「타투」를 발표할 당시 "진녹색의 뱀이 (…) 꿈틀거리고 있었다"에 이어진 마지막 문장들은 다음과 같았다. "그는 딸의 허리 위에 손을 올렸다. 움푹 들어간 허리에서부터 툭 튀어나온 골반뼈까지 그의 손이 천천히 미끄러져 내려갔다." 작가는 소설집을 묶으면서 이 결말의 문장들을 인용한 문단처럼 고쳐 썼다. 왜 그래야만 했을까?

일단 수정 전후 문장들의 외견상 차이는 뚜렷하다. 말려올라간 환자복 아래로 드러난 딸의 허리 문신을 주인공이 손으로 더듬는 전자와 카메라로 근접 촬영하는 후자는 전혀 다른 해석을 부를 수도 있다. 카메라라는 매개물을 개입시킨 수정된 결말의 경우는 주인공의 직업이 기자라는 설정이나 임신사건 전말에 대한 그의 사실관계 집착에 힘입어 기발하면서도 자연스럽게 이해된다. 그렇지만 "직사각형 프레임"에 갇힌 도상을 아무리 들여다본들 그가 지나의 참모습에 도달할 가능성은 별로 없을 것이다. 딸이 불가해한 타자처럼 낯설어진 것은 주인공의 의식을 매개하고 있는 또 하나의 '프레임', 즉 아버지로서의 부채감이나 도덕적 편견 때문이지 딸 지나와는 처음부터 무관한 일이었는지도 모른다. 따라서 이 작품의 요체는 사실 또는 진실이 도덕적 타성을 비롯한 세속적 망집들("직사각형 프레임")의 매개를 거치면서 어떻게 굴절되어 끝내 종적을 감추고 마는지를 핍진하게 보여주는 데 있을 것이다.

그러나 발표 당시의 마지막 문장들은 전체적인 맥락이 어떻든 성애충동의 표현으로 읽힐 여지가 없지 않다. 물론 뱀 문양의 '타투'는 욕망의 상징이고 금기의 위반은 몰락 아니면 반항이라는 식의 관습적 이해에 동의하는 경우다. 그것은 주인공의 직업이나 가족관계, 우유부단한 성격 등 주어진 설정들 사이의 지밀한 연관에 대해서는 유기적 설명을 제공해주지 못하지만 클로즈업된 장면 자체의 강렬함 덕분에 그럴듯하게 받아들여질 가능성이 적지 않다. 있을 수 있는 오해로부터 작품을 방어하면서 애초의 의도를 뚜렷이 부각하기 위해서였다면 개작은 일단 성공적이다. 당초 의도 또한 수정된 그것에서 멀지 않았을 것이며 작품의 제목이기도 한 '타투'마저도 안으로 품고 있던 의미를 밖으로 뿜어내는 '상징'이라기보다 어떤 의미나 가치의 정착을 끊임없이 지연시키는 암호 또는 텅 빈 기호로 받아들이는 것이 실상에 가까울 것이다. 달리 말해 최정화의 소설은 윤리의 소실점을 향해 나아가긴 하지만 새로운 윤리의 설계나 비윤리 또는 반윤리로 도약하지 않는다. 비윤리나 반윤리 또한 그 이면에서 모종의 윤리적 가치를 상정하기는 마찬가지기 때문이다.

3. 프레임 뒤로 숨은 프레임

작가의 다른 작품들이 그러하듯 「타투」도 진실의 행방을 직접적으로 수소문하는 작품은 아니다. 그것은 오히려 숨은 진실에 대한 탐문 자체를 불가능하게 만들거나 지속적으로 방해하는 견고한 "프레임"(기성의 가치관, 인식 태도, 세속적 망집 등), 그러니까 기존 질서의 파괴적 권능을 보여준다. '윤리적 지향의 폐기'나 '불확실성으로의 열림'이라는 이 소설집의 지배적 특징도 이러한 초점 이동의 산물일 것이다. 최정화의 인물들은 그래서 '발전'하지 않는다. 대신 그들은 구조적 속박 안에서 굴절한다. 그들은 마치 처음부터 나쁜 배역을 나눠 받은 연극배우들처럼 다른 무대의 가능성에 눈뜨지 못한다. 작가의 진정한 관심사는 어쩌면 등장인물들의 삶 자체가 아니라 그것을 가두고 결정지으며 끊임없이 불안하게 만드는 하나의 구조이자 운명으로서의 무대에 있는지도 모르기 때문이다. 따라서 그 무대의 정체 혹은 그것을 지탱하고 있는 근본원리에 대한 물음들이 뒤따를 수밖에 없겠다.

『지극히 내성적인』에 등장하는 인물들은 많은 경우 열등감이나 죄책감, 피해의식 때문에 다른 사람들을 조금씩 불편하게 만드는 존재들이다. "완전무결한 존재"로만 보였던 남편이 교통사고로 앞니 여섯개를 잃고 틀니를 하게 되자 거꾸로 자신의 존재감을 과시하기 시작하는 아내(「틀니」)나 처음 만나는 사촌동생의 애인을 향해 "나이 들어서 여자 돈이나 노리는 사기꾼"이라 서슴없이 일갈하는 대머리 여인(「대머리」)의 형상은 대표적이다. 신경과민에 가까운 「팜비치」의 남편과 「구두」의 화자도 거기서 멀지 않을 것이다. 그들은 자주 상황에 어울리지 않는 돌연한 말과 행동으로 분위기를 망가뜨리거나 자신을 비롯한 주변 사람들을 긴장시키기 일쑤다. 그러나 조금만 뒤집어보면 결함이 많기로는 상대역으로 등장하는 인물들 또한 마찬가지인데 「구두」는 전형적이다.

「구두」는 일인칭 주인공의 독백으로만 이뤄진 일종의 회고담으로, 화자는 가정주부이고 회고의 대상은 가사도우미 면접을 보러 왔던 미지의 한 여인이다. 겉으로 보기엔 거의 나무랄 데가 없는 여인의 말과 행동에도 불구하고 화자는 끝까지 경계심을 늦추지 않는데 결국 사건은 마지막에 가서야 드러난다. 여인이 자신의 낡은 구두 대신 화자의 구두를 신고 가버린 것이다. 화자는 말한다.

그 여자가 내 구두를 탐낸 거라면, 그래서 바꿔 신고 간 것뿐이라면 그것쯤은 아무렇지도 않아요. 고작 구두 한켤레쯤은 없어져도 상관없습니다. 하지만 전 자꾸 이런 생각이 들어요. 그 여자가, 자기가 나인 줄로 착각하고 내 구두를 신고 갔다고 말이에요.(26면)

진실은 어디에 있을까. 화자가 피해망상에 시달리고 있는 것일 수도 있지만 정말로 여인이 리플리증후군(Ripley Syndrome)을 앓고 있는 것일 가능성도 배제할 수 없다. 모두가 참인 동시에 거짓일 수 있는 진실의 아포리아 가운데서는 서로가 서로의 결함을 입증하는 증인이 될 뿐이다.

이처럼 신경증이나 강박장애에 포박된 인물들을 자주 채용함으로써 얻을 수 있는 효과는 크게 두가지로 보인다. 하나는 사실적인 그럴듯함, 이른바 핍진성(verisimilitude)의 배가다. 사실주의 단편소설의 기수였던 안똔 체호프(Anton Chekhov)는 많은 것을 성취한 비범한 사람들에 대해서는 글을 쓸 필요가 없다고까지 말한 적이 있다. 목전의 사태를 바로잡고 싶지만 그럴 능력이 없는 결함투성이 인간형을 다룸으로써 거꾸로 그들의 삶을 조건 짓고 있는 현실의 곤경을 더욱 입체적으로 드러낼 수 있는 것이다. 남은 하나는 물론 플롯(plot)의 강화다. 플롯은 '그래서 결국 어떻게 되었단 말인가'라는 물음 앞에서 마지막까지 답을 미루는 우회, 이탈, 반복의 지연 전략을 통칭하는 개념이다. 타자의 인정을 간절히 바라지만 성격적 결함으로 인해 소원성취에 실패하고 끊임없이 신경증과 세속적 망상 속으로 굴절해들어가는 최정화의 인물들이야말로 이러한 지연 전략의 가장 훌륭한 구현자들일 것이다. 특히 선악과(善惡果)의 비유를 절묘하게 활용한 「홍로」의 플롯은 탁월한데, 눈여겨볼 것 없던 회색의 일상이 점차 붉고 진한 빛깔을 띠기 시작하며 섬뜩하게 진화해가는 과정을 군더더기 없이 묘파해나간 이 작품은 『지극히 내성적인』의 백미로 꼽을 만하다.

그러나 세목의 핍진성과 구성적 필연성이라는 덕목에만 주목하다보면 이 소설집의 성취를 낯익은 사실주의의 전범 안으로 한정 짓는 결과를 초래할지도 모른다. 더군다나 앞에서는 최정화 소설의 구조적 본질로서 몰윤리적 조형성을 거론하기도 했다. 이는 사실주의적 미덕과는 섬세하게 결을 달리하거나 아예 정면 배치되는 면모이기도 하다. 무엇보다도 결정적인 것은 궁극적 진실의 체현자로서 신뢰할 만한 인물들이 처음부터 배제되어 있기 때문에 그의 작품들 속에서는 어느 누구도 비전(vision)을 운반하지 못한다는 점이다. 새로운 윤리의 모색으로 나아가지 않되 그것의 불가능성을 주장하는 것은 아니라는 점에서 자연주의(naturalism)와 다르고 소품 수준의 실내극을 종종 구사하되 보편적 가난의 문제(「집이 넓어지고 있어」)나 타인의 고통에 접속하지 못하는 무력감과 죄의식(「오가닉 코튼 베이브」)으로까지 시야를 전개한다는 차원에서 미니멀리즘(minimalism)과도 다르다. 게다가 신경증과 같은 등장인물들의 성격적 결함은 세속적 상승욕구의 좌절에 따른 것으로 대개 사회적 신원을 확보하고 있는 편이다. 결론적으로 말해 그의 소설 세계는 사실주의적 방법으로 비사실주의와 싸우지만 윤리의 제로(zero) 지대에 거처를 확보함으로써 사실주의 내부의 타성과도 싸우는 세계다. 그렇다면 「타투」의 주인공이 들여다보고 있던 "직사각형 프레임"은 지금까지 우리가 알고 있던 종류의 소설에 대한 은유였는지도 모른다. 모든 요소가 그럴듯하지만 어느 것도 진실이라 단정할 수 없는, 프레임 뒤로 숨는 프레임들의 불투명한 세계는 바로 그렇게 태어난 것이다.

4. 다시 열리는 결말

　데뷔 이래 불과 3년 남짓 작품활동을 펼쳐왔을 뿐임에도 작가 최정화를 주목해야 할 이유는 여럿이다. 전망은 자취를 감춘 채 붕괴의 조짐만 난무하는 우리 시대를 배경으로 고투를 거듭하는 작가들은 적지 않지만 적절한 공적 배출구를 찾지 못해 안으로만 누적되고 있는 사회적 엔트로피(entropy)를 이만한 실감으로 전해주는 작가는 많지 않다. 그는 개인들 가운데서 내연하는 심리적 위기들을 '사사(私事)화'하는 대신 '사회화'하는 보기 드문 신예이기도 하다. 해답을 구하려 할수록 더 많은 질문을 떠안고 돌아설 수밖에 없지만 소설적 탐구의 대상이 된 현실을 의문에 부칠 뿐 아니라 그것을 묻는 자기 자신마저도 질문의 대상으로 만드는, 그러니까 '눈 뒤에 숨은 눈'을 포착하는 절묘한 위치선정을 통해 그는 문학과 현실 양편으로 미묘하고도 의미심장한 진동을 만들어내고 있다.

동시대의 많은 작가들처럼 그도 또한 우리 시대의 존재조건이나 마찬가지인 불안의 세계를 탐사한다. 『지극히 내성적인』에서도 우리가 알고 있던 세계와 문화는 여지없이 몰락 중이며 그것은 이미 돌이킬 수 없는 수준에 이른 것만 같다. 개인들은 무력하고 더 나은 세상을 향한 새로운 길은 좀처럼 보이지 않는다. 이는 우리가 시시각각으로 체험하는 현실과도 너무나 닮아 있기 때문에 굳이 긴 설명을 필요로 하지도 않는다. 그렇지만 최정화의 소설이 조금 다르다면 아마도 작품을 통해 엿보이는 그 특유의 입장 때문일 것이다. 문학이나 문학을 하는 개인이 무너져가고 있는 이 세계를 다르게 바꿔놓을 수 있다고는 믿지 않지만, 그렇다고 그것이 근원적으로 불가능하다고 함부로 단언하지도 않기, 바로 그것이 아닐까. 이는 "희망은 허망하다. 절망이 그렇듯이"라는 루쉰(魯迅)의 유명한 통찰을 떠올리게 하거니와 윤리의 소실점으로 간단없이 서사를 밀고나가게 하는 원동력이기도 함은 물론이다. 이 소설집은 우선 작가 최정화가 그간 어디에 서서 무엇을 말해왔는지를 보여주는 짧은 이력서지만 동시에 그가 한국소설의 새로운 가능성을 향해 던지는 질문들의 목록이기도 하다. 그 질문들 앞에서 우리는 또 묻게 될 것이다. 작가는 이제 어디로 나아가게 될까. 그리고 우리가 사는 세상은 어디로 나아갈 것인가. 역시 결말은 열려 있다.

姜敬錫 | 문학평론가

나는 소설이 무엇인지에 대해서, 혹은 나에게 소설이란 어떤 의미인지에 대해서 고민하기보다는 소설을 잘 쓸 수 있는 방법에 대해서 고민하는 쪽을 언제나 더 좋아한다. 나는 삶의 의미를 이해하려고 하기보다는 하늘을 보거나 음악을 들으며 몸을 움직이거나 사람들을 만나고 그들이 나와 얼마나 비슷하고 다른지에 대해서 매번 새삼 놀라며, 그 사람들 사이에서 어떤 일들이 발생하고 그 일들이 어떻게 진행되면서 부풀어오르고 사그라드는지, 또 어떤 방향으로 전환되고 엉뚱한 결과를 초래하는지, 혹은 자기가 모르는 사이에 다시 제자리로 되돌아오는지, 그런 것들을 경험하는 것을 좋아한다. 현실에서 무슨 일인가 일어나지 않는다면, 내 경우에는 소설 속에서도 일어나기 힘들다. 이건 현실에서 받은 그

자극들을 그대로 쓴다는 뜻은 아니다. 예를 들면 다음과 같다. 나는 며칠 전에 엘리베이터를 타려고 복도에 서 있다가 어떤 남자가 휘파람을 부르는 소리를 들었는데 그 소리는 멜로디가 명랑했음에도 불구하고 어딘가 굉장히 소름 끼치는 구석이 있었다. 그러면 나는 그 소리를 들은 경험을 가지고 소설을 시작할 수 있다. 그리고 완성된 소설에는 그 기이한 휘파람 소리 같은 것은 삭제되었을 수 있다. 삶과 소설 사이에는 그런 정도의 연관성만으로도 충분하다.

내가 소설을 쓸 때 의지하는 것은 흐름에 대한 감각인데, 나는 이야기가 입을 벌렸다가 다무는 느낌을 좋아한다. 물론 변형도 가능할 것이다. 내내 흐물흐물한 미소를 짓다가 마지막에 입을 쫙 벌릴 수도 있다. 특히나 단편소설에서는 인물이나 사건이 그다지 중요한 것 같지 않다. 더 중요한 것은 이야기가 충분히 벌어질 때까지 벌어졌는가, 그리고 완전히 닫혔는가 하는 점이다. 소설을 완성하는 감각은 아마 작가마다 다 다르겠지만 다들 자기만의 감각을 가지고 있을 거라고 생각한다.

소설의 의미 같은 것은 생각하고 싶지 않다고 썼지만, 그렇다고 해서 소설이 무엇인가에 대해 정말 아무런 생각이 없다고 한다면 오히려 거짓말일 것이다. 나는 소설을 쓰기 위해 고민하는 것들이 결과적으로는 소설이 무엇인가에 대한, 그래서 삶이 무엇인가에 대한 답을 줄 거라는 낙관적인 희망을 품고 있다. 그리고 또 하나의 바람이 있다면 내 소설을 읽는 사람들이 소설을 읽는 동안 잠시 현실을 떠났다가, 다시 현실로 돌아왔을 때 무언가 달라진 점이 있길 바란다. 하다못해 앞서 걷는 사람의 걸음걸이에 이상하게 자꾸 신경이 쓰여 가던 길을 멈추기라도 했으면 좋겠다. 만약에 그렇지 않다면, 읽기 전과 똑같다면 나는 실패한 것이다. 내 이야기가 내 이야기를 읽는 이들의 삶에 변화를 일으키기를 원한다. 그 변화는 거창한 것이 아니어도 좋지만 — 때로는 거창한 것을 꿈꾸기도 한다 — 전과는 분명히 어딘가 달라져 있기를 바란다.

사람들이 살아가는 모습은 나에게 이상하게 보인다. 아마 딱 그만큼, 나의 모습도 사람들의 눈에는 이상하게 보일 것이다. 나는 내가 세상에서 본 그 이상한 모습들을 원고지에 담는다. 이야기가 가진 힘을 여전히 믿는 한, 나는 계속 소설을 쓸 것이다.

책이 나오기까지 애써주신 분들에게 고마움을 전한다. 해설을 맡아주신 강경석 선생님, 추천사를 써주신 정이현 선생님, 프로필 사진을 찍어준 김준연(준연이는 언젠가부터 아주 조용히 그러나 물심양면으로 나를 도와주었고 그를 생각하면 마음이 아주 든든해진다), 내가 놓친 글자들을 세심히 살펴주고 제목과 내용을 함께 고민해준 편집자 김선영 님, 작품이 돋보이도록 예쁜 옷을 입혀주신 디자이너 장민정 님께 감사드린다.

이 책이 나오기를 가장 기다리신 분은 조해일 선생님일 거라고 생각한다. 책이 나온 것을 가장 기뻐하실 분도 선생님일 거라고 생각한다. 선생님께서는 이 책에 실린 모든 글들뿐만 아니라 내가 습

작기간 동안 썼던 오십여편의 글들을 모두 읽어주셨다. 조해일 선생님께 첫 소설집을 드린다. 감사합니다, 선생님.

2016년 2월

최정화

| 수록작품 발표지면 |

구두 …… 문장 웹진 2013년 5월호

팜비치 ……『창작과비평』 2012년 겨울호

오가닉 코튼 베이브 ……『자음과모음』 2014년 가을호

틀니 ……『문학동네』 2013년 가을호

홍로 …… 한겨레출판 문학웹진 한판 2014년 4월호

지극히 내성적인 살인의 경우 …… 한겨레출판 문학웹진 한판 2014년 12월호

타투 ……『창작과비평』 2013년 가을호

대머리 ……『21세기문학』 2014년 겨울호

파란 책 …… 문장 웹진 2013년 11월호

집이 넓어지고 있어 ……『좋은소설』 2015년 봄호

지극히 내성적인

초판 1쇄 발행 • 2016년 2월 15일
초판 4쇄 발행 • 2017년 3월 28일

지은이/최정화
펴낸이/강일우
책임편집/김선영
조판/박지현
펴낸곳/(주)창비
등록/1986년 8월 5일 제85호
주소/10881 경기도 파주시 회동길 184
전화/031-955-3333
팩시밀리/영업 031-955-3399 · 편집 031-955-3400
홈페이지/www.changbi.com
전자우편/lit@changbi.com

＊ 이 책은 서울문화재단의 2014년도 예술창작지원을 받아 발간되었습니다.
＊ 이 책 내용의 전부 또는 일부를 재사용하려면
   반드시 저작권자와 창비 양측의 동의를 받아야 합니다.
＊ 책값은 뒤표지에 표시되어 있습니다.